LES HOMMES DÉNATURÉS

DU MÊME AUTEUR

Le Prince de l'aube, roman, J'ai lu
La Flûte ensorceleuse, roman, J'ai lu
Danse aérienne, nouvelles, Bélial/Orion

NANCY KRESS

LES HOMMES DÉNATURÉS

roman traduit de l'anglais (É.-U.)
par Jean-Marc Chambon

IMAGINE
Flammarion

Collection « Imagine »
dirigée par Jacques Chambon

Titre original de l'ouvrage :
Maximum Light

Éditeur original :
Tor Books, New York
ISBN : 0-812-54037-9

ISBN : 2-08-068050-1

À Charles, toujours là à parler et à pester.

Pour tout ce que nous sommes et avons,
Pour le destin de nos enfants,
Levons-nous tous et combattons.

Rudyard Kipling

Les dieux
punissent les enfants pour les péchés de leurs pères.

Euripide

1.

SHANA WALDERS

Lorsque le camion nous débarque sur le lieu de largage, le parking d'une vieille église, le train brûle déjà depuis deux jours. C'est un de ces nouveaux machins coréens à lévitation magnétique – un maglev, comme on les appelle – qui ne sont pas censés dérailler, quoi qu'il arrive, et le voilà qui brûle dans une banlieue de Washington D.C. comme une vieille merde. Il transporte des espèces de barils de pétrole ; quelqu'un dit qu'il peut brûler comme ça pendant une semaine si les scientifiques ne trouvent pas une solution. Ce qui, à mon avis, n'est pas pour tout de suite, puisque la zone a été évacuée et isolée par un cordon électronique fluorescent lorsque nous sautons du camion à plus d'un kilomètre de l'épave. D'autres camions emmènent des civils, dont certains sont en larmes.

« Vous venez d'entrer dans une zone placée sous périmètre électronique par l'Armée des États-Unis, répète en boucle le haut-parleur du camion. Sauf autorisation, veuillez faire immédiatement demi-tour et quitter ce secteur. Vous venez d'entrer dans une zone... » Ma sergente plonge la main dans la cabine pour éteindre le message, puis elle part faire son rapport à un sergent de l'armée régulière. Je me penche vers un soldat et lui demande : « Oh ! C'est quoi le ramdam ? »

Il me retourne un regard qui semble vouloir dire : *On te laisse porter cet uniforme ? Tu ne fais même pas partie de l'armée, connasse.* Je laisse pisser et répète ma question : « C'est quoi le ramdam ? » Cette fois, je lui adresse un sourire plein de sous-entendu auquel il ne peut résister. Pas un mec n'y résiste. Je suis une gosse ravissante.

« On ramène les évacués chez eux, deux par deux. Pour qu'ils récupèrent leurs animaux de compagnie.

— Leurs animaux de compagnie ?

— Exact, ma belle. L'armée n'est faite que de cœurs d'or. » Il éclate de rire, mais la blague m'échappe. Les soldats de métier en ont un tas de cette eau, pour que nous autres bleus restions à notre place. Ça me laisse froide. On y va.

« Ça te fait monter l'adrénaline, hein ? dit le soldat. T'as tes petits nénés qui bandent ? » Ils ne sont pas censés nous parler comme ça – nous sommes de fragiles jeunes gens qui accomplissons l'année de service national due à notre pays – mais je m'en moque. Les soldats, j'en fais mon affaire. Et mes nénés sont tout sauf petits.

Je m'esclaffe. Le soldat s'approche, l'œil pétillant. Il n'est pas si vieux que ça, pas mal finalement, mais je n'ai pas la tête à ça. Il faut qu'on y aille.

« Shana, me lance ma sergente, viens par ici. Toi et Joe, distribuez les tenues aux civils, et aidez-les à les enfiler. Envoyez-les par là deux par deux.

— Reçu. Vous n'allez quand même pas me laisser plantée là ? » lui dis-je.

Elle lâche un soupir. On nous mène d'une main de velours durant le service national, rien à voir avec le gant de fer qui a cours dans l'armée traditionnelle. Après tout, nous les gosses, sommes une manne pour eux. Nous sommes de moins en moins nombreux au fil des ans, avec cette crise de la fertilité. Ça me convient. Je décoche un sourire à ma sergente. Celui-auquel-on-ne-résiste-pas.

« Okay, c'est bon, tu peux y aller, dit-elle. Mais d'abord aides-en quelques-uns à enfiler leur tenue. Exécution. »

Je m'exécute, hurlant à Joe de m'amener deux civils tandis que je sors deux tenues protectrices du camion de ravitaillement. Les civils sont vieux, forcément, mais ce ne sont pas franchement des vieillards séniles ; ils n'ont pas plus de cinquante ans. Ils enfilent leurs tenues sans difficulté. La femme, cependant, ne veut pas mettre son casque. Beaucoup de gens réagissent ainsi, ils ont peur de sentir leur crâne emprisonné. Même chez les appelés, on trouve ça. Elle est là, ses cheveux gris au vent – je me demande bien pourquoi elle ne se les teint pas, c'est en tout cas ce que moi je ferais – qui les lui rabat dans les yeux. Des yeux rouges et gonflés.

« C'est pour mon chat, dit-elle, comme pour s'excuser. Widdy. Un diminutif de Kitty-Widdy, même si c'est un peu ridicule. » Elle m'adresse un sourire presque implorant. Pour quelle raison ? Je ne connais pas son chat et j'en ai rien à foutre.

« Madame, s'il vous plaît, mettez votre casque. » Je m'éclate à jouer les petits chefs, même si je n'en suis pas un.

« Lorsque je suis partie faire des courses, Widdy n'avait qu'un tout petit peu d'eau dans son bol, m'explique la femme. Et c'était il y a deux jours !

— Je comprends, madame. Mettez votre casque, s'il vous plaît.

— J'étais sortie faire des courses. Je n'étais même pas chez moi lorsque le train a déraillé !

— Oui, madame. Votre casque, madame.

— Je... n'y arrive pas.

— Alors veuillez enlever votre tenue, madame, pour que quelqu'un d'autre puisse la mettre et aller chercher son animal. » J'invente tout ça au fur et à mesure. Je me régale.

« Je ne... peux pas. Et Widdy ? » Elle jette un regard effaré autour d'elle, cherchant désespérément quelqu'un pour aller sauver son Widdy. Elle n'aura pas le temps de voir quoi que ce soit parce que son casque s'enfonce brusquement sur sa tête. Je bloque la fermeture. Je la vois pleurer derrière la visière.

J'espère ne jamais avoir peur comme ça.

Je lui indique les membres de l'armée régulière, et elle les rejoint en trottinant. Joe et moi sortons deux tenues du camion et le sergent nous envoie deux autres civils. Cette fois, ce sont bien deux vieilles croûtes, à peine capables d'enfiler leur foutue tenue. Un peu partout sur le parking de l'église, des appelés aident des civils à s'équiper. J'observe attentivement le protocole, histoire de savoir ce que j'aurai à faire quand il faudra y aller. Je ne vais pas laisser ma sergente oublier la promesse qu'elle m'a faite.

Au-dessus du parking, un immense hologramme du gouvernement affiche les sempiternelles foutaises : RESPONSABILITÉS PARTAGÉES : ENSEMBLE NOUS SOMMES FORTS. Des images floues de personnes de tout âge se tiennent par la main en souriant comme des cons. Brusquement, d'épais nuages de fumée noire arrivent dans notre direction, masquant l'hologramme. Je ne mettrai pas mon casque à moins d'y être franchement obligée – je préfère transpirer et me passer de vision numérique –, mais l'espace d'un instant, je n'arrive à voir ni les panneaux, ni les camions, ni les civils, ni les beaux vitraux de la façade de l'église avec ses images bleues et rouges de saints remontant au déluge. L'odeur est pestilentielle – un mélange d'ordures et de pneus brûlés. Puis le vent tourne et la fumée change de direction.

Je ne pars pas avant l'après-midi. C'est l'armée régulière qui se tape le boulot pendant des heures, à savoir la rotation de pleins camions de civils, sans doute par souci de sécurité pour les appelés. Les jeunes comme nous devons faire un an de service national pour apprendre à nous dévouer sans réserve dans l'intérêt de la collectivité, et ainsi de suite... mais personne ne souhaite qu'il nous arrive quelque chose. Vers midi, comme personne ne s'est fait bousiller et que les huit soldats de métier sont censés faire une pause, on nous laisse prendre la relève. Je me trouve dans le premier groupe.

Je suis en binôme avec un soldat qui, derrière sa visière, semble avoir dans les quarante, cinquante ans, un soldat de métier, un pro. Nous sautons à l'arrière d'un camion avec dix-huit civils, tous vêtus de leurs tenues, tous effrayés, pensant à leurs chats, leurs chiens ou leurs perroquets. Le camion se dirige en grondant vers l'épave en flamme.

Le soldat me met au parfum. « Personne ne doit s'approcher à moins de deux cent cinquante mètres. Personne. Ces gens sont tous prêts à jurer qu'ils habitent plus loin, mais ils peuvent mentir. Tu accompagnes la personne chez elle, ce qui veut dire que tu entres et ressors avec elle. Ils ont droit à quatre minutes, à toi de compter. Tu prends l'animal et tu sors. Rien d'autre, on ne s'occupe que des animaux. S'ils n'arrivent pas à mettre la main sur leur animal dans les quatre minutes, tu fais dégager quand même. Par la force s'il le faut. Est-ce qu'on a appris aux mômes que vous êtes à utiliser vos armes paralysantes ?

— Oui, chef, dis-je sans relever l'insulte.

— Que les animaux, répète-t-il. Ni argent, ni photos, ni ordinateurs, ni meubles, ni bijoux. Et bordel, ne te fais pas blesser.

— Non, chef. » Je lui lance un grand sourire. Il me dévisage l'espace de quelques secondes, puis se détourne avec une moue écœurée. Je m'en moque. Je suis trop heureuse.

La fumée empire, et bientôt nous distinguons les flammes. Ce convoi est en train de brûler des flammes de l'enfer dont nous parlait le pasteur, quand j'étais à l'école gouvernementale. Un autre cordon fluo, dont le jaune donne à plein, s'étend à mi-hauteur d'homme à deux cent cinquante mètres du maglev. Les maisons situées au-delà sont encore debout, d'accord, mais je ne donne pas cher de leurs chances si un des barils de pétrole vient à sauter. De pétrole... façon de parler. Qu'est-ce qu'il y a dans ces barils, au fait ? Sans doute quelque machin imprononçable qui ne peut intéresser que les tégés.

Nous nous arrêtons à une trentaine de mètres de la limite. Dix-huit civils, trois soldats, trois appelés. Le sergent fait descendre les six premiers civils et les fait courir vers les maisons, chaque civil accompagné d'un soldat ou d'un appelé. Certains des civils arrivent à peine à suivre. Le mien ne gagnera jamais un marathon, mais il avance plutôt vite pour un vieux schnock. Je cours à ses côtés parallèlement au cordon fluo. D'autres binômes se dispersent pour disparaître dans la fumée, ou dans les maisons, sagement alignées de part et d'autre des rues comme il est d'usage dans ce genre de lotissement. J'aperçois un soldat et un civil sortir d'une d'entre elles, immédiatement suivis d'un gros chien qui aboie comme un damné, plein de joie canine.

Nous galopons. Encore et encore. Mais où il habite ce type ? Nous sommes presque au bout de la rangée de maisons. Au-delà il n'y a que de grands bâtiments gris sans fenêtres, des entrepôts, des usines, ou je ne sais quoi de ce genre. Il ne peut quand même pas y avoir d'animaux là-dedans ?

Brusquement, le civil accélère le pas. L'enfoiré ! Il me distance avant que je puisse sortir mon arme paralysante, que je ne pensais même pas avoir l'occasion d'utiliser. Pas pour aller sauver un putain de chat ! Le vieux schnock me laisse sur place et franchit le cordon électronique. En le suivant, je ressens une brusque douleur dans la poitrine, rien que ma combinaison ne puisse supporter. Nous sommes dans le périmètre dangereux. Lorsqu'il entre dans le bâtiment gris le plus proche, j'ai réduit la distance qui nous sépare, mais pas de beaucoup.

Il bloque la porte derrière lui.

Je perds quelques précieuses secondes à cogner dessus comme une conne de tégé. Puis je fais le tour du bâtiment. Derrière se trouve un quai de chargement, mais il est fermé lui aussi. De même que la sortie de secours. Comment ces gens ont-ils pu trouver le temps de tout fermer comme une jeune vierge effarouchée le ferait de ses cuisses ?

Puis j'aperçois mon type sortir d'une porte annexe. Il ne s'attend visiblement pas à me voir puisqu'il manque de me rentrer dedans. C'est comme ça que j'arrive à bien voir ce qu'il porte dans ses bras.

Je ne dégaine même pas mon arme paralysante. C'est moi qui suis paralysée. J'arrive à peine à bouger.

Jusqu'à ce que je me rende compte de ce qui va se passer. De ce qui *doit* se passer. Le type a déjà disparu dans la fumée – il sait parfaitement où il va, et le temps qu'il lui faut pour y arriver. Moi non. Mais je prends mes jambes à mon cou, et chaque seconde qui m'éloigne du bâtiment sans fenêtre est un cadeau, une bénédiction, un putain de miracle. Une seconde de plus et je suis vivante.

Le bâtiment explose.

Je plonge derrière un barbecue en briques – je me trouve de nouveau dans la zone maisons – et me faufile dessous. Il est surmonté d'une espèce de toit en métal pour empêcher la pluie de tomber sur le grill, qui est encombré par des plats en terre cuite, des cuillères en bois, et autres merdes qui servent à cuisiner. Les plats en grès se brisent et me tombent dessus, mais à part ça, tout va bien. Je me protège la tête en attendant, et comme prévu, l'explosion du bâtiment atteint le wagon le plus proche, qui explose à son tour.

Poisons. Toxines. Déchets nucléaires ? Que peuvent bien contenir ces barils ?

Je n'en sais rien, et quand bien même, cela ne m'aiderait pas beaucoup. Je hurle à n'en plus pouvoir, jusqu'à ce que je m'en rende compte et m'impose le silence. Le bruit autour de moi à des allures de fin du monde. La fumée noire m'empêche de voir mes propres genoux, bien que je sois accroupie et que mon visage soit collé dessus. Je suis presque certaine de mourir. Si tous les wagons explosent, c'en est fait de moi.

Mais rien de tel ne se produit. Je ne meurs donc pas.

D'après le bruit, un seul wagon a explosé, et j'en étais loin. Je n'arrive pas à me rappeler si j'ai traversé le cordon fluo, si je suis en dehors de la zone dangereuse. Je n'ai pas senti l'effet du champ de force. Je ne ressens d'ailleurs plus rien pendant quelques minutes, sinon la putain de sensation d'être *en vie.* Puis je rampe hors de mon abri, pour me relever, un peu groggy.

Mon casque est passé en vision virtuelle, pour une meilleure résolution. Autour de moi, c'est un décor de film de guerre, une scène d'action en Amérique du Sud. Des maisons qui brûlent, d'autres détruites. Le bâtiment gris n'existe plus. Il n'y a que des gravats, de la fumée et des bruits qui résonnent à mes oreilles comme s'ils venaient de loin, alors que le vacarme a lieu pratiquement au-dessus de ma tête.

Je titube entre les feux jusqu'à la zone de largage. J'ai quelque peu perdu le sens de l'orientation puisque j'arrive sur le parking de l'église par le côté, entre deux maisons situées sur le flanc est.

Le parking lui-même me paraît irréel.

Des vieux partout, certains encore en tenue, mais sans casque, d'autres habillés normalement, tous couverts de suie, à tel point qu'il est impossible de dire s'ils sont noirs, blancs ou violets. Et des animaux. Un chat mort étendu sur le trottoir, une femme en pleurs penchée sur lui, les larmes suivant les rides de son visage. Un chiot vivant, une patte écrasée, qui continue de remuer la queue comme s'il attendait un cadeau de son maître, alors qu'un autre vieux schnock pleure sur sa misère. Un gros labrador court en rond, aboyant à n'en plus finir. Des chats sifflent au passage du labrador. Des vétos penchés sur des chiens avec leur matériel médical. Un type tient une gamelle de chien vide qu'il contemple d'un air hagard, comme statufié. Les soldats de l'armée régulière essaient de refaire monter les civils à bord des camions. « La zone est dangereuse, monsieur. Remontez dans le camion tout de suite. La bête est morte, laissez là, s'il vous plaît... »

Personne n'écoute. Les équipes vidéos manœuvrent leurs

robocams au milieu des cris et des gémissements. De mon côté du parking, un énorme perroquet couvert de suie enfonce ses puissantes griffes dans les épaules d'un type qui n'en continue pas moins de sourire ; l'oiseau répète en boucle : « Accès autorisé. On y va ! Accès autorisé. On y va ! Accès autorisé... » Et au loin, mais se rapprochant progressivement, les hurlements des sirènes annonçant l'arrivée par la voie des airs d'un renfort de pompiers et de matériel.

Ma sergente m'a repérée. Elle traverse le parking en courant, m'aperçoit entre les bâtiments et s'arrête net. Son visage change du tout au tout, et je comprends ce que j'ai en face de moi. L'expression même du soulagement. Elle m'a crue morte, elle s'est vue responsable de la perte d'une de ses précieuses appelées, et a pensé qu'elle aurait à le payer cher et pendant longtemps. Mais voilà, je suis en vie. Peu importe qu'aucun civil ne se trouve avec moi – il n'a pas dix-neuf ans, et n'est pas une ressource nationale.

« Walders ! » me lance-t-elle, et je comprends à quel point elle est à la fois furieuse et soulagée. On nous appelle d'habitude par nos prénoms. « Au rapport ! »

Je m'exécute. Je marche d'un pas mal assuré, les genoux en compote, et ce n'est pas parce que je viens de frôler la mort. Ce n'est pas non plus parce que j'ai perdu mon civil et foiré ma première mission dangereuse en tant qu'appelée. J'ai les genoux en compote parce que je dois aller au rapport, faire un compte rendu complet, sans oublier de mentionner ce que j'ai vu le civil emporter avec lui dans sa course. Et je ne sais pas, je n'ose imaginer ce qu'il va m'arriver après ça.

2.

NICK CLEMENTI

C'est toujours le même rêve. Assis à côté de ma mère près de la mare aux canards, je leur distribue notre déjeuner. « Nicky, regarde les petits nager derrière leur maman ! Si nous étions des canards, tu nagerais derrière moi, Jennifer et Allen. » « J' veux nager devant Jen'fer et Allen ! » lui dis-je, et ma mère éclate de rire. Assise pieds nus dans l'herbe, elle aussi est très jeune, et très belle. Les canards se disputent les miettes de la tartine au beurre de cacahuète et confiture en caquetant bruyamment, puis se transforment en mon bracelet-récepteur.

Je me suis retourné dans mon lit en disant : « Réception.

— Un appel pour vous, docteur Clementi, m'a informé l'ordinateur du Centre Médical de sa voix androgyne plutôt agréable. Un code quatre. Mme Paula Schaeffer. Se plaint de picotements dans la jambe gauche, d'une sensation de lourdeur et d'irritation. Vos instructions, s'il vous plaît.

— Fixez-lui un rendez-vous pour demain matin. » Cela dit d'une voix où perçait probablement autant d'irritation que chez la soi-disant malade. L'ordinateur ayant décidé qu'il s'agissait d'un code quatre, cela pouvait attendre. Des picotements dans la jambe gauche pouvaient être n'importe quoi, rien de grave sans doute. Sensation de lourdeur et d'irritation... à ma connaissance, c'était la spécialité de Mme Schaeffer. Bon sang, elle avait tout de même quatre-vingt-sept ans, et il était deux heures du matin. Voulait-elle danser la gigue et faire la fête ? En fait, ils craignaient tous que le moindre symptôme soit celui d'une attaque.

Le bracelet avait réveillé Maggie. « Nick ? Tu dois sortir ?

— Non, c'est encore un Fossile Angoissé. » Ainsi les appelait-on entre nous – même si nous avions tous les deux plus de soixante-dix ans. Ou peut-être *à cause* de cela. On plaisante de la chose, on y prend goût, cette façon idiote de parler des autres devient une habitude, et cela finit par être plus facile à vivre. Mithridate ne procédait pas autrement, et il est mort à un âge avancé.

Maggie est venue se blottir en chien de fusil contre mon dos. Les boutons de sa chemise de nuit se sont enfoncés dans ma peau.

« Encore une agression de ton boutonnage.

— Pardon, mon chéri. » Elle a changé de position.

« Ce n'est pas suffisant. Enlève-moi ça.

— Tu n'es qu'un vieux dégoûtant, Nick. » Puis : « Nick ? »

Ça allait être bon, intense. Je le sentais.

Elle était douce et légère dans mes bras. Passé la quarantaine et la cinquantaine, Maggie avait pris du poids, jusqu'à me donner l'impression d'avoir sous moi un coussin chaud, excitant. Mais au cours de la soixantaine et au-delà, elle avait tout reperdu, et je sentais de nouveau ses os délicats. Et cette odeur – Maggie avait toujours eu une odeur bien à elle, unique, lorsqu'elle était réceptive. Et à cet instant, elle l'était. Ses bras menus m'enlaçant fermement, je me suis glissé en elle, et effectivement, ce fut royal.

« Oh, c'est bon, c'est bon, disait Maggie, comme toujours depuis cinquante et un ans.

— Je t'aime, Maggie.

— Hmmmmmmmm... oui, Nick, comme ça. »

Elle avait toujours su ce qu'elle voulait. Et pendant cinquante et un ans, j'ai été ravi que ce soit moi.

Plus tard, le bracelet s'est remis à sonner. Maggie s'est assoupie, une jambe par-dessus la mienne, une mèche grise me chatouillant les narines. J'ai dû m'endormir à mon tour ; le lumière du jour filtrait à travers les rideaux. Maggie s'est réveillée et a bougé. « Bon sang, ils ne peuvent pas te laisser dormir ? Ne réponds pas ; c'est probablement une simple démangeaison dans l'autre jambe de Paula Schaeffer.

— Toi, c'est autre chose qui te démange, l'ai-je taquinée.

— Ne réponds pas, Nick.

— Réception, ai-je dit dans le bracelet.

— Sans doute une démangeaison dans les cils de Paula Schaeffer. »

Mais ce n'était rien de tel. C'était Jan Suleiman, un employé du Comité, et un ami de longue date. Jan aimait souvent me confier des choses que d'autres auraient préféré que j'ignore. Je l'ai écouté, puis me suis redressé lentement, les yeux grands ouverts dans l'obscurité de la chambre.

« Nick ? a demandé Maggie. Qu'est-ce qu'il y a ? »

J'ai attendu la fin de la communication pour lui répondre. J'ai toujours tout dit à Maggie, même ce que je n'étais pas censé lui révéler. On pouvait lui faire confiance. Je lui parlais des patients qui me restaient, des luttes économiques au sein du Centre Médical des Docteurs Volontaires, des luttes politiques au sein du Comité Consultatif auprès du Congrès pour les Crises Sanitaires. Il n'y avait qu'une chose que je ne lui avais pas encore dite, mais que je n'allais pas garder longtemps pour moi. Je lui ai donc fait part de ce qui aurait été vu la veille, lors de l'explosion du maglev au nord-est de la ville, à Lanham. Je l'ai tenue dans mes bras un long moment avant de me lever, de m'habiller et d'appeler un taxi pour aller de Bethesda à la Colline.

Le Comité Consultatif auprès du Congrès pour les Crises Sanitaires se tenait dans une tour administrative anonyme et sans prétention. Il y avait de bonnes raisons à cela. Premièrement, il y avait tellement de Comités Consultatifs en ces temps de crises à répétition que les immeubles gouvernementaux étaient perpétuellement grouillants de législateurs anxieux, de scientifiques, de représentants de lobbies divers, de militaires, de bureaucrates, de toxicologues, d'industriels, d'éducateurs, de docteurs, d'économistes et d'activistes. Ensuite, un immeuble administratif anonyme était moins susceptible d'être observé par la presse, dont l'implication, à ce stade, était prématurée. C'était l'avis de tous, pas le mien. Je pensais que la presse était trop longue à intervenir.

Je comprenais toutefois le point de vue des autres membres du comité : une bonne partie de la presse continuait à se complaire dans l'art de mettre de l'huile sur le feu et l'hystérie, surtout en ce qui concernait les conséquences du Basculement. Elle avait une lourde responsabilité, même s'il y avait peu de chances qu'elle le reconnaisse.

Mais la raison essentielle expliquant le choix de cet immeuble anonyme résidait dans le tunnel secret qui le reliait au parking souterrain anonyme deux pâtés de maisons plus loin.

Dix ans plus tôt, à une époque où on pouvait encore se permettre de construire, la construction avait privilégié le secret. Bien obligé. On se trouvait en plein Basculement, alors que la menace d'une crise économique du gouvernement américain n'était plus une menace, que le déclin progressif en matière de sperme viable à travers le monde n'était plus progressif, que les limites de la manipulation génétique ne relevaient plus de la simple théorie, et que la banqueroute des fonds de pension n'était plus une perspective – tout était bien là. Les émeutes, la rebellion des contribuables, les lois génétiques et le chaos destructeur du Basculement aidant, cela avait été deux années noires avant que le président ne déclare la loi martiale pour restaurer l'ordre. Beaucoup de personnes normalement loquaces évitent de mentionner ce qu'elles ont fait durant ces deux ans. À Washington, certaines d'entres elles ont utilisé les tunnels secrets pour leurs agissements.

J'ai vu l'enfant quelques pâtés de maison avant le parking souterrain. On n'était pas dans les beaux quartiers de Washington, qui n'en comporte d'ailleurs plus beaucoup. Des vieux papiers couraient entre les immeubles, dont certains avaient brûlé, la plupart se trouvant condamnés par des planches. En ce mois de mai, les nuits étaient douces, et des personnes âgées dormaient sur les trottoirs, devant les issues de secours et sur les pas de porte, enveloppées dans des manteaux et des couvertures. C'était une ville de vieux – comme pratiquement toutes les villes.

Un Américain sur quatre avait plus de soixante-dix ans. Le nombre de contribuables salariés pour chaque retraité était tombé à 1,4, et encore les malheureuses allocations que recevaient les personnes âgées leur permettaient-elles à peine de survivre. Le nombre de personnes « très âgées », c'est-à-dire de plus de quatre-vingts ans, avait quadruplé durant les cinquante dernières années. Le taux global de natalité était de vingt pour cent inférieur à celui du siècle précédent. Dans certains pays, il était descendu à cinq pour cent. En l'absence relative d'enfants, le monde avait vieilli.

Nous sommes passés devant les masses humaines endormies. Devant les holopanneaux, l'aspect le plus visible du projet Patriote, dont les inscriptions cabriolantes appelaient désespérément aux RESPONSABILITÉS PARTAGÉES ou encore au CONTRAT SOCIAL : LA GARANTIE D'UN FUTUR PROSPÈRE ! Devant des bouteilles cassées, des résidus de drogues en tous genres et des excréments humains – la routine. Sans compter les rats, plus téméraires et plus agressifs que jamais dans toute l'histoire de l'humanité. Je savais pourquoi, mais le comité refusait systématiquement que je leur en parle.

Et là, au milieu de la rue baignée par la lumière de l'aube naissante, habillée d'une petite robe rose, une gosse très brune de peau, avec de grands yeux noirs et de longs cheveux noués par un ruban rose.

« Arrêtez la voiture », ai-je demandé au chauffeur, qui avait commencé à freiner, aussi surpris que moi. Il y avait là une impossibilité. Washington était au plus bas des statistiques régionales pour ce qui était du potentiel séminal – en terme de mobilité, de normalité et de quantité – et il en allait de même pour le taux de natalité. La conception artificielle, sous toutes ses formes, était encore trop coûteuse pour la plupart des couples depuis que les mutuelles avaient fait banqueroute. Quant au clonage, qui avait jadis semblé offrir un espoir à l'humanité, il s'était transformé en une sinistre farce.

On pouvait cloner des vers, des grenouilles, des moutons, des éléphants. Mais pas les humains. Un œuf humain cloné, non fertilisé, se divisait docilement cinq fois en trente-deux cellules. Et continuait à se diviser ainsi, au lieu de se transformer en blastula, la première de la série d'étapes cruciales menant à la différenciation des cellules. Dans des œufs clonés, aucune différenciation cellulaire ne se produisait. Jamais. On se retrouvait non pas avec des cellules osseuses, des cellules cutanées, des cellules musculaires, mais avec une monstrueuse boule de cellules toutes identiques, une masse homogène qui continuait sa croissance jusqu'à ce que quelqu'un la tue. Les chercheurs attribuaient cela à un subtil dysfonctionnement au niveau des gradients de la polarité chimique de l'embryon, bien que personne n'ait à ce jour mis en évidence le mécanisme exact. Ils n'étaient sûrs que des résultats : le clonage ne pouvait donner au monde les enfants qu'il brûlait d'avoir.

Aussi les enfants étaient-ils rares et précieux ; on ne les laissait pas se balader seuls et à moitié nus au milieu de rues crasseuses. À plus forte raison quand ils ne présentaient aucune anomalie visible. De nombreux couples stériles auraient tué père et mère pour avoir cette petite fille.

Elle m'a regardé sans manifester la moindre crainte, et a fourré deux doigts dans sa bouche.

« Bonjour », ai-je lancé, une fois ma vitre baissée. Mon chauffeur a dégainé son arme. Certains individus poussés aux dernières extrémités n'hésitaient pas à se servir d'enfants comme appâts. « Comment tu t'appelles ?

— Rosaria », a-t-elle dit entre ses doigts, puis elle s'est mise à pleurer. Je suis sorti de la voiture.

« Et pourquoi pleures-tu, Rosaria ?

— Abuela m'a pas habillée. » Elle a soulevé sa robe pour me montrer ses jambes nues et ses parties génitales. Je me suis empressé de rabattre le bout de tissu. Si ceci était filmé par une robocam... *Scientifique de la Colline surpris en train d'abuser d'un enfant.*

« Et où est Abuela à présent, Rosaria ? »

Elle a pointé un doigt vers une rue voisine. Le chauffeur a pris la parole. « Monsieur, je peux appeler la Brigade de Protection des Mineurs...

— Faites. Et appelez aussi les flics. » Mais pendant ce temps Rosaria me tirait par la main en pleurant. « Rosaria, nous devons attendre d'autres gens avant d'aller chercher Abuela.

— Abuela tombée par terre ! »

J'étais docteur. Je l'ai suivie.

Elle m'a guidé le long de la ruelle la plus proche. PARTAGEZ LES RESPONSABILITÉS conseillait un graffiti sur le mur d'un immeuble, suivi de : RESPONSABILITÉS MON CUL ! Mon chauffeur marchait derrière moi tout en parlant dans son bracelet. Je tenais la petite main de la gosse tandis qu'elle me faisait grimper des escaliers sales et délabrés, franchir une porte à demi arrachée de ses gonds, et gravir encore une volée de marches empestant l'ail et le désespoir. Les escaliers n'étaient pas équipés de la moindre rampe de sécurité, ni de bandes antidérapantes, encore moins de capteurs d'appel à l'aide, véritable anges gardiens pour les personnes âgées les plus aisées. En haut des escaliers se trouvaient trois portes, dont l'une grande ouverte. À l'intérieur, une vieille femme de type hispanique était étendue sur le sol immaculé, entre deux chaises raccommodées qui avaient jadis été rouge vif. Un seul regard m'a suffi pour comprendre qu'il était trop tard. Infarctus du myocarde, rupture d'anévrisme, ou une quelconque des douze causes de mortalité les plus courantes chez les personnes âgées. Elle tenait encore à la main les petits bas roses de Rosaria.

Je me suis accroupi devant la gamine. « Rosaria... Abuela est morte. Elle n'est plus dans ce corps. Tu comprends ? »

Elle a hoché la tête, même si tout cela était au-delà de sa compréhension. Mais elle s'était arrêtée de pleurer. Ses grands yeux noirs étaient pleins de douceur, comme la fourrure d'un chaton noir. Elle est passée de l'autre côté de la chaise rouge pour attraper une poupée « Grand-mère Ann », un des jouets distribués dans le cadre du projet Patriote. Les jeunes doivent apprendre très tôt à aimer les vieux. Rosaria a serré la poupée contre elle.

« Dis-moi, ma chérie, qui d'autre habite avec...

— Aaeeehhhaaaeee ! » C'était le hurlement d'une énorme Hispanique qui venait de faire irruption dans la pièce. « Abuelita ! Aaeeehhhaaaeee ! ! »

Je me suis levé pour me reculer.

La femme, qui ne devait pas avoir plus de vingt-cinq ans, s'est écroulée près du corps de sa grand-mère et s'est mise à pleurer. Elle portait une blouse de travail d'usine, sur laquelle était brodé : DONOVAN ELECTRONICS. Au bout de quelques instants, je lui ai posé la main sur l'épaule.

« Madame... »

À ma grande surprise, elle a bondi sur ses pieds pour se retourner vers moi.

« Qui êtes vous ? Qu'est-ce que vous faites ici ?

— Je suis médecin. J'ai trouvé Rosaria en train d'errer dans la rue ; elle a dit qu' "Abuela" était en train de l'habiller...

— Dans la rue ? Vous l'avez emmenée dans la *rue* ?

— Non, je... elle est sortie toute seule. Sans doute après que votre grand-mère – ou arrière-grand-mère ? – s'est effondrée. J'étais...

— Vous ne m'aurez pas comme ça ! Vous m'entendez ? On n'a pas besoin de la Brigade de Protection des Mineurs !

— Je ne fais pas partie de la Brigade de Protection des Mineurs. Je...

— Laissez-nous tranquilles ! »

Elle a fait un pas vers moi, les yeux flamboyants de haine. Aussi grande que moi, elle avait une bonne dizaine de kilos de plus, et cinquante ans de moins. J'ai reculé.

« Je trouverai quelqu'un d'autre pour surveiller ma Rosaria. Je ne vous laisserai pas me l'enlever pour la confier à quelque riche salope dont le mari a les couilles vides et qui n'arrive pas à se faire engrosser par éprouvette. J'ai déjà assez de mal à me taper deux boulots pour faire vivre les vieux schnocks blancs de votre espèce, vous n'aurez pas ma gosse en prime !

— Madame, vous... » J'étais sur le point de dire : *... me bloquez le passage.* Je ne sais pas à quoi elle s'attendait, mais son visage s'est déformé en une horrible grimace et elle m'a décoché un coup de poing. Déséquilibré, je suis parti en arrière en tendant le bras gauche de façon plus ou moins désordonnée pour essayer d'amortir ma chute. Ma main a heurté le sol. J'ai senti deux de mes doigts se briser.

Un seul coup de poing. Elle s'en est tenue là, haletante, ses yeux exprimant petit à petit l'horreur de son geste, tandis que Rosaria hurlait, que des voisins se précipitaient dans le couloir et que les sirènes de police se rapprochaient.

Nous nous sommes regardés au milieu de tout ce foutoir – le bruit, ma main, le corps de la grand-mère préposée à la garde de Rosaria, sa lutte désespérée pour protéger et préserver son enfant des richards qui auraient tant voulu se l'approprier. Richards qui pour la plupart était aussi blancs que les personnes âgées auxquelles allaient pratiquement cinquante pour cent du salaire de cette femme. Le gouvernement, largement déficitaire, protégeait les enfants, mais ne donnait aucune allocation pour leur garde. Celle-ci revenait aux parents, telle était la politique du moment. C'était la seule attitude responsable. Et si les familles ne pouvaient, ou ne voulaient pas s'occuper de leurs enfants... on confiait les gosses aux couples de blancs aisés qui n'attendaient que ça.

Toujours par terre, j'ai examiné mes doigts. Une radio m'en dirait plus long, mais j'étais pratiquement sûr qu'il ne s'agissait que de fractures mineures. Dehors, les sirènes se sont tues. « Emmenez Rosaria, ai-je dit posément à sa mère. Et laissez-moi aller dire aux flics que tout va bien. »

Elle a obtempéré. Cédant à la peur, ou à l'espoir, ou parce qu'elle n'avait pas d'autre option à sa disposition. Elle a fait un pas de côté et pris sa fille, qui s'est agrippée à sa mère, la tête nichée au creux de son cou. Je me suis frayé un passage au milieu des voisins renfrognés pour aller accueillir la police, laissant ma main pendre normalement, comme si de rien n'était, décidé à dire aux flics qu'il y avait bien un corps là-haut, mais pas de coup fourré. Et à la Brigade de Protection des Mineurs qu'en effet, personne ne pouvait s'occuper de la petite Rosaria pendant que sa mère grevée d'impôts s'appuyait des semaines de six jours et des journées de dix heures à l'usine parce qu'elle avait besoin de ces heures supplémentaires – mais qu'à part ça, tout allait bien, aucune intervention officielle n'était nécessaire.

Oui, tout allait bien.

3.

CAMERON ATULI

Il n'y a que quarante-deux personnes au monde, et je les connais toutes.

Aucune ne me regarde différemment tandis que je traverse comme un courant d'air l'aile des garçons d'Aldani House, une fois de plus en retard pour le cours matinal. « Salut », me lance Nathan-les-beaux-yeux, tout guilleret, même à une heure aussi matinale. Melita m'adresse un signe de la tête un peu guindé. « Bonjour, Cameron. » Mes chaussons à la main, je file devant Yong et Belissa, qui sourient. J'aurais tout aussi bien pu ne pas m'absenter. Ne pas avoir d'importantes parties de mon cerveau délibérément et sélectivement emmurées à grands frais.

Qu'y avait-il dans ces souvenirs ? *Tu te poseras la question un bon millier de fois*, m'avait dit le docteur Newell en agitant ses boucles grises, *et à chaque fois ce sera comme la première fois.*

« Cameron. » Rebecca, notre maîtresse de ballet, s'adresse à moi d'un ton sévère, tandis que je me dirige vers la barre de travail. « Nous aurions tous été ravis de te voir un quart d'heure plus tôt.

— Je suis désolé », dis-je, résistant à l'envie d'ajouter : *Mais que voulez-vous, quand on a eu l'esprit vidé*... Rebecca exige que tout le monde soit à l'heure à son cours, du moins tous les membres de la compagnie qui dansent en ce moment. Trente et un danseurs et danseuses. Je prends ma place à la barre.

« *Plié*, lance Rebecca. Et un, et deux, et... »

Trente et un danseurs et danseuses, dont les élèves d'Aldani School encore trop jeunes pour rejoindre officiellement la compagnie. Plus Rebecca ; le docteur Newell ; mon infirmière, Anna, assistée de Saul ; Yong, le responsable de la sécurité d'Aldani House ; Nathan, Joe et Belissa pour ce qui est du personnel, et Melita, notre impresario. Et bien sûr, Monsieur C., le directeur artistique et chorégraphe, célèbre dans le monde entier. Quarante-deux personnes en tout. Tout mon monde.

Qui d'autre vivait dans ces souvenirs effacés ? *Tu te poseras la question un bon millier de fois.*

« Côté gauche, dit Rebecca. Et un, et deux... »

J'ai raté l'échauffement, et mes muscles sont froids. Je prends la barre à mi-temps jusqu'à ce que mes muscles s'échauffent. La salle d'exercices principale d'Aldani House est longue et étroite, équipée sur toute sa longueur de miroirs et de barres. Sur le mur du fond, côté sud, des fenêtres donnent sur les jardins. De délicieux parfums flottent jusqu'à nous : de lilas, de roses et autres fleurs qui devraient être belles à regarder si seulement Rebecca nous laissait une seconde pour cela.

« *Battement tendu*... c'est bien... maintenant en *adage*... Sarah, ne penche pas ta hanche sur le côté, garde la position ouverte... Joaquim, plus haut. *Plus haut* ! »

Je me suis absenté deux mois, et me voici de retour depuis un mois. C'est ce qu'on m'a dit. On ne peut s'arrêter de danser pendant plus de trois mois sans perdre quelque peu en technique. Mais je suis souple et musclé, et la technique revient. Je le sens.

J'ai vingt-deux ans. Je m'appelle Cameron Atuli. Qu'ai-je bien pu faire, ou que m'a-t-on fait pour que je décide de cette suppression d'une partie de ma mémoire ? Et pour qu'Aldani House, qui fonctionne toujours sur un budget serré, finance la chose ?

Mon corps ne me donne aucun indice, sauf... mais je ne veux pas y penser. De tout manière, je n'ai pas vraiment envie de savoir pourquoi ma mémoire a été effacée. Je peux toujours danser. C'est tout ce qui compte.

Le premier rêve vient quelques jours plus tard, au petit matin, juste avant mon réveil. Je suis en train de courir à toutes jambes, tellement effrayé que je n'arrive pas à y voir clair. Quelque chose me court après. Je le sens se rapprocher. Je trébuche, me retourne, les bras levés pour me protéger le visage. Je m'entends pousser un grand cri. Et ce qui me saute dessus c'est... un chat. Un petit chat apprivoisé, qui me lèche le bras en ronronnant tandis que je me recroqueville en hurlant. Je me réveille complètement terrorisé.

Est-ce un souvenir qui revient ? Ai-je eu un chat à un moment donné ? Pourtant pas un seul des souvenirs antérieurs à l'opération n'est censé remonter à la surface. Et pourquoi serais-je tellement effrayé par le souvenir d'un chat ?

Allongé tout seul dans mon lit, j'en ai encore des frissons. Pourquoi suis-je seul dans mon lit, au fait ? Avais-je un amant avant ? Et si oui, qui ?

Je parle trois langues. L'anglais, le français et un peu de cajun. Comment je connais ces langues ? Les réponses – toutes les réponses d'ordre personnel antérieures à mon opération – sont inaccessibles à ma conscience. Toutes les « récupérations mémorielles autobiographiques » sont coordonnées par ce que l'on appelle le nodus de Gereon, situé dans le cortex droit du cerveau. Mon nodus de Gereon a été « désactivé ».

Je me souviens de connaissances de base (deux et deux font quatre ; Gerard Michael Combes est président ; Aldani

House tient son nom de celui de son fondateur et mécène, un milliardaire qui adorait le ballet). J'ai également gardé toutes mes compétences. Je peux parler, lire, danser, parce que ces choses sont apparemment entreposées d'une autre façon dans mon cerveau. Nous avons provoqué chez vous, m'ont dit les docteurs, une amnésie rétrograde – une sorte d'Alzheimer à l'envers. Je ne sais pas ce qu'est un Alzheimer, et je m'en moque un peu. Je peux toujours danser, et peut-être qu'un des garçons de la compagnie deviendra mon amant.

Le rêve ne peut pas me faire de mal.

Je saute du lit et m'étire. Ça fait du bien, c'est fabuleux. Aujourd'hui je ferai un exercice supplémentaire à la barre. Nous répétons *Le Fils prodigue* ; je suis premier danseur. Je m'exercerai à la barre à côté de Rob, un garçon doux et calme, qui a des mouvements de bras extraordinairement expressifs. Il a aussi de superbes yeux bleus.

Je sors mes affaires de danse et descends à la cuisine prendre mon café.

Nous sommes en train d'exécuter de *grands battements* à la barre lorsque je souris à Rob. Rebecca n'est pas de très bonne humeur ce matin et elle ordonne les combinaisons d'un ton sec : *avant, arrière, côté, plié. Encore une fois. Tournez.* Pendant son demi-tour, Rob me rend timidement mon sourire, ce qui le rend encore plus craquant. Histoire de rigoler, je lui touche les fesses d'un mouvement tendu de la jambe. Rebecca s'en rend compte – elle voit tout, elle sait mener son cours – et me reprend. « Cameron ! Reste à ta place ! »

Je suis à ma place. Je suis heureux.

« Ça te dirait d'aller faire un tour ? » je demande à Rob après le cours. Il a jeté autour de son cou une serviette aussi bleue que ses yeux. Ses cheveux sont trempés de sueur, et sa tenue de danse marquée de taches sombres. Il acquiesce en souriant.

Nous descendons bruyamment les escaliers de derrière pour rejoindre le jardin d'Aldani House. D'une superficie d'environ deux hectares, il est entouré d'un mur en agglo de presque trois mètres de haut. J'ignore comment je le sais. Le bâtiment principal se trouve près de la grille d'entrée, aussi haute, solide et opaque que le mur d'enceinte. Entre la Maison et la grille d'entrée fleurissent les jardins ; sur l'un des côtés se trouvent le bâtiment de la sécurité, où officie Yong, et les remises. Derrière la Maison s'étend une pelouse avec des chaises et des tables de jardin en plastique et un filet de volley, puis le potager, où l'on envoie les plus jeunes élèves de l'école lorsqu'ils n'ont pas été sages ; ensuite, c'est un petit bois avec des sentiers, des bancs et des arbres au feuillage épais. Rob et moi nous y promenons. L'air est frais sur mes muscles encore chauds ; il y flotte un parfum d'aiguilles de pin, de cerisiers en fleurs et de fraise.

« Tu as un magnifique *porté de bras* dans tes arabesques, lui dis-je. Bien plus expressif que le mien. Je te regardais dans le miroir tout à l'heure.

— Mais toi, tu sais sauter. » C'est vrai. J'exécute les sauts les plus puissants et les plus précis de la compagnie. Nous marchons dans les bois jusqu'à une clairière près du mur. Contre le bloc coulé censé imiter la pierre de taille se trouve un banc en bois naturel. Rob et moi nous y asseyons sans même nous concerter.

Je me penche pour cueillir une fraise sauvage. Elle est tiède au palais à cause du soleil, sucrée et juteuse. Rob me lance un regard bizarre. « Qu'est-ce qu'il y a ? je demande.

— Rien. » Il détourne les yeux. Mais j'ai l'impression que ce regard voulait dire : *Tu n'aimais pas les fraises sauvages avant*. Je commence à m'habituer à ce genre de regard. Apparemment beaucoup de mes goûts étaient différents avant mon opération. Avant, m'a-t-on dit, je n'aimais pas le violet ; et maintenant j'adore ça. Avant j'écoutais constamment Ragliev ; désormais ce sont les compositeurs classiques que je préfère, Schubert surtout. Avant je portais des bagues, des bracelets et des broches ; maintenant j'ai une pile de bijoux qui s'empoussièrent sur ma table de nuit.

Un ange passe. Pour briser le silence, Rob me dit : « Regarde ce pauvre oiseau. » C'est un moineau qui sautille sur son unique patte. Quelque chose cloche aussi au niveau de ses ailes. Je me rappelle qu'il y a de nombreux animaux difformes.

L'oiseau s'envole maladroitement. Je mange une autre fraise. Nouveau silence. Rob et moi évitons de nous regarder. N'en pouvant plus, je pose une main sur le mur rugueux. « Qu'est-ce qu'il y a de l'autre côté ? »

Il se tourne vers moi en clignant des yeux. « Tu ne te souviens pas de la ville ? »

Je secoue la tête en lui souriant. Ses yeux sont si bleus.

« Même pas de ce quartier-ci ?

— Non. » Et pour la première fois je me rends compte que Rob sait ce qui m'a valu de me retrouver chez les médecins de la mémoire. Tout le monde à Aldani House doit être au courant ; seul quelque chose de suffisamment terrible pour être de notoriété publique justifierait une telle opération. Pourquoi ne m'en suis-je pas aperçu plus tôt ? Je m'éloigne de Rob, brusquement perplexe et gêné. Ces gens ne se souviennent pas seulement d'un Cameron Atuli ayant des goûts différents ; ils détiennent des éléments cruciaux de ma vie qui me manquent.

« Ne me repousse pas une fois de plus, Cam ! lâche Rob. Lorsque tu m'as souris pendant le cours ce matin, j'ai pensé, j'ai espéré... ne me repousse pas une fois de plus ! »

Une fois de plus. Ces mots me mettent mal à l'aise ; il connaît tant de choses sur moi. Rob voit ma réaction et pose sa main sur mon bras. « Je suis désolé, je ne devrais pas faire ça. Ne t'inquiète pas, personne ne te parlera de ce qu'il t'est arrivé... avant. Personne, jamais. Monsieur C. et Melita ont été très clairs à ce sujet. Et nous t'aimons tous, Cam, tu dois bien t'en rendre compte. Je... je t'aime. »

Malgré ma gêne, je lui pose la question. « Étions-nous amants ? Avant ? »

Il ne me répond pas. Je repense à cette partie de moi-même qui se sent différente depuis mon retour... bien que je ne sois pas sûr de ce que je veux dire par « différent ». Simplement différent dans ma main lorsque je me douche, ou me masturbe. Mais pour le reste, tout fonctionne normalement, alors en quoi cette différence change-t-elle quoi que ce soit ?

Je renouvelle ma question. « Étions-nous amants ? Avant ?

— Oui », murmure Rob. Puis il ajoute : « Mais à présent... c'est le présent. Je le sais très bien. Melita m'a mis en garde... On est dans le présent, et tu es en train de tout recommencer à zéro. Je suis simplement... heureux que tu sois ici avec moi, comme ça. » Je me rends compte de l'ampleur de ses efforts. Il puise au fond de lui-même, comme pour préparer un *jeté battu.* Il continue d'un ton léger : « De l'autre côté de ce mur, il y a une rue, avec de très belles maisons et de beaux magasins. Nous pouvons aller y faire un tour demain, si ça te dit. »

Je n'ai pas encore réfléchi à ma réponse qu'elle a déjà franchi mes lèvres. « Je ne quitterai pas Aldani House. »

Il écarquille les yeux. « Jamais ?

— Non. » Je me sens en sécurité ici.

« Mais... il faudra bien que tu sortes pour danser. Tu es le premier danseur. La compagnie part en tournée le mois prochain ! »

En tournée. Je rumine cette idée. Partir en tournée signifie se déplacer d'un endroit à un autre avec pratiquement toute la compagnie. Sarah, Dimitri, Caroline et Joaquim. Plus Yong pour notre sécurité, Melita pour tout organiser, et Rebecca pour nous faire répéter comme si nous étions toujours chez nous... Danser tous les soirs devant des inconnus, mais sur une scène, séparé du public invisible dans le noir. Oui, ça je peux le faire. J'acquiesce. « Bien sûr. Je danse dans *Le Fils Prodigue.* »

Rob se détend. « Ah bon, tant mieux. Et tu n'es pas obligé d'aller faire les magasins si tu n'en as pas envie. Encore qu'il y ait au *Joyau des siècles* un bracelet qui serait sublime sur ta peau. »

Il tend timidement son bras parallèlement au mien. Sa peau est pâle, presque laiteuse comparée à la matité de la mienne. Et les voilà de retour, ce sourire et ce regard qui se dérobe, ces yeux qui s'écarquillent. L'électricité. Je ne lui dis pas que je ne porte plus de bracelets. Ce n'est pourtant pas Rob qui fait le premier pas, parce que je ne me souviens pas du passé et que c'est un garçon doux et plein d'égards. Une sensation de bonheur m'envahit aussitôt, un plaisir à l'état pur qui me paraît familier même si je n'en ai aucun souvenir. J'éclate de rire, me penche et embrasse Rob sur chacun de ses yeux bleus.

Il m'entoure de ses bras. Nous nous étreignons là, sur ce banc, contre le mur rugueux, sous les arbres en fleurs, et je me félicite de cette opération sur ma mémoire qui me permet de redécouvrir Rob comme si rien ne s'était jamais passé entre nous.

4.

SHANA WALDERS

Le comité consultatif auprès du Congrès ne se réunit pas au Capitole comme je le croyais. À la place, l'officier fédéral m'escorte jusqu'à un bâtiment qui ressemble à n'importe quel autre bâtiment du centre de Washington D.C. Murs en agglo et verre. Quelques arbres rabougris sur le devant, comme si trop de clochards avaient pissé dessus. Les slogans habituels appelant à la responsabilité civile, sauf que ceux-ci sont gravés à même le bâtiment au lieu d'être des hologrammes. De nombreuses rambardes, des revêtements antidérapants, des scanners – on a plus misé sur la sécurité que sur la classe.

La salle du comité n'est pas très classe non plus. Des tables et des chaises en bois, des rideaux en tissu, des tasses à café en porcelaine, un mignon petit écran trois pouces – on s'attendrait à ce que des gens aussi importants se soignent un peu mieux. Il n'y a rien de ce qu'on voit d'habitude dans les films : des murs informatiques qui en jettent, des opacifieurs de fenêtres, des écrans holos, ou de ces tasses qui se dissolvent lorsqu'il n'y a plus de liquide à l'intérieur. Peut-être que ce comité n'est pas si important que cela après tout, et que mon rapport ne l'est pas non plus. Mais dans ce cas, pourquoi me faire venir en personne, au lieu de se contenter de mon témoignage vidéo ? Et dès le lendemain de l'explosion du wagon ? Et sous escorte d'un fédéral ?

Je suis importante. Vous pouvez parier vos puces là-dessus.

« Soldat Walders ? me demande le président du comité. Merci d'être venue. Veuillez vous asseoir je vous prie. »

Je m'assieds, bien droite sur ma chaise. C'est un vieux kroumir, bien entendu, mais il a l'air malin. Il ne sourit pas. D'autres personnes entrent dans la salle, vont chercher du café, discutent entre elles. Sept hommes, cinq femmes. Je suis la seule à avoir moins de cinquante ans, à part un homme qui a un air de chien battu assis dans un coin. Les dames sont en tailleur-pantalon, très femmes d'affaires, et leurs vestes sont de couleur plus vive que celles des hommes. Quant à moi, je porte mon uniforme de défilé. Les introductions sont faites : madame la députée Unetelle, docteur Untel. Service de la Santé Publique. Contrôle des Produits Alimentaires et Pharmaceutiques. Association des Laboratoires Pharmaceutiques. Détaché à la Banque Nationale du Sperme. Protection des Mineurs. Et d'autres, que je finis par oublier.

Action.

« Soldate Walders, veuillez donner au comité votre date de naissance. »

Je ne m'attendais pas à ça. Qu'est-ce que ça peut bien leur foutre de connaître ma date de naissance ? Je suis ici pour raconter ce que j'ai vu. Mais je réponds du tac au tac, comme un soldat. « Le quatorze novembre, 2015, monsieur.

— Vous avez donc dix-neuf ans ?

— Affirmatif, monsieur. » Il sait compter. Bravo.

« Quelle est votre ancienneté dans le service national ?

— Dix mois et treize jours, monsieur.

— Dans quelle division ?

— Dans le Corps auxiliaire, monsieur. » Il peut parfaitement le voir d'après mon uniforme. Comme si j'allais choisir la Protection de l'Environnement, ou le projet Patriote, ou n'importe quelle autre division qu'affectionnent les tégés. Tant qu'à servir mon pays pendant un an, pourquoi n'aurais-je pas droit à un peu d'action ?

« Et où avez-vous fait vos classes ?

— À Pittsburgh, Pennsylvanie, monsieur. »

C'est maintenant au tour d'une femme de me poser des questions ; j'ai oublié de quoi elle fait partie. Elle est en train d'étudier des données sur son bracelet.

« Soldate Walders, pouvez-vous nous faire part de vos états de service jusqu'à aujourd'hui ? »

Aïe.

« Mes états de services comportent une recommandation et sept avertissements, madame. »

Elle hausse les sourcils, la garce. « *Sept* avertissements ? En l'espace de dix mois ? Et pour quels motifs ?

— La recommandation était pour excellence en entraînement physique, je réponds, bien qu'elle ne me l'ait pas demandé. Les avertissements pour diverses infractions aux règlements.

— Veuillez être plus précise, soldate Walders.

— Oui, madame. » J'essaie de garder mon calme. Je vais m'en tenir à la procédure, quoi qu'il arrive. « Trois pour non respect du couvre-feu, deux pour avoir menti à un supérieur, un pour avoir été à l'origine d'une bagarre durant un exercice d'entraînement officiel, et un autre pour conduite déplacée dans l'exercice de mes fonctions.

— Vous avez menti à deux reprises ? » Ses sourcils se lèvent un peu plus. Si elle savait à quel point elle a l'air tarte, elle éviterait de faire ça. « Vous avez menti à quel sujet ? Entrez dans le détail, je vous prie.

— La première fois, à propos du non respect du couvre-feu. La seconde fois, à propos d'une arme non retournée à temps à l'armurerie. »

Le président du comité reprend la parole. « Si je peux me permettre, docteur Janson... Soldate Walders, j'ai cru comprendre que vous envisagiez d'intégrer l'armée régulière.

— Oui, monsieur.

— J'ai moi-même servi dans l'armée, bien avant que vous ne soyez qu'un embryon dans le ventre de votre mère. » Il sourit ; moi non. Mon cœur bat beaucoup trop vite. Il n'est plus si facile d'entrer dans l'armée régulière de nos jours. Avec les armes modernes, on n'a plus besoin de tellement de soldats. On peut se permettre d'être sélectif. Si ces enfoirés me grillent mes chances...

« Vos sept avertissements, bien que paraissant anodins selon la terminologie du corps des appelés, portent d'autres noms dans l'armée régulière. Vous vous êtes absentée sans autorisation. Vous vous êtes parjurée lors d'une réprimande officielle. Vous avez frappé un officier supérieur. Vous vous êtes rendue coupable de conduite inconvenante. Et vous avez volé une arme gouvernementale de classe III.

— Je ne l'ai pas volée, j'ai simplement oublié de la rendre après l'entraînement ! Et ce n'était qu'une arme paralysante ! »

Il continue, comme si de rien n'était. « Dans l'armée, chacun de ces actes vous aurait valu un renvoi. En êtes-vous bien consciente, soldate Walders ? »

Si je réponds oui, il va me faire ma fête, comme le tordu qu'il est. Si je réponds non, il pourra facilement prouver que je mens – la bibliothèque en ligne de Pittsburgh contient la trace de toutes mes recherches sur la moindre information disponible concernant les règlements militaires, les motifs de renvoi inclus. Je reste muette, aussi droite que possible sur ma chaise, le regard fixé devant moi. Le silence s'étire, et le salaud le fait durer. Tous les vieux schnocks ont l'œil sur leurs bracelets – où défile *mon* dossier. J'ai l'impression d'étouffer. Au moment où la situation devient insoutenable, la porte s'ouvre.

« Désolé d'être en retard, monsieur le Président, mesdames et messieurs. Soldate Walders ? Veuillez m'excuser de vous avoir distraite pendant votre témoignage. Un accident de circulation. Non, non, rien de grave, que des blessures superficielles. »

C'est le plus vieux des membres présents. Deux des doigts de sa main gauche sont emprisonnés dans un petit moule en plastique. J'aurais volontiers embrassé ce moule. Tout le monde m'oublie pour s'intéresser à l'accident de voiture. Il y a des murmures, des questions, des apitoiements. Le président, un peu revêche, finit par rappeler tout le monde à l'ordre et me présente mon sauveur. Ces gens resteraient polis même s'ils s'apprêtaient à immoler un chat.

« Soldate Walders, voici le docteur Nicholas Clementi, Directeur Émérite de l'Institut Nielson, et conseiller en vivifacture auprès de ce comité. Docteur Clementi, nous venons à l'instant d'établir la... crédibilité de la soldate Walders. »

Mes états de service apparaissent aussitôt sur l'écran mural.

Le docteur Clementi y jette un coup d'œil, puis revient sur moi. L'autre mange-merde de président s'apprête à me retomber dessus, mais Clementi lui coupe la parole. « Je vois. Mais je crains que mon temps ne soit limité aujourd'hui, monsieur le Président – sur ordre de *mon* docteur. » Il touche le moule qui lui maintient les doigts en faisant une grimace. « Donc, avec votre permission, j'aimerais passer directement à la partie du témoignage de la soldate Walders qui relève de ma compétence. »

Je vais aller l'embrasser, pour sûr. Le président Ducon se renfrogne mais ne discute pas. Ce docteur Clementi doit être sacrément important. J'essaie de prendre l'attitude d'une personne de confiance.

« Soldate Walders, je suis un peu perplexe quant à ce qui s'est passé lors de l'accident de train de Lanham. L'évacuation n'était-elle pas sous le contrôle de l'armée régulière ? Pouvez-vous m'expliquer comment le corps des appelés s'est retrouvé impliqué ? »

Il me donne l'occasion de donner ma version des événements. Ce que je fais, aidée par quelques-unes de ses questions. Je lui parle du sauvetage des animaux domestiques, rappelle qu'il n'y a eu aucun incident, aucune blessure à déplorer deux jours durant, passe un peu de pommade en présentant comme une chance que certains appelés aient pu mettre à profit leur entraînement pour épauler l'armée régulière, blablabla... Son regard ne me quitte pas pendant tout ce temps. Il paraît plutôt sympa pour un vieux machin.

« Vous avez donc couru derrière le bâtiment pour essayer de trouver un moyen de rejoindre le civil qui vous avait été confié ? C'était plutôt courageux de votre part. »

Maintenant c'est lui qui me passe de la pommade, mais ça roule. « Oui, monsieur. Et chaque porte que j'essayais d'ouvrir était fermée comme une... était fermée à clef. Puis, j'ai vu le civil sortir par une autre petite porte sur le côté du bâtiment. Je ne pense pas qu'il s'attendait à me voir, parce qu'il a failli me rentrer dedans avant de marquer une seconde d'hésitation et de me déborder sur le côté. »

Le président Ducon intervient. « Vous laissant sans doute une excellente occasion de l'intercepter, puisqu'à vous entendre, vous y étiez déterminée. Avez-vous dégainé votre arme paralysante, soldate Walders ?

— Non, monsieur.

— Et pourquoi cela ? » La vache.

« J'ai été prise par surprise, monsieur. Je ne m'attendais pas à le trouver là. De plus...

— Cela peut paraître étrange au vu de votre prétendue excellence en entraînement physique.

— ... de plus je suis restée clouée sur place en voyant ce qu'il portait.

— Ce qu'il *semblait* porter », rectifie une des femmes au moment même où le docteur Clementi poursuit : « Et que portait-il ? » Ce qui me permet de me désintéresser de l'autre connasse. *Semblait*, mon cul.

« Il portait une cage, monsieur. Une de ces cages super légères avec un cadenas et des barreaux si fins qu'ils en sont presque invisibles. » Entendez par-là que *je pouvais parfaitement voir ce qu'il y avait à l'intérieur.*

« Et qu'y avait-il dans la cage, soldate Walders ? »

Je prends ma respiration. Nous y voilà. Ils savent tous ce que je vais dire – en tout cas je le suppose, vu la façon dont ils ont essayé de me faire passer pour une menteuse –, mais c'est mon quart d'heure de gloire, quoi qu'il arrive. J'ai essayé de faire durer le plaisir, mais maintenant que je suis au pied du mur, c'est autre chose que je ressens. Le souvenir lui-même s'impose à moi. Ces mains... ces pieds... un frisson me passe dans le dos, et j'entends ma propre voix déclarer, sans le moindre accent dramatique, plutôt faible et cassée : « Dans la cage se trouvaient trois singes, monsieur. Avec... des visages et des mains d'humains.

— Je vois, dit le docteur Clementi, comme s'il ne mettait pas en doute mes paroles. Ressemblaient-ils à cela ? C'est une image virtuelle basée sur votre rapport. Veuillez nous dire si cela se rapproche de ce que vous avez vu. »

Une image apparaît sur l'écran. Et elle correspond pile poil.

Trois chimpanzés entassés dans une cage. Des corps velus de singes, de longs bras, de longs pieds refermés sur les barreaux inférieurs de la cage. Des mains agrippées aux barreaux latéraux, des visages tendus vers l'extérieur. Le même visage en trois exemplaires, en fait, un visage humain. Celui d'un enfant. Peau mate et douce, gros yeux noisette pailletés d'or, lèvres fines et bien dessinées – dans quinze ans l'enfant sera un sacré tombeur. Pour l'instant il n'est que le plus adorable bambin que j'aie jamais vu – sauf que c'est un singe. L'un de ces bébés est une fille. Mais ce ne sont pas des bébés – ce sont des singes. Ayant tous le même visage humain et les mêmes mains dodues aux ongles roses, mais des cheveux différents. L'un les a noirs et raides, l'autre blonds et bouclés, et le troisième roux et frisés. Je remarque que sur l'image, le petit rouquin a des taches de rousseur. Oui, c'est tout à fait ça – ça colle avec la description que j'ai donnée à ma sergente, et une nouvelle fois au capitaine qui a enregistré mon témoignage sur vidéo.

« Oui, monsieur. » Ma voix tremble un peu, et je déteste ça. « C'est bien ce que j'ai vu.

— Sauf que c'est impossible, dit l'autre garce. Docteur Clementi, si l'on passe sur le fait que toute manipulation de cellules humaines est rigoureusement prohibée depuis la législation du Basculement... en mettant cela de côté, donc, et selon votre opinion d'expert, est-ce qu'une quelconque communauté scientifique, en quelque partie du monde que ce soit, possède les moyens de créer ce genre de créature hybride, mi-humaine, mi-simiesque ?

— Non, dit Clementi.

— Ou de s'approcher d'une telle création ?

— Non.

— Vous êtes catégorique ?

— Absolument. Même les pays dans lesquels les manipulations génétiques sont autorisées sont à des années de pouvoir créer quoi que soit de ce genre. Les problèmes qui se posent sont quasiment insurmontables. » Exact. Comme les œufs humains clonés, l'ADN issu d'un croisement se divise jusqu'à trente œufs puis n'arrive plus à se différencier.

Madame la députée affiche un petit sourire satisfait « Vous reconnaissez donc que la soldate Walders n'a pu voir ce qu'elle déclare avoir vu.

— Non, objecte Clementi. Ce n'est pas ce que j'ai dit.

— Je ne comprends pas.

— Le docteur Clementi est prêt à expliciter ses propos, intervient le président. Mais pas dans l'immédiat. Il y va de la sécurité nationale. » Et il regarde brièvement dans ma direction, comme si je représentais une quelconque menace.

Impossible de m'en empêcher : le sang me monte au

visage. Qu'ils aillent se faire foutre, qu'ils aillent tous se faire foutre.

Clementi reprend la parole. « Avant de vous donner mon avis sur ce sujet, j'aimerais poser quelques questions supplémentaires à la soldate Walders. Vous nous avez été d'une aide précieuse, soldate Walders, et vous avez preuve de patriotisme en rapportant votre aventure à votre sergente. Dites-moi, vous êtes-vous rendu compte que ce que vous avez vu était obligatoirement illégal ?

— Bien sûr, monsieur.

— Vous saviez qu'à seulement tenter n'importe quelle espèce de croisement entre l'homme et l'animal, on s'expose aux peines les plus sévères ?

— Oui, monsieur. » Ne l'ai-je pas entendu déclarer que c'était de toute façon impossible ? Tout cela me plonge dans la plus grande perplexité.

« Et vous saviez d'après vos antécédents que si vous mentiez de nouveau à vos supérieurs vous perdriez toutes vos chances d'entrer dans l'armée régulière après votre service national ?

— Oui, monsieur. » Ma sergente m'avait dit exactement la même chose, dans ses propres termes, bien plus crus. Et elle avait dû en informer le comité.

« Avez-vous vraiment envie d'entrer dans l'armée, soldate Walders ? poursuit Clementi.

— C'est ce qui m'importe le plus au monde, monsieur. Mon père était militaire. Je ne sais pas qui c'était, mais je sais au moins ça. Ma mère me l'a dit avant de mourir.

— Il est donc raisonnable de penser que vous n'avez aucune raison valable de mentir à votre corps d'armée, ou à ce comité, concernant ce que vous avez vu ? En fait, s'il était *prouvé* que vous avez menti, vos chances d'obtenir ce que vous souhaitez seraient réduites à néant, n'est-ce pas ?

— Je ne mens pas, monsieur. *Je ne mens pas*. »

Le président se renfrogne. « Docteur Clementi, je crains

que vous ne vous égariez. Nous vous avons demandé de vous joindre à nous pour nous donner votre avis en qualité d'expert scientifique, et non pour établir les motifs et la crédibilité d'un témoin assigné à comparaître. Le comité souhaiterait que vous vous en teniez à votre domaine de compétence. Avez-vous d'autres questions d'ordre descriptif à poser à la soldate Walders ?

— Non, j'ai fini.

— Parfait. Dans ce cas, soldate Walders, le marshall va vous escorter jusqu'à votre unité. Il vous expliquera aussi le devoir de réserve concernant tout ce qui a été dit dans cette salle, et les sanctions encourues en cas de violation de ce règlement.

— Je n'ai aucune envie de...

— Ce sera tout, soldate Walders. »

Le marshall fédéral se tient juste à côté de moi. Je me lève, le visage congestionné, essayant de me convaincre de partir calmement. Nom de Dieu, c'est quand même un comité du Congrès – des huiles. Il y a plus de pouvoir dans cette salle que je n'aurai jamais l'occasion d'en rencontrer. Il faut que je parte calmement, sans rien ajouter, même si à l'intérieur, je bouillonne...

Je n'y arrive pas. Arrivée à la porte, je me retourne. « Si les vieux cons que vous êtes tentent quoi que ce soit pour me griller mes chances d'entrer dans l'armée régulière, vous le regretterez. Tous autant que vous êtes. Qu'importe le temps que ça me prendra ! »

De sa place, Clementi secoue la tête à mon adresse, mais il est trop tard. Le marshall me saisit par le bras et m'entraîne vers la sortie. Mais j'ai le temps de voir la connasse qui me harcelait sourire d'un air narquois. Elle a eu ce qu'elle cherchait : la preuve que je ne suis qu'une tête de lard insolente et incontrôlable qui ne mérite pas d'être écoutée. Et ça, c'est *moi* qui lui ai fait ce cadeau, bordel de merde...

Je viens de me griller dans les grandes largeurs.

5.

NICK CLEMENTI

Quand je suis arrivé à la réunion du comité consultatif, les positions étaient déjà prises. De très vieilles positions – même de nos jours, alors que beaucoup d'entre nous sont vieux, et que l'on pourrait penser que nous en sommes lassés. La lutte à chaque extrémité de la corde, la basse-cour et sa hiérarchie. Je l'ai senti à la minute même où je suis entré dans la salle du comité. C'est de bonne guerre – j'ai moi-même fonctionné comme ça tout au long de ma vie. La science moderne a autant besoin de Metternich que de Koch.

Mais la fille, cette gosse en tenue quasi militaire, n'avait pas la moindre idée de ce qui se passait. Ils allaient la sacrifier sans le moindre scrupule, l'envoyer, ignorante et désarmée, au devant de la cavalerie lancée au galop. J'ai fait ce que j'ai pu pour éviter ça, jusqu'à ce que la fougue et la passion de la jeunesse la pousse à se jeter sous les sabots des chevaux.

Une fois qu'elle a été partie, tremblante, le visage congestionné, pathétique dans son défi, nous sommes entrés dans le vif du sujet.

« Je pense... » a commencé le député John Leonard, membre du comité, relativement jeune et les dents longues.

Républicain de la Ceinture biblique, il représentait un électorat qui croyait fermement dans la responsabilité partagée, y compris celle de contrôler les manipulations sacrilèges du génome humain. Il croyait aussi passionnément en la famille, dont les enfants, qui représentaient la solution au déclin mondial du taux de fertilité.

Le député Leonard naviguait délicatement entre ces deux convictions. Il assurait régulièrement à ses électeurs que les « forces intellectuellement stériles qui corrompaient la véritable humanité » étaient vaillamment et scrupuleusement surveillées par le gouvernement des États-Unis. Il leur assurait aussi que ce même gouvernement menait de courageuses recherches pour guérir la stérilité. Mais malgré ses réticences à prendre position, l'affirmation de Leonard ne pouvait être mise en doute – il pensait. Constamment, astucieusement, étroitement. « Je pense, a-t-il dit, que nous venons d'établir la non recevabilité du témoignage de la soldate Walders.

— Je suis d'accord », a déclaré Leah Janson, de l'Association des Laboratoires Pharmaceutiques, qui dépensait chaque année des milliards pour convaincre le public que les médicaments utilisés dans les thérapies génétiques n'avaient rien à voir – *strictement* rien à voir – avec une quelconque technique permettant de créer des « monstres inhumains ». « Cette fille a un lourd passé de menteuse et aime à se faire remarquer.

— Je pense que nous sommes tous globalement d'accord sur ce point », a dit Satish Gupta, de l'Institut National de la Santé, un homme respecté, profondément concerné par la crise du taux de fertilité. Son travail, centré sur l'amélioration de la mobilité des spermatozoïdes *in utero*, était une des rares lueurs d'espoir dans les ténèbres actuelles. J'avais travaillé avec lui à l'Institut Nielson. Gupta ne plaisantait pas avec la vérité et, comme tout scientifique qui se respecte, n'éprouvait que mépris pour tous ceux qui s'amusaient à tricher – même lorsqu'il s'agissait d'une violation de couvre-feu.

« Je ne suis pas aussi catégorique... » a commencé le député Paul Letine, mais il était nouveau, n'avait que trente-deux ans, venait d'un État sans importance, et personne ne lui accordait la moindre attention.

Mais moi, j'ai été personnellement nommé à ce comité par le vice-président, grâce à Vanderbilt Grant, l'un des hommes les plus puissants de Washington. Grant était le grand patron du Contrôle des Produits Alimentaires et Pharmaceutiques, dont le pouvoir s'était considérablement accru à la suite de la tragédie de l'Haxilent, un médicament issu de l'ingénierie génétique, extraordinairement efficace pour lutter contre l'hypertension, mais qui avait fini par tuer 7243 personnes à la suite d'un effet secondaire aussi imprévisible que sélectif. Désormais le CPAP, selon son propre porte-parole, était l'unique rempart entre d'innocents américains et ce genre de roulette russe. Pour beaucoup, Grant et son armée du CPAP n'étaient pas loin de passer pour des héros.

« Je ne suis pas aussi catégorique... » avait donc dit Letine. Et j'ai enchaîné aussitôt : « Moi non plus. » Les membres du comité m'ont lancé ce genre de regard circonspect qu'un défi au pouvoir provoque régulièrement. Tous les yeux se sont braqués sur moi avec respect, mais plissés par l'expectative.

« La soldate Walders peut très bien dire la vérité comme elle peut mentir », ai-je articulé avec diplomatie, même si j'étais convaincu qu'elle disait la vérité. Ce genre d'attitude passionnée, stupide et autodestructrice, si typique des jeunes, ne pouvait être qu'une manifestation de la vérité. Les menteurs pensent davantage à se protéger ; les sociopathes, quant à eux, agissent moins bêtement. « Mais il y a de fortes chances qu'elle ait vu exactement ce qu'elle dit avoir vu. Des créatures obtenues non pas par manipulation génétique mais par vivifacture. »

Personne n'a paru étonné ; ils s'attendaient tous à cela. Je m'étais occupé de vivifacture à une certaine époque ; c'est ce qui m'a valu d'être nommé à cette commission. La vivifacture, c'est-à-dire la reconstruction du tissu humain, consistait à utiliser une porte de service pour modifier un corps vivant. Cela ne pouvait se transmettre par hérédité, et n'était donc pas illégal. Pas contagieux, donc pas illégal. Mais ce n'était pas très orthodoxe, ni très responsable non plus.

La vivifacture ne modifie pas l'ADN. Elle ne nécessite pas non plus de thérapie génétique, ce qui n'attire pas franchement la sympathie des laboratoires. En terme de subventions, elle est en compétition directe avec des recherches plus traditionnelles comme celles de Gupta. Et elle donne froid dans le dos à beaucoup de gens. Le public demandait des genoux de remplacement, des doigts, des trachées et autres parties anatomiques en cartilage – et cela à corps et à cris ! Sans parler de l'acharnement des plus riches à vouloir remplacer la peau vieillissante de leur visage, de leur cou et de leurs bras. Mais ils ne tenaient pas tellement à savoir comment ces éléments étaient fabriqués.

En l'occurrence sur un « échafaudage » polymère biodégradable placé sur la partie molle du ventre d'un chien privé de ses défenses immunitaires, et alimenté par les nutriments contenus dans le sang de l'animal. Sous la peau d'un rat. Sur le dos d'un mouton immobilisé pour toute la durée d'une vie aux défenses naturelles compromises.

Ainsi, malgré son usage répandu, tant dans le domaine médical que cosmétique, la vivifacture était un sujet de conversation que l'on évitait dans les réunions officielles. Après tout, de telles réunions étaient enregistrées. On évitait d'en parler, on évitait d'agir, on évitait de jeter la chose dans l'arène politique pour lui faire affronter les lions de l'opinion publique. C'était une responsabilité sociale que l'on ne partageait pas.

L'écran mural affichait toujours les images des chimpanzés de la soldate Walders, trois corps velus avec le même adorable visage de bébé humain. Cheveux noirs bien lisses pour l'un, boucles blondes pour l'autre, cheveux frisés roux et taches de rousseur pour le troisième.

« Docteur Clementi, bien que nous appréciions tous votre contribution scientifique dans cette situation, il est capital que nous gardions à l'esprit les...

—... possibilités qui auraient pu contribuer à créer cette situation, en effet », ai-je enchaîné en souriant, impossible à arrêter. Ils savaient tous que j'étais là parce que Vanderbilt Grant m'y avait mis. « Laissez-moi développer un peu plus ces possibilités. La vivifacture, comme vous le savez tous, n'implique ni œufs, ni sperme. Elle n'agit pas sur l'ADN de l'hôte. L'organe recherché – une oreille humaine, une rotule, un foie – est reconstitué à partir d'échantillons de l'organe endommagé du receveur, ou sur un animal élevé en laboratoire sans que... »

Le président Leonard m'a interrompu. « Je suis persuadé que nous sommes tous compétents à ce niveau de l'explication, docteur. Les avantages médicaux de la vivifacture sont de notoriété publique. »

Encore heureux. Le comité m'a demandé assez souvent de leur faire part de tous les détails. Bien qu'en ce moment, ils préféreraient sans doute entendre ces détails plutôt que ce que j'ai entrepris de leur mettre dans le crâne.

Leonard a poursuivi : « Mais ainsi que vous l'avez déjà dit devant ce comité, un cerveau – une *tête* entière – est chose tout bonnement impossible à réaliser par vivifacture. Même des logiciels informatiques ne pourraient concevoir quelque chose d'aussi complexe, et encore moins l' “échafaudage” nécessaire à son élaboration... c'est du moins ce que *vous* nous avez dit.

— Et c'est toujours vrai.

— Alors ce que Mlle Walders a vu est tout simplement impossible ! » Le président a brusquement remarqué que l'image était toujours affichée sur l'écran mural. « Éteignez-moi ça ! » a-t-il lancé d'un ton hargneux. L'image a disparu.

J'ai repris la parole. « Ce serait, en effet, impossible si ces singes possédaient réellement une tête humaine sur un corps de singe. Mais ce ne le serait plus s'ils avaient simplement un *visage* humain *greffé* sur le leur, une légère modification des contours du crâne permettant une plus grande ressemblance avec celui d'un humain. Ils auraient alors uniquement une *apparence* humaine. Le cerveau, les cordes vocales, les organes olfactifs et auditifs demeurant ceux du singe. Seuls les nerfs optiques auraient besoin d'être reconnectés, mais ceci est une opération courante. »

Nouvelle intervention de Paul Letine. « Et les mains alors ? »

Je n'avais même pas besoin de lui répondre. Le monde entier connaissait les aventures médiatisées de Rashid Brown, troisième homme de base pour les Dallas Dodgers, qui avait perdu sa main lors un accident stupide et se l'était fait remplacer par une prothèse constituée d'os bioniques en plastique recouverts d'une peau fabriquée par vivifacture.

Susan O'Connor, du Centre National de Recherche sur les Maladies, Section Éthique Génétique, a froncé les sourcils. « Je voudrais être sûre de bien comprendre, docteur. Les chimpanzés sont – ou pourraient être – de véritables chimpanzés, à ceci près que leurs visages auraient été recouverts de peau humaine vivifacturée pour ressembler à ceux d'enfants humains, mais pas leurs corps, qui resteraient simiesques...

— ... du moins jusqu'à ce qu'on leur fasse porter des salopettes et des souliers. » Je voyais où elle voulait en venir.

« ... et cette vivifacture, avec ses processus médicaux complexes et la nécessité d'un milieu stérile pour des animaux non immunisés... tout cela aurait été accompli dans un *entrepôt* ? Et par des inconnus, des scientifiques sans nul doute, dont aucune trace n'apparaît dans les dossiers du FBI ? J'ai vérifié, docteur – il n'existe aucun dossier. Ainsi cette opération secrète hautement technique aurait été conduite à presque vingt kilomètres de la Colline, du ministère de la Justice, à grands frais, avec du personnel remarquablement qualifié... Désolée, mais je ne peux pas accepter cette explication. Elle me paraît peu plausible.

— Et *pourquoi* ferait-on une chose pareille ? » a demandé Letine.

Ah, les débutants. Ils ne savent pas encore quelles questions ne se posent pas, puisque personne n'ira se mouiller pour y répondre. Je lui ai souri.

« Vous êtes un nouveau venu dans ce comité, M. le Député. Des rapports préliminaires de l'institut Nielson ont été distribués aux membres de ce comité il y a deux ans, avec des projections diverses dans le domaine de la vivifacture. L'un de ces scénarios concernait diverses façons de créer des animaux domestiques se prêtant à un anthropomorphisme encore plus poussé que celui dans lequel se complaisent en général les maîtres. »

Il ne voyait toujours pas. « Mais *pourquoi* ? »

Je commençais à fatiguer. Rosaria, l'attaque de sa mère, faire soigner mes doigts brisés... je me fatiguais plus facilement en ce moment. Je m'y attendais. Normalement, j'arrivais à ralentir mon rythme sans que personne s'en aperçoive, mais pas très longtemps pour ce qui était de Maggie. Le député Letine aurait pu répondre à sa propre question, si seulement il avait bien voulu y réfléchir.

L'insémination artificielle ne réussissait que chez dix-huit pour cent des couples désirant un enfant, à supposer qu'ils aient les moyens de s'offrir la procédure. La fécondation *in vitro*, qui connaissait un taux de réussite de vingt pour cent, coûtait encore plus cher. Un couple devait tenter en moyenne 2,6 fois l'une et l'autre méthode avant d'obtenir une grossesse. La Charte Nationale du Réservoir Génétique avait limité le nombre de donneurs à une seule personne pour féconder avec succès quarante-deux femmes ; il restait si peu d'hommes possédant un sperme actif qu'augmenter le nombre de fécondations risquait d'entraîner de graves conséquences génétiques pour les générations futures. Ce que les équations confirmaient.

Résultat : certaines personnes, parmi les millions à ne pas pouvoir avoir d'enfants, étaient prêtes à tout pour en avoir un. Tout.

En adopter un en toute légalité chez une famille pauvre, grâce à la Protection des Mineurs.

En voler un.

En acheter un, sur place ou à l'étranger. Même si les enfants du tiers-monde, pour des raisons scientifiques logiques que personne ne souhaitait me voir mentionner, étaient encore plus rares que chez nous.

Ou bien, si les aspirants au statut de parents ne pouvaient ou ne voulaient se tourner vers aucune de ces options, ils faisaient de leurs animaux domestiques des ersatz d'enfants. Partout à travers le pays, les chiens mangeaient dans des chaises pour enfants, des chats héritaient de propriétés entières. Une femme de Los Angeles, qui se morfondait dans le chagrin et la solitude, s'était tuée après la mort de son lapin domestique.

D'une voix lasse, j'ai expliqué à Letine : « Il y a un énorme marché potentiel pour des bébés chimpanzés à apparence humaine. Parmi les gens qui ne peuvent pas avoir d'enfants et sont prêts à tout pour acquérir n'importe quel substitut. » Avec une légère pigmentation de la peau, des yeux noisette et quelques traits androgynes qui pourraient être de n'importe quel type – caucasien, africain, hispanique, asiatique, mâle ou femelle – par le biais d'une petite variation dans les cheveux et les taches de rousseur. De plus, on économisait sur de futurs frais d'université.

Letine est resté figé sur son siège. Puis son visage s'est empourpré et ses yeux se sont abaissés pour cacher leur expression. Ainsi, lui et sa femme faisaient partie des couples stériles ; ce n'était pas une surprise. Et l'un des deux – sans nul doute sa femme, d'après son regard – se libérait de sa frustration parentale sur quelque chose, mais pas un animal (quoi donc ?). Il me faisait pitié, ce qu'il aurait bien entendu détesté.

Leah Janson a déclaré d'un ton guindé, pour être sûre que ce serait enregistré : « Bien entendu, il existe des lois interdisant de greffer des parties humaines sur des espèces inférieures. »

Tant qu'à être enregistré, autant être complet. « Le marché noir ne se soucie guère des lois, ai-je ajouté.

— Je pense que nous nous sommes éloignés de notre sujet, est intervenu le président Leonard. Tout cela est fort passionnant, docteur Clementi, et si ce que vous dites est théoriquement possible, nous en tiendrons compte. Mais ce qui intéresse ce comité, c'est de découvrir ce qui se passe réellement – des faits, donc, et non des théories. Et nous ne disposons d'aucun fait susceptible d'étayer les assertions de Shana Walders. Il ne reste rien du bâtiment dans lequel elle aurait vu cet homme. Aucune trace de l'homme en question, ni des expériences qui auraient été effectuées sur ces singes. Et il n'y a aucune raison de penser que Mlle Walders ait été de meilleure foi que lors des incidents mentionnés dans ses états de service.

— Je suis d'accord avec vous, a dit Leah Janson.

— Moi aussi », ont ajouté tour à tour Satish Gupta, Susan O'Connor, ainsi que tous les membres réunis autour de la table, sauf James Letine, qui est resté silencieux.

« Notre rapport peut donc conclure que ce témoignage, monté de toutes pièces et sans fondement aucun, ne mérite pas que l'on s'y attarde davantage, a dit Leonard. Et qu'il soit bien signalé dans le compte-rendu qu'il s'agit là d'une décision unanime du comité. »

À la trappe. Une fois de plus le Comité avait évité de seulement effleurer le problème plus général. Je ne pouvais rien faire de plus, sinon engager une procédure officielle de protestation. Ce qui impliquait des conférences de presse, les médias, des luttes de pouvoirs, des avocats, des guerres de clans. Et au bout du compte, qui, à part les docteurs et les scientifiques, voudrait me croire ? Était-il tellement important que des chimpanzés d'apparence humaine dorment dans des berceaux et se baladent en Pampers chez des couples désemparés qui n'auraient jamais la chance d'avoir leurs propres enfants ? J'étais le père de trois enfants. De quel droit allais-je contester la maigre consolation de ceux qui étaient nés trop tard pour en avoir ?

Sans compter que je n'en avais pas la force.

Nous ne pouvons pas pour l'instant vivifacturer des organes complexes tels que le foie, encore moins un cerveau. Pas dans l'état actuel de nos connaissances et de notre technologie. Pas même un lobe du cerveau ; c'est infiniment trop complexe. Nous pouvons arrêter le développement de certains tissus sélectifs du cerveau, comme nous le faisons pour étouffer une tumeur, ou provoquer certains effets du genre amnésie rétrograde. Nous pouvons isoler, exciser ou brûler d'autres parties atteintes. Mais rien de tout cela ne pouvait m'aider. Avant même d'être détecté, le mycosis fongoïde avait déjà fait son chemin dans ma cavité nasale et les fragiles os crâniens qui se trouvent derrière sans que mon système immunitaire vieillissant puisse le contenir. De fins filaments inaccessibles avaient pénétré le cerveau. J'avais, selon mes médecins, peut-être trois mois à vivre normalement, puis quelques mois supplémentaires à mourir.

Je voulais bien faire les choses.

Qui se soucie désormais de bien préparer sa mort ? écrivait Rainer Maria Rilke il y a un siècle. *Personne... Il est rare de trouver quelqu'un qui désire mourir à sa façon. Autrefois, on portait sa mort à l'intérieur de soi, comme un noyau à l'intérieur d'un fruit. Il était petit chez les enfants, plus grand chez les adultes. Les femmes le portaient dans leur matrice, les hommes dans leur poitrine. Chacun le portait et il y avait dans cette possession une dignité particulière et une secrète fierté...*

Ce noyau, que je portais dans l'hémisphère droit de mon cerveau, me donnait des migraines, des infections nasales, et faisait régulièrement pleurer mon œil droit, surtout lorsque j'étais fatigué. Et maintenant je l'étais. J'avais besoin de rentrer chez moi, de m'étendre sur mon lit, Maggie dans mes bras, et de lui dire que j'étais irrémédiablement malade. Que je voulais, par-dessus tout, bien préparer ma mort, avec dignité et fierté. Que je voulais mourir tranquillement, enveloppé par son amour naïf et inaltérable, dans notre chalet des montagnes Bleues. Les bois derrière moi, la montagne à mes pieds et le ciel au-dessus de ma tête, j'attendrais le jour lointain mais inévitable où la mort du soleil rendrait mes atomes aux étoiles qui les avaient forgés. Je ne suis pas homme à faire dans le mélodrame, ni dans la religion, mais cette pensée m'a toujours réconforté ; elle faisait partie des pensées que je recueillais en prévision d'une mort sereine, alors même que je me préparais à abandonner tout ce que j'aimais au monde. Ce que je ne voulais surtout pas, c'était mourir dans une tempête médiatique qui soufflerait sur tout : la vivifacture, les méfaits de la science, l'incompétence politique, la responsabilité sociale, le financement des guerres, l'hystérie religieuse et les sondages de popularité.

Le comité m'observait. « Docteur Clementi ? Voulez-vous ajouter quelque chose ? m'a demandé le président Leonard.

— Non. Je n'ai rien à ajouter. »

Tout le monde a souri, le comité s'est préparé à passer à autre chose, et le futur de Shana Walders s'est trouvé fusillé sans qu'elle ait eu la moindre chance de comprendre ce qui se passait.

6.

CAMERON ATULI

Une semaine après que Rob et moi sommes devenus amants, je quitte pour la première fois les murs d'Aldani House. C'est Rob qui a insisté. Ce n'est qu'une courte balade, dit-il, comment peux-tu savoir que ça ne va pas te plaire avant d'avoir essayé ?

Et en effet, ça me plaît. Les premières rues que l'on emprunte sont bordées de jolies maisons, chacune avec son petit jardin et sa profusion de fleurs. La rue principale grouille de gens qui profitent du temps printanier. Une solide main courante en métal partage le trottoir en deux, pour ceux qui en auraient besoin. Il y a des terrasses de café, de la musique et de ravissantes petites boutiques.

Plaisirs Essentiels, des spécialités culinaires du monde entier et une vitrine consacrée à la pâtisserie pleine de mille-feuilles, de gâteaux en pâte d'amande et de madeleines.

Beautés de fin de saison, un salon de coiffure affichant « coupes, perruques et transplants pour la femme d'âge mur ».

Le Projo, une agence publique de recherche en ligne.

Au Vieux Jouet, sa vitrine pleine de poupées élégamment habillées de costumes d'époque en vieux tissus – ces jouets sont-ils vraiment destinés aux enfants ? Ils n'en ont pas l'air, sauf les poupées « Grand-mère Ann » bon marché placées dans l'angle.

La Cabane dans l'arbre, un fleuriste. La vitrine déploie de superbes fleurs génétiquement modifiées : roses à rayures rouges et mauves, lisiris, et marjilas, ces lilas à la fragrance exceptionnelle que l'on arrive à garder deux bonnes semaines en vase.

Une pharmacie, un cabinet d'avocats, un magasin spécialisé dans les systèmes de sécurité, une boutique de vêtements spécialisée dans les « grandes tailles difficiles à habiller ». Un café avec des vieux bien mis qui discutent et rient sous la tiédeur du soleil.

Le magasin de bijoux dont parlait Rob, *Le Joyau des siècles*, étincelle. J'étudie la vitrine.

« Tu es extraordinaire, dit Rob, légèrement hésitant. J'ai beau t'observer... je n'arrive pas à deviner si tu reconnais tout ceci, ou si tu es réellement fasciné parce que c'est nouveau pour toi.

— Un peu des deux. » Et c'est vrai. Dès que je vois un magasin, je sais de quoi il s'agit, et ce que je vais voir dans les vitrines. Pourtant je n'en ai aucun souvenir personnel. Avant de voir une poupée habillée en Marie-Antoinette, je ne me serais jamais imaginé qu'une telle chose puisse exister, mais dès que je la vois, je me rappelle qui est Marie-Antoinette tout en l'apprenant *pour la première fois*. C'est une sensation enivrante, et je me mets à rire.

« Allons acheter ce bracelet dont tu m'as parlé ! »

Nous entrons et achetons des bijoux, mais pas pour moi. Je trouve un bracelet en lapis-lazuli qui est exactement de la même couleur que les yeux de Rob et j'insiste pour le lui offrir. Je glisse ma carte dans la fente de la vitrine, et le boîtier en plastique s'ouvre tout seul. « Merci pour votre achat ! » dit la voix enjouée du système du magasin. Je passe le bracelet au poignet de Rob, qui me sourit avant de le remonter sous sa manche, où personne ne pourra le voir.

Nous reprenons notre promenade. Je fais attention à ne pas tenir la main de Rob. Aujourd'hui, plus personne ne s'avoue homo en Amérique ; tout le monde se doit d'être responsable, de contribuer à la stabilité, la cohésion et, autant que possible, la fécondité de la société. Je n'ai pas de mal à me souvenir de cela ; c'est un fait.

Mais des gens se retournent quand même sur notre passage. Parce qu'ils nous devinent homos ? Non, ça ne peut pas être ça ; ils sourient. Et ce n'est pas parce que je suis Cameron Atuli – c'est tout l'intérêt du ballet à visage couvert : seule la danse compte, pas le danseur ; les visages détournent l'attention de la forme, de la ligne, du mouvement.

Puis une pensée plus inquiétante me frappe. Ces gens me reconnaissent-ils d'après ce qui s'est passé antérieurement ? Ma tête a-t-elle fait un jour la une des infos ? *Tous ceux qui m'observent connaissent-ils ma vie, alors que j'en ignore tout ?*

Je pose la question à Rob. « Mais non, dit-il. Oh, mon pauvre Cam, c'est ce que tu imaginais ? Non, jamais les médias n'y ont fait écho. La police en a juste parlé à Melita et à Monsieur C., et ils nous en ont raconté... une partie. Mais, non, personne ne peut faire le moindre rapprochement.

— Mais ils me dévisagent !

— Bien sûr, ils nous observent tous les deux. Souviens-toi qu'il n'y a plus tellement de jeunes comme nous aujourd'hui. »

C'est alors que je me souviens. Ça aussi c'est un fait. Le Basculement, le renversement de la pyramide des âges... Je ne m'en étais jamais vraiment soucié, et je ne m'en soucie toujours pas. Le Basculement ne devait pas avoir pour moi de signification autobiographique particulière.

La plupart des gens qui entrent et sortent des magasins ont l'air heureux et bien habillés. C'est une zone réservée, m'apprend Rob, un cordon électronique en limite l'accès. La plupart des gens sont vieux, au moins la cinquantaine, tandis que Rob et moi sommes jeunes, et beaux garçons. Sa démarche est fluide. La mienne aussi.

Nous faisons quelques achats supplémentaires, mangeons mexicain, et allons visiter un Salon tournant. Le thème du jour est la Vieille Angleterre, avec dresseurs d'ours et troubadours, scènes paillardes holographiques et bière véritable. Nous rentrons en retard pour notre répétition, mais c'est le moindre de mes soucis.

À Linden Lane, une femme avec une poussette tourne au coin de la rue. Dans la poussette se trouve un chiot coiffé d'un petite bonnet pour le protéger du soleil. La femme hisse les roues avant de la poussette sur le trottoir en faisant attention à ne pas bousculer le chiot.

« Cam ! hurle Rob. Cam... qu'est-ce qui te prend ? »

Mais je suis déjà en train de courir, écartant les gens du trottoir, ou les poussant contre la main courante centrale, me collant le plus possible contre les murs des immeubles pour me protéger. Des larmes coulent sur mon visage, aussitôt séchées par la vitesse de ma course. Je cours, et cours encore, Rob à mes trousses, et une partie de moi sait qu'il s'agit seulement de Rob, et non pas du chiot avec son bonnet – *ce n'est qu'un chiot, rien qu'un chiot* –, mais je n'arrive pas à m'arrêter. Lorsque j'y parviens enfin, à bout de souffle, Rob me rejoint, haletant, mais il ne peut pas me toucher en public. En revanche, il me fait asseoir, m'apporte un soda, et pendant tout ce temps je ne vois que la tête du chiot dans la poussette et le visage de la femme au-dessus de lui, complètement gâteuse à force de dévotion, prenant mille précautions au moment de faire monter la poussette sur le trottoir pour ne pas déranger son pitoyable substitut d'enfant. Et je n'arrête pas de trembler.

« Cameron, me dit Rob d'une voix douce, toujours sans me toucher. Dis-moi quelque chose, parle-moi. »

Mais je ne peux pas. Il n'y a rien à dire. Ma mémoire est vide.

Le lendemain j'appelle le docteur Newell, et elle vient jusqu'à Aldani House. Elle me fait passer plusieurs examens sur un appareil médical portable. Puis elle insère sous ma peau un autre patch à diffusion lente. Elle vient me voir tous les jours pendant une semaine afin de vérifier mon évolution. Une semaine plus tard, elle nous laisse, Rob et moi, quitter les murs d'enceinte.

J'aperçois un autre chien – au bout d'une laisse cette fois-ci, et non dans une poussette – et je sens mes muscles se nouer l'espace d'un instant, mais les choses s'arrêtent là. Rob m'encourage d'un sourire, et la suite de la balade se déroule sans incident, agréablement même, mais moins que la première fois.

Et les rêves continuent.

La tournée de la compagnie est un véritable chambardement.

Nous commençons par un gala à Washington, au Centre International. Quatre soirs de suite. Puis c'est une représentation privée à la Maison Blanche, mais je n'en fais pas partie ; c'est Sarah et Dimitri qui sont les premiers danseurs ce soir-là. En revanche, j'irai à New York, Montréal, Londres, Paris et Atlanta. Le répertoire se compose du pot-pourri baroque que l'on présente habituellement en tournée : des ballets de quelques vieux croûtons comme *Le Fils Prodigue* et *Synergie*, quelques succès populaires comme *Suite pour cordes*, quelques morceaux récents plutôt intéressants de gens comme Dana Sauffer et Elizabeth Beaudré, et même, Dieu nous aide, le pas de deux poussiéreux du *Lac des Cygnes*. Je danse dans deux rôles principaux et deux seconds rôles. Rob a trois seconds rôles, et danse dans le corps de ballet. Il doit encore travailler ses extensions.

Le premier soir deux casseurs d'homos nous attaquent, Rob et moi, alors que nous nous rendons au Centre International. Peut-être n'étaient-ils pas des casseurs d'homos, peut-être voulaient-ils simplement de la drogue ou de l'argent, mais Rob ne croit pas à cette version. C'est lui qui connaît Washington. Pas moi.

Je ne connais rien.

Ni les raisons pour lesquelles on a été attaqués. Ni celles qui ont poussé nos agresseurs à s'interrompre pour se retourner les uns contre les autres. Ni ce qui pousse une fille en uniforme militaire à entrer dans ma loge le quatrième soir du gala. Personne n'est capable de m'expliquer ça, même lorsque l'incident est clos.

Le Centre International, construit juste avant le Basculement, n'a que vingt ans. Comme tous les bâtiments de ce genre, il possède un système de sécurité redoutable. Ma loge se trouve au bout d'un long couloir entièrement surveillé par robocams. Chez nous, nous n'avons bien évidemment pas nos propres loges, mais le Centre International est immense, prévu pour des représentations de cirques chinois et d'opéras français et Dieu sait quoi encore, et nous sommes éloignés les uns des autres. Rob et moi ne cohabitons même pas : trop dangereux en dehors d'Aldani House. Bien que cela n'ait en aucun cas diminué notre vie sexuelle, qui se passe plutôt bien.

Je tiens le rôle d'Horethal dans *Colombe sur les flots*, un grand classique de notre répertoire chaque fois que nous quittons Aldani House. Les ballets bibliques ont un succès fou. Le public, selon Rob, est plein de politiciens qui s'imaginent que Dieu a créé l'homme à son image immuable, point final – du moins font-ils semblant de le croire. Comme Horethal est tué à la fin du premier acte, lorsque l'arche est déjà construite et que la pluie commence à tomber, je retourne à ma loge, en nage mais magnifique dans mon costume scandaleusement décadent. Il est partiellement en tissu, partiellement peint sur moi, avec des petits bouts de miroirs collés à même la peau et un hologramme créant des serpents lumineux qui ne cessent de se déplacer sur mes bras, mes hanches, entre mes cuisses et le long de mes jambes. Miam. Dommage que Rob ne porte pas le même genre de costume. Il joue Shem, et il est sauvé par Dieu ; il porte donc une banale tunique blanche et des collants.

Le couloir est désert. Je ferme la porte de ma loge, enlève mon masque, et éteins l'hologramme – les serpents lumineux ne sont pas franchement indispensables lorsque l'on a quitté la scène. Je vais à ma coiffeuse et c'est là que j'aperçois le reflet de la soldate qui se tenait derrière la porte. Elle se dirige vers moi.

Je me mets aussitôt à hurler. Elle pointe son arme paralysante sur moi. « T'avise pas de refaire ça, dit-elle. Vu ? Maintenant, tu vas m'expliquer pourquoi j'ai vu ton visage sur trois chimpanzés après l'accident de train de Lanham. »

Je jette un regard paniqué sur la caméra de surveillance au-dessus de nous. Elle est éteinte. Elle a dû la neutraliser, mais cela ne signifie-t-il pas que quelqu'un de la sécurité s'en rendra compte et viendra vérifier ce qui se passe ? Quelqu'un *doit* venir, et vite. La seule chose à faire est de l'empêcher de me mettre à mal en attendant que l'on vienne.

« Allez ! Parle ! dit-elle.

— Je suis Horethal. » Ce sont les seuls mots qui me viennent à l'esprit. « Je suis Horethal.

— Qui ça ? »

C'est tout ce qu'elle aura le temps de dire. La porte s'ouvre à la volée, un garde déboule dans la pièce, la fille tombe à terre.

7.

SHANA WALDERS

Mon service national se termine en juillet. Une semaine avant, le refus de ma demande d'incorporation dans l'armée me parvient par courrier.

C'est un samedi en fin d'après-midi, je suis dans mes quartiers, j'ouvre l'enveloppe – pas d'e-mail pour ce genre de chose, la lettre est recommandée avec accusé de réception. J'ouvre l'enveloppe. Une seule phrase, c'est tout ce que ces salauds m'accordent :

Le 6 juillet, 2034

Chère Shana Irene Walders,

L'Armée des États-Unis a le regret de vous informer que votre candidature a été refusée au vu du rapport dont vous avez fait l'objet durant le Service national (copie ci-jointe).

Salutations,

Gén. Todd McHugh

Général Todd Winters McHugh
Service de recrutement, Armée des États-Unis.

La caserne est déserte, à part Meg Delany qui ronfle sur son lit. Tout le monde a quartier libre jusqu'à ce soir et s'est tiré. Moi, j'attendais mon courrier. Le sang me monte au visage, puis la pression retombe. L'espace d'un instant, j'ai mal partout.

Qu'ils aillent se faire foutre ! Qu'ils aillent tous se faire foutre !

Je les traînerai en justice. Mes états de service ne sont pas si mauvais que ça ! C'est cette audience du Congrès – ils m'effacent à cause de ce que j'y ai dit. Parce que j'ai dit la vérité. Eh bien, on verra qui va effacer qui ! Après tout, je suis *jeune*. Je suis une ressource naturelle des plus précieuses, merde. Il y a des services qui ont été créés pour s'assurer que nous autres jeunes recevons ce dont nous avons besoin, quand les parents ne peuvent ou ne veulent pas assurer – des médiateurs et des avocats. L'Armée ne peut pas me faire ça. J'irai en justice. J'alerterai les médias. Ils vont se mordre les doigts d'avoir voulu effacer Shana Walders !

« Qu'est-ce que c'est que ça ? » me dit Meg Delany, qui arrive dans mon dos, à moitié endormie.

Je plie la lettre en deux et gronde : « Rien !

— Si c'est rien, pourquoi t'as l'air d'être dégringolée de ton orbite ?

— Occupe-toi de tes oignons, Delany.

— On n'est pas plus aimable !

— Va te faire foutre !

— Efface-toi. »

Ouais, c'est ce que je vais faire. Je vais tous les effacer, tous ces enfoirés qui s'imaginent qu'on peut empêcher Shana Walders d'avoir ce qu'elle mérite.

Chacun de ces enfoirés.

Je commence par me tourner vers l'Aide juridique. C'est un petit immeuble miteux pratiquement dans le centre de

Washington. Le quartier est rempli d'hologrammes gouvernementaux super brillants et de graffiti à la bombe de peinture qui, eux, n'ont rien d'officiel. L'un d'entre eux couvre tout un côté d'un bâtiment en agglo.

Le cabinet de l'Aide Juridique n'a qu'une seule fenêtre, pas très propre, avec des barreaux électroniques étincelants qui essaient vainement de faire passer ce taudis pour un endroit sûr sans que l'on pense immédiatement à une prison. Le mobilier est en agglo léger bon marché, du genre à ne pas laisser les poux s'accrocher. L'avocat, un vieux croûton gras du bide, lit ma lettre, étudie mes états de service, et finit par lâcher : « Hmmmm. » Puis plus rien.

« Hmmmm ? dis-je. C'est tout ? Votre rôle d'avocat est d'aider les gens, et tout ce que vous pouvez dire c'est *hmmmm* ? »

Par-dessus la lettre, il me lance ce regard dont tous les fonctionnaires ont le secret : *Et qui es-tu pour mettre en doute ma personne et ma vaste expérience, petite ?* Mais je sais qui je suis. Je suis une gosse qui finira par entrer dans l'Armée des États-Unis. Ou à tout le moins, qui s'assurera que celle-ci se mordra les doigts de m'avoir évincée.

« Soldate Walders, dit-il en me rendant la lettre, à mon avis, il n'y a pas là de quoi entamer des poursuites. Votre candidature est limite par rapport à la loi sur le recrutement – sur la base d'un tel dossier, l'armée pouvait tout aussi bien vous accepter que vous rejeter. Vous avez été refusée. Un autre comité de recrutement aurait pu prendre une décision différente. Mais il n'y a aucun antécédent de réclamation telle que la vôtre contre une décision locale de recrutement.

— Nous serons donc les premiers !

— Je ne pense pas. Il n'y a pas là motif à entreprendre une action.

— C'est moi le motif ! je m'exclame d'une voix sans doute un peu trop forte. C'est de ma vie qu'il s'agit ! La vie d'une jeune Américaine ! »

Il me dévisage calmement. Puis il finit par ouvrir un tiroir et en sort une carte qu'il me tend. « Je vous suggère d'envisager une autre voie. Voici l'adresse web de l'Agence de Facilitation pour l'Emploi des Jeunes. Contactez-les pour un entretien d'orientation.

— Je n'ai pas besoin d'entretien d'orientation ! C'est soldate que je veux être !

— Je ne pense pas que ce sera possible.

— Je n'ai rien à foutre de ce que vous pensez ! Je prendrai un avocat privé qui connaît son boulot !

— Vous êtes, bien entendu, libre de faire ce que vous voulez.

— Je n'ai pas besoin de vous pour me dire ce que je peux ou ne peux pas faire ! » Je me relève brusquement, ma chaise bascule en arrière. Je ne la remets pas en place. Tandis que je prends la porte, il m'interpelle.

« Soldate Walders, je vais quand même vous donner un petit conseil gratuit. Essayez de vous rappeler que même une jeune fille n'a pas forcément le droit de faire ce qui lui plaît pour la simple raison que ça lui plaît. »

Je ne réponds pas. Je me contente de claquer la porte en partant.

J'essaie deux avocats indépendants. Le premier ne veut

même pas me recevoir, ses systèmes de contrôle de solvabilité l'ayant renseigné sur l'état de mon compte en banque. L'autre me répète la même chose que le vieux gras du bide, mais avec des mots plus longs.

J'appelle le *New York Times.*

Le système finit par me diriger vers un être humain, une femme aux cheveux cuivre, qui semble se morfondre. Pourquoi les femmes de cet âge choisissent-elles ce genre de couleur ? Elle ressemble à une prune avec un casque en fer.

« Oui ? » me demande Tête de Cuivre. L'écran est petit, mais je peux voir qu'elle est assise dans un petit habitacle étriqué, Dieu sait où – peut-être à New York, peut-être chez elle, tout simplement.

« Je m'appelle Shana Walders. Et j'ai une info sensationnelle à vous donner, m'dame. Cela concerne un comité pas clair du Congrès.

— Votre numéro d'identité, Mlle Walders ? »

Je le lui donne. Elle jette un coup d'œil sur la gauche, et je comprends qu'elle est en train de consulter mon fichier. Pas de problème. Je ne suis pas en tort, je ne suis pas portée déserteuse, pas recherchée par la police, ni en conditionnelle pour crimes sexuels.

L'image s'adresse à moi. « Et comment êtes-vous au courant de quoi que ce soit concernant ce comité du Congrès ? Permettez-moi de vous informer que cette conversation est enregistrée. »

Je lui raconte l'histoire. Elle ne m'interrompt pas une seule fois pendant que je parle. Mais son visage ne change pas d'expression non plus. À la fin de mon récit, elle me dit : « C'est une histoire intéressante. Le *Times* s'en occupera. Nous vous contacterons en cas de besoin.

— C'est tout ? Vous n'allez pas... me poser d'autres questions ? Ou faire des recherches plus poussées ?

— Le *Times* s'en occupera. Nous vous contacterons en cas de besoin. » Puis l'écran s'éteint.

Je n'arrive pas à y croire. Je lui apporte une histoire fabuleuse – qui pourrait lui valoir un prix Nobel ou je ne sais quel autre prix qu'on donne aux journalistes – et elle me déconnecte ! Elle se prend pour qui, cette conne ?

Je finis par me calmer ; ce n'est peut-être qu'une procédure classique dans les quotidiens. Après tout, ils doivent avoir pas mal de tégés qui les abreuvent de pistes sans intérêt. Des Vénusiens sur leur toit, des inventions antigravité dans leur cave. Ou d'autres personnes, qui ne sont par forcément folles, mais qui s'imaginent que le moindre événement de leur vie devrait faire la une du *Times*. Tout ce qu'il me reste à faire, c'est d'attendre qu'elle vérifie mon histoire.

J'attends une semaine.

Il ne se passe rien, sinon que mon service national prend officiellement fin. Il y a une cérémonie, et un certificat. Ma sergente de quartier me dit : « Vous avez trois jours pour quitter les lieux, Walders. Pas un de plus. » À l'inverse de ma sergente de compagnie, cette grosse vache jalouse ne m'a jamais eue à la bonne.

Après une semaine sans nouvelles du *Times*, et sans que rien concernant le comité n'ait paru, ni en ligne, ni dans la presse, je contacte le *Washington Post-Tribune*. Puis la chaîne câblée Canby Vid. Puis deux autres chaînes du câble. Et tout le monde s'en fout.

Ils s'occupent de l'aggravation de la famine en Inde parce qu'il n'y a plus assez de petits fermiers – c'est en première page du *Times*. De la guerre en Chine, qui oppose surtout des machines, donc aucun risque pour la population jeune – première page du *Post*. D'un nouveau gang de voleurs de bébés à Wichita – à la une sur Canby. Des émeutes de Londres, de l'étau militaire en Israël, de l'épidémie en Afrique... mais pas un seul ne veut s'occuper d'une jeune Américaine qui vient de se faire baiser par le système qu'elle voulait simplement servir en disant la vérité.

C'est ma dernière nuit à la caserne. J'en suis tellement

malade que j'en ai mal au crâne. Il n'y a personne d'autre dans le coin. La compagnie – les veinards qui continuent d'effectuer leur service – est partie faire une patrouille de nuit. Je suis censée plier bagage, mais je ne cesse de m'arrêter en tenant des trucs dans les mains, des chemises, des chaussettes, des puces de musique, pendant d'interminables minutes. Où suis-je censée aller ? Je n'ai pas de parents qui m'attendent dehors, pas d'inscription à la fac, pas de boulot. Je devais être incorporée dans l'armée. Où suis-je censée aller, putain !

Quelqu'un arrive derrière moi.

« Alors, Walders ? On est sur les nerfs, on dirait. »

C'est Bonnie DuFort, de la compagnie C. Elle a dû se faire virer de la patrouille de nuit pour mauvaise conduite. Voilà le genre de personne que l'armée devrait virer, au lieu de s'en prendre à moi.

« Va te faire foutre, DuFort.

— C'est précisément ce que j'allais faire, tu veux me suivre ? »

Je la regarde sans rien dire.

« Ben ouais, je me retrouve une fois de plus au piquet avec mon bonnet d'âne. Et toi, t'as déjà un pied dehors de toute façon. Pourquoi tu t'es pas encore tirée d'ici ? Toujours est-il que je vais pas passer un autre samedi soir coincée dans ce trou. Je me tire sans permission. Je vais retrouver des louves à l'extérieur. On va prendre un train pour aller en ville redresser quelques déviants de la responsabilité partagée. Tu veux venir ? »

Je fais non de la tête. Je n'ai jamais été tentée d'aller casser des tarlouzes – je laisse ces pauvres pervers faire leurs saloperies entre eux ; si ça leur plaît, ça ne dérange personne. À part DuFort, visiblement, mais elle est aussi responsable qu'un cafard. Elle ne cherche pas à redresser quoi que ce soit, elle cherche seulement la baston.

« On joue toujours au petit soldat modèle ? ironise-t-elle. On respecte toujours les règles du système ?

— Ferme-la, DuFort.

— On pense encore que le système va récompenser mademoiselle, simplement parce qu'elle est une petite jeune fille en fleurs ? »

Je balance le tee-shirt que je tenais dans les mains – le kaki réglementaire, avec le logo du SN sur la poche. « C'est bon, je viens !

— Super », dit-elle, et ses yeux s'illuminent.

Nous prenons le train jusqu'à Washington D.C. et y rencontrons deux copines de DuFort dans un bar. Teela et Dreamie. Elle sont un peu plus âgées, dans les vingt-cinq ans, et aucune des deux n'est mignonne. Dreamie semble marcher à je ne sais trop quoi, de la foudre peut-être ; ses mains tremblent et ses yeux ne restent pas en place. Teela parle comme s'il lui manquait quelques cases. Probablement grillées. Ce n'est pas censé arriver aux gosses d'aujourd'hui – « tragique gâchis de notre plus précieuse ressource » –, ouais, si on veut. Je suis prête à les suivre dans leur délire.

Du moins, jusqu'à ce je voie de quoi il s'agit.

« Direction : l'International. Les tarlouzes, c'est là-bas, ça rentre, ça sort. » Dreamie parle comme ça. Je n'arrive pas à voir d'où elle vient. Peut-être de nulle part.

« Ça roule, dit DuFort. Allons-y. »

Nous prenons un autre train. L'espace d'un instant, le maglev est méchamment secoué, et je repense au déraillement de Lanham, mais il ne se passe rien de ce genre. On débarque en plein centre-ville. De grands immeubles partout, tout ça grouillant d'appelés en uniforme qui assistent les flics du coin. Pour le règlement de la circulation et des mouvements de foule. J'ai les yeux qui piquent.

« Allez, Walders ! dit DuFort. Du nerf ! »

On enfile des passages aériens mal éclairés entre les immeubles ou au-dessus. Dreamie et Teela connaissent bien le terrain. On finit par arriver sur une petite corniche plongée dans l'obscurité à un peu plus de deux mètres du sol ; les lumières sont sous nos pieds, protégées de la pluie par un petit auvent. En dessous se trouve une ruelle qui aboutit à une porte fermée.

« Un raccourci pour ces tarlouzes d'acteurs, me souffle Dreamie à l'oreille. Y passent par là pour aller au thé-â-tre. Hé, hé, hé, les petits pédés. »

Je ne réponds pas. On attend. Deux filles finissent par sortir d'un immeuble voisin et se précipitent vers la porte sur laquelle donne la ruelle. Elle posent leurs mains sur la serrure électronique et entrent.

« Non, dit Dreamie à mon oreille, si doucement que ce pourrait être la brise qui m'ébouriffe les cheveux. Pas les filles. Pas des tarlouzes. »

Nous attendons un peu plus. Tandis que mes yeux s'habituent à l'obscurité, je m'aperçois que l'immeuble plus petit qui se dresse en face est une caserne, un dortoir, ou quelque chose dans le genre, tandis que celui qui se trouve au-dessous de nous fait partie du Centre International. Nous ne sommes pas loin de la Colline – ni de l'immeuble où le comité du Congrès m'a baisé la gueule.

« Hé, hé », souffle Dreamie. La porte d'en face s'ouvre de nouveau. Deux hommes sortent tranquillement, très près l'un de l'autre. Ils ne se tiennent pas par la main, mais on devine facilement à leur dégaine qu'ils sont ensemble. Dreamie attend qu'ils soient juste au-dessous de nous, puis elle saute.

Elle atterrit sur l'un d'eux, le plaquant au sol. L'autre lève les yeux – il ne peut pas s'en empêcher, le pauvre con, c'est plus fort que lui – et se met à crier. J'aperçois son visage tourné vers nous, sous la lumière. Puis Teela lui saute dessus à pieds joints, l'expédiant par terre. DuFort suit en poussant un cri étouffé, franchement bizarre, que j'espère bien ne jamais entendre de nouveau.

Je ne réfléchis même pas. Je saute à mon tour, me récupère en roulé boulé, et me retrouve à droite de Teela. Elle me lance un coup d'œil en souriant, son couteau à la main. Son visage a à peine le temps de changer d'expression que j'ai déjà expédié le couteau hors de portée des parties de sa victime et lui ai collé un crochet du droit qui l'envoie au tapis.

Dreamie est sur le deuxième type, DuFort du côté de la tête, lui clouant les bras au sol. Elle lui découpe sa tunique et ses collants, lui blessant légèrement le sexe. Elle attend pour aller plus loin, fait durer le plaisir. Elle ne voit même pas arriver le coup de pied que je lui décoche dans le menton. Sa tête bascule en arrière et elle s'écroule, bonne pour le compte.

DuFort lâche les bras du type. Elle ne comprend pas ce qui se passe, mais elle sait que ça ne va pas lui plaire. Elle récupère le couteau de Dreamie et se tourne vers moi.

« Je cherche pas d'embrouilles avec toi, DuFort. T'inquiète pas. »

Elle ne me croit pas. Elle me tourne autour, cherchant une ouverture. Je ne suis pas armée, mais je n'ai pas besoin de l'être. On apprend pas mal de trucs, la nuit, dans les écoles gouvernementales, quand les seuls enfants qui restent sont ceux que personne n'a voulu adopter. Bien plus qu'à l'entraînement du SN. Nous nous tournons autour, feintant, et en quelques minutes, je la désarme.

Pendant ce temps, les deux petits pédés se sont tirés. Ils avancent en trébuchant jusqu'à la porte, plaquent leurs mains sur la serrure électronique et claquent la porte derrière eux. Je prends le couteau de DuFort, et me mets à courir. Je ne connais pas le terrain, mais elle non plus. Je cours le long des rues jusqu'à ce je sois sûre de l'avoir semée, me débarrasse du couteau, et attrape un train qui me ramène à la caserne. Là, je termine mon paquetage puis j'appelle un taxi pour me rendre dans un hôtel pas cher où se retrouvent les appelés qui veulent un peu d'intimité. L'air conditionné est en panne. Je me couche sur mon lit, en sueur, cogitant.

Les petits pédés s'en sont sortis. Sans mal.

J'ai vu le visage de celui qui s'est tourné vers la lumière quand Dreamie est tombée sur son copain.

Un visage superbe. Peau légèrement hâlée, ni blanche ni noire, ni hispanique, ni asiatique, mais une sorte de métissage de tout cela. Bouche finement ciselée. Grands yeux noisette, pailletés d'or. Petit menton arrondi. Un visage différent, pour moitié celui d'un enfant, pour moitié non. Un visage qui pourrait être de n'importe quel type, de n'importe quel âge. J'ai la mémoire des visages. Depuis toujours. Celui de cet acteur avait quinze ans de plus, mais je le connais.

C'est celui qu'avaient les trois chimpanzés qui me sont passés sous le nez lors de la catastrophe de Lanham.

Le lendemain, je vais jusqu'à la gare pour y trouver un terminal public. C'est bien ma veine, le gouvernement y tient une de ses conneries de fêtes des Responsabilités Partagées, et je me retrouve en plein cirque. Il y a des stands où de jeunes internes volontaires posent des patchs contre les maladies qu'attrapent en général les vieux, de petits boxes pour se faire faire un examen de santé grâce à des systèmes ingénieux, d'autres pour avoir des informations vidéo, d'autres où les enfants peuvent aller chercher leurs poupées « Grand-mère Ann » et des boîtes de jeu *Tous Ensemble !*, et d'autres pour se faire baiser par telle ou telle agence. Les vieux qui se pointent là parlent entre eux et s'esclaffent, comme si c'était le super pied de se balader dans une gare crasseuse en se faisant tripoter par des docteurs et interviewer par des associations humanitaires. Pauvres cons !

Une musique passe en continu, tellement fort qu'un sourd pourrait l'entendre. Des trucs d'intellos du siècle dernier, lorsque ces vieux croûtons étaient jeunes. Je me bouche les oreilles pour ne pas entendre un vieux con qui gueule un truc où il est question de ponts et d'eaux tourmentées. Là où il n'y a pas de box, on trouve des chaises, tout un tas de chaises pour que les anciens puissent s'asseoir, ou des mains courantes pour éviter qu'ils se cassent la gueule au cours de leurs déambulations.

Pour arriver à l'ordinateur public, je dois me faufiler entre un stand où l'on fait des prises de sang, et un box bizarre où l'on donne des animaux domestiques aux viocards. « Les statistiques montrent que s'occuper d'un animal entraîne une hausse de l'espérance de vie, du bonheur individuel, et de votre capital santé », dit l'holo en boucle, d'une voix tellement sirupeuse que ça vous donnerait envie de gerber. Derrière l'holo se trouve une personne, et derrière elle des cages avec des chatons, des chiots, et même des lapins. Bon Dieu, je déteste les lapins. Toujours à frétiller du nez à votre approche comme s'ils avaient peur qu'on les écrabouille, comme si même leur bout de queue leur flanquait la trouille. Mais au moins ils ont l'air en bonne santé, contrairement à ceux qu'on voyait de plus en plus dans les bois derrière l'école gouvernementale. Avec une patte en moins, des oreilles rabougries. Une fois, j'en ai même vu un qui avait trois yeux.

À la musique tonitruante s'ajoutent les jappements des chiots et, bien sûr, le bruit des trains qui vont et viennent sur les rails magnétiques. C'est un putain de zoo.

« C'est combien ? » demande un vieux croûton en guenilles au stand des test sanguins.

L'infirmière hurle : « C'est gratuit si vous avez plus de soixante-dix ans, dix dollars sinon.

— Et si vous avez plus de quatre-vingt-dix ans, c'est eux qui vous payent », gueule un autre vieillard, et tout le monde se marre.

J'arrive enfin à hauteur de l'ordinateur, insère ma puce crédit et attends. Ça démarre avec une série de slogans interminables qui défilent sur l'écran, exhortant les jeunes hommes à subir un test de fertilité (« C'est une des responsabilités partagées ! »). Enfin le système se décide à me demander ce que je veux, et là, je coince.

Je sais me servir de ce genre de bidule, bien sûr, mais jusqu'à présent je me contentais des opérations classiques : acheter des trucs, envoyer des mails, vérifier des horaires de trains, m'infiltrer dans des dossiers que quelques tégés avaient oublié de sécuriser. Je sais que les ordinateurs publics peuvent faire pas mal de choses, mais je ne sais pas vraiment quoi, et je ne sais pas comment le demander.

Je reste donc à contempler l'écran, qui m'invite une fois de plus à procéder à ma demande. Procéder comment ? Je paye pour chacune de ces minutes. Je finis par dire : « Je veux localiser quelqu'un, mais je ne connais pas son nom.

— Désolé, dit l'ordinateur de sa voix doucereuse de vrai tégé. Ce système est incapable d'identifier votre requête. Veuillez, s'il vous plaît, reformuler votre demande en langage informatique, ou utiliser l'option clavier. »

Je ne connais pas le langage informatique pour ce genre de démarche. Il faut utiliser des mots très précis. Je tape donc : Je veux retrouver quelqu'un mais je connais pas son nom.

L'ordinateur me renvoie le message suivant : Entrez les informations connues sur la personne recherchée. Un élément par ligne. Il ne dit plus *s'il vous plaît.* Ce qui me met plus à l'aise. Ça me rappelle la caserne.

Je tape :

C'est un acteur.
Il a à peu pré vingt ans.
Il a les cheveux noirs.
Il a les yeux noisette.
Il fait anviron un mètre quatre-vingts.
Il paise environ 75 kilos.
Il est mignion.
Il joue à Washington.
Il est omosexuel.

L'ordinateur me renvoie : Les archives publiques sur les citoyens ne prennent pas en compte l'apparence physique ou les casiers judiciaires. Souhaitez-vous parcourir une liste de la Guilde des acteurs de théâtre et/ou de cinéma et/ou d'acteurs virtuels officiellement recensés par le syndicat des acteurs de Washington D.C. ?

Est-ce que je le veux ? Puis je comprends quelle gourde j'ai été. Je tape : Il joue au Centre Internassional. En ce moment. Puis apparaît sur l'écran l'icône d'un opuscule.

Je le parcours. Une ribambelle de noms, enregistrés en fonction des trucs dans lesquels ils jouent. Il n'y a pas que des acteurs, mais aussi des danseurs, des musiciens... Je me souviens de la démarche aérienne qu'ils avaient, lui et son petit copain pédé, et je lance à haute voix : « Imprimez seulement la liste des danseurs. »

Le système ne comprend pas ce que je veux dire. Je parcours donc l'opuscule et imprime la liste de tous les spectacles de danse de la saison d'été. Il y en a cinq : un dans le registre jazz, une troupe spécialisée dans les effets holo/lumière, un truc asiatique, un truc de danses folkloriques noires, et un ballet.

C'est fou les conneries que peuvent aller voir les gens.

Je fourre la liste dans ma poche et m'arrache tant bien que mal de cette foutue gare, de cette foule de fossiles ambulants, de cette horrible musique d'ambiance, des rangées de stands et des holos du Projet Patriote. TOUS UNIS ! et LES AMÉRICAINS AIDENT LES AMÉRICAINS ! ou encore VOTRE DEVISE : VOUS PROTÉGER, PROTÉGER CEUX QUE VOUS AIMEZ. Je pars en quête d'un hôtel pas cher. Je n'ai pas le choix. Si je veux faire mes recherches discrètement – ce qui est le cas –, je vais devoir rester quelque temps à Washington. Heureusement, on ne dépense pas grand-chose quand on est consigné à la caserne, ce qui m'arrivait souvent pour une raison ou pour une autre ; j'ai donc un peu de crédit d'avance. Je pourrai tenir quelques semaines. En faisant attention.

Combien peuvent coûter les billets pour le Centre International ? Pas question d'entrer en force. Je ne dois pas me faire remarquer avant qu'il soit temps. Il va falloir les allonger pour avoir des tickets.

Et merde.

Il ne fait pas partie des jazzeux. Tous les danseurs du programme sont passés avant la fin du premier acte, je peux donc me tirer sans avoir besoin de me farcir tout le spectacle. Il n'est pas non plus dans la troupe holo/lumière, mais au moins la musique ne craint pas trop et il y a quelques bons effets spéciaux. Je m'endors pendant les danses folkloriques asiatiques, mais ce n'est pas grave, car même si l'homme que j'ai vu avait été de type asiatique – tout est possible en ce qui concerne son origine –, ces danseurs viennent réellement d'Asie, et je ne pense pas qu'il soit du nombre.

Les danseurs de ballet portent des masques.

Des putains de masques. Ils sont intégrés aux costumes, moitié tissu, ou plastique, ou je ne sais quoi, moitié holos. Ils donnent aux danseurs des apparences d'oiseaux, de fées ou je ne sais quelle autre connerie qu'ils sont censés représenter. Mais il est impossible d'identifier qui que ce soit, et il y a seize noms masculins inscrits sur le programme.

Je scrute la scène à travers mes jumelles. D'ici, tous les hommes se ressemblent : minces, musclés, gracieux, pas très grands. Ce pourrait être n'importe lequel d'entre eux, ou aucun.

Je suis sur le point de mettre les voiles, quand une idée me traverse l'esprit.

Le programme que j'ai eu le temps d'étudier avant que le spectacle ne commence doit sans doute être imprimé tous les jours. Mais il y a une page consacrée aux « Remplacements en cours de saison », pour qu'on puisse voir les danseurs qu'on a loupés. C'est une idée à la con. Mais quelque informaticien coincé du cul a voulu faire du zèle. Et à la date du soir où Dreamie et Teela sont tombées sur les deux petits pédés, je lis :

****En remplacement de CAMERON ATULI pour le pas de deux dans *Danses de Cérémonie*, et *Un Matin à Moscou* : MITCHELL REYNOLDS.**

En remplacement de ROBERT RADISSON dans ***Environnement Modéré* : ALONSO PERES.

Deux danseurs avec des bosses sur la tête pour s'être fait sauter dessus d'une hauteur de trois mètres. Dont l'un avec la queue entaillée. Mais tous deux dansent de nouveau le soir suivant.

Cameron Atuli ou Robert Radisson.

Ils dansent tous les deux avant l'entracte, quelque connerie racontant l'histoire d'un déluge. D'après le programme, Radisson est le jeunot habillé d'une simple tunique qui passe d'une pose débile à une autre. Atuli, c'est la star. Il est pratiquement dans toutes les scènes, à sauter en l'air, à courir dans tous les sens, et à soulever quelque connasse qui a l'air de voler, bien qu'à mon avis ce ne soit qu'un effet holo. Je me tape tout le foutu ballet, jusqu'à ce que je sois sûre. D'après ses mouvements lorsqu'il tombe aux pieds de la fille, la façon qu'il a de se mettre à genoux après qu'ils ont fait l'amour, l'angle de son cou lorsqu'il bascule la tête en arrière pour mimer un cri. Je ne peux pas l'expliquer, mais j'en suis sûre. Le type de la ruelle était bien Cameron Atuli, et c'est son visage que j'ai vu sur les chimpanzés de Lanham.

Le public, bien entendu composé exclusivement de vieux croûtons, est en transe ; ils sont tous debout, à applaudir et à hurler : « Bravo ! » Je me dis que la vieille assise à coté de moi va nous faire une crise cardiaque tellement elle est excitée. Un vieux con derrière moi n'arrête pas de dire : « La tradition perdure. D'une manière ou d'une autre, la tradition perdure », jusqu'à ce que l'envie me prenne de me retourner pour lui en coller une. Tradition, mon cul. La nation est en train de devenir stérile, le pays tout entier se déplace en chaise roulante, les jeunes comme moi se défoncent pour faire vivre ces vieux cons, et ce type s'extasie sur la tradition du ballet.

Mais je ne veux pas attirer l'attention, je pars donc discrètement, en serrant contre moi le programme qui indique quand Atuli doit retourner sur scène.

J'ai déjà décidé que cela se passerait au Centre International. Les plans de l'immeuble sont dans les archives publiques : « Un trésor architectural ». Tout autre bâtiment, hôtel ou caserne, m'aurait obligée à y aller à l'aveuglette. L'extérieur est trop fréquenté, à moins qu'Atuli n'utilise toujours la ruelle qui relie son dortoir au Centre. Ce qui n'est probablement pas le cas. Personne n'est bête à ce point.

Je sais comment je rentrerai dans le Centre. On ne peut pas graisser la patte à un système de surveillance électronique, mais on peut graisser la patte à quelque hacker. J'en connais certains, du temps d'avant mon service. Ils ne sont pas donnés, et je n'ai pas beaucoup d'argent, mais ce n'est pas la seule façon de payer. La plupart des bons hackers sont plutôt vieux, ils ont grandi en même temps que les ordinateurs, et je suis une gosse plutôt mignonne.

Tout se passe comme prévu. Le hacker me fait entrer, je trouve la loge d'Atuli – son *nom* est inscrit sur la porte – et j'attends. Il entre tranquillement, ferme la porte, puis éteint son costume holo de serpents pris de bougeotte. Il enlève son masque. C'est le même visage. Il regarde dans la glace, souriant à son reflet, et me voit. Je me mets entre lui et la porte.

Il se met à hurler. Je sors un pistolet paralysant que je me suis bien gardée de rendre à l'armurerie et je lui dis : « T'avise pas de refaire ça. Vu ? Maintenant, tu vas m'expliquer pourquoi j'ai vu ton visage sur trois chimpanzés après l'accident de train de Lanham. » ».

C'est comme s'il ne m'avait pas entendu. Il regarde autour de lui, l'air de chercher une autre porte, sauf qu'il n'y en a pas. Le vieux hacker que je me suis tapé n'a pu neutraliser le système de sécurité que pour dix minutes, avec ce qu'il appelait une micro-intrusion, qui devait selon lui perturber les techniciens assez longtemps pour que je trouve l'information dont j'avais besoin avant de me tirer de là.

« Allez ! Parle ! » je lui dis.

Et le petit pédé bafouille : « Je suis Horethal. Je suis Horethal.

— Qui ça ? » Mais mon vieux hacker ne m'a pas donné assez de temps, ou il n'a pas été assez bon, ou il m'a baisé la gueule. Car voilà que la porte s'ouvre brusquement sur un type avec une arme paralysante. Et je vais au tapis.

8.

NICK CLEMENTI

Omar Khayam avait tort.

Le doigt en mouvement, ayant écrit, repart bel et bien en arrière pour tout effacer. Simplement en rendant amer aujourd'hui ce qui autrefois était doux, parce que tout est allé de travers. Le doigt défigure la mémoire, et par conséquent le passé, qui n'est après tout rien d'autre que la mémoire.

Mon fils avait été un enfant adorable. Nous avons des vidéos de lui quand il avait deux, trois ans – Maggie a fait beaucoup de vidéos des enfants. Sans doute plus pour John, le dernier, le seul garçon, avec son magnifique sourire, ses grands yeux bruns et sa peau d'un rose qui signalait une robuste santé. Peut-être était-ce là le problème. Parfois les gens beaux ont du mal à admettre qu'il doivent arriver à être plus que cela.

Par un chaud après-midi de juillet, je revenais de la marche laborieuse que je m'imposais chaque jour en m'aidant d'une canne. Cette canne, une antiquité, avait un pommeau taillé en tête d'âne. Ça m'amusait, sans rendre pour autant la marche plus facile. Je marchais un peu moins chaque jour.

John m'attendait à la maison, vautré dans un des fauteuils aux joyeux motifs fleuris de Maggie, en buvant un bourbon. Il faisait la tête. Je me suis raidi, un effet de cet imperceptible bouclier mental qui se dressait, d'autant plus consternant quand il s'agit de votre unique fils.

« Bonjour, John.

— P'pa.

— Je suis content de te voir. Où est ta mère ?

— Comment le saurais-je ? Il n'y avait personne quand je suis entré. » Il est allé se servir un autre verre de bourbon. « Tu ne me demandes pas ce que je viens faire à cette heure de la journée ? »

Il était deux heures et demie de l'après-midi. « Bien sûr que si. Laisse-moi seulement m'installer... Tu veux quelque chose ?

— Non, ça ira. »

J'ai rangé ma canne pour me servir un scotch. Maggie avait décoré l'âtre avec un panier de roses et d'héliotropes, et leur odeur puissante flottait dans l'air tiède. Je me suis installé dans le fauteuil en face de John. Il attendait, visiblement contrarié.

« Bon, qu'est-ce que je peux faire pour toi, John ?

— Il n'y a rien que tu puisses *faire* pour moi. » Il y avait de l'irritation dans sa voix. « Je ne viens pas forcément te voir pour te demander un service.

— Très bien, ai-je enchaîné posément. Alors, comment vas-tu ?

— Tartiné. » John avait trente-six ans, mais il utilisait les expressions des adolescents de l'époque. Sans doute parce qu'il appartenait encore à la jeune génération. Lui et sa femme, comme tant d'autres, n'avaient pas d'enfants. Il faisait partie des quelque quatre-vingts pour cent d'hommes dont le nombre de spermatozoïdes était au-dessous de cinq millions par millilitre de semence : il était stérile. Cent ans plus tôt, les jeunes hommes de son âge avaient en moyenne dans les quatre-vingts millions de spermatozoïdes par millilitre. Les tentatives *in vitro* de Laurie et lui s'étaient toutes soldées par des échecs.

« Tu m'en vois désolé. Pourquoi es-tu "tartiné" ?

— Je viens encore de me faire virer. »

Il venait de lancer cela avec une sorte de satisfaction morose : *Tu vois, tout le monde est contre moi, je te l'avais bien dit.*

« Et pour quel motif ?

— Comment le saurais-je ? Faudrait le demander à ceux qui m'ont viré. On m'a simplement appelé ce matin pour me dire qu'on me retirait l'accès à mon télébureau. » Il a avalé une rasade de bourbon.

Il était encore séduisant. Du moins l'aurait-il été sans une certaine tendance à s'empâter, pas tant physiquement que dans sa façon de se tenir. Ses traits s'affaissaient, sa bouche se faisait sarcastique, son corps s'avachissait.

Je me suis risqué à lui demander : « Qu'est-ce que tu vas faire ?

— Qu'est-ce qui me reste à faire ? Je vais chercher un autre travail. Laurie et moi avons besoin du fric. »

Il n'aurait pas de difficulté à en trouver : il n'y avait pas assez de travailleurs pour subvenir aux besoins de toute une population de vieillards. De pauvres vieux assistés – chichement – par les impôts. De vieux richards qui n'avaient pas encore transmis leur capital à leurs enfants, lesquels se retrouvaient par voie de conséquence doublement en manque. C'était à cela que john faisait allusion dans la dernière partie de sa remarque. Je n'ai pas relevé.

« Comment va Laurie ?

— Bien. » Sourire à l'appui. La femme de John était une perle, un miracle, et il m'arrivait de ne trouver à apprécier mon fils que parce qu'il avait le bon sens d'apprécier Laurie. Maggie et moi souhaitions de toutes nos forces qu'elle ne le quitte pas un jour.

« Vous ne deviez pas venir dîner demain soir ? Sallie et Richard viennent d'Atlanta. »

Son sourire s'est effacé. « Je ne suis pas sûr d'avoir la tête à une réunion de famille. Tu n'as pas l'air de comprendre, papa, à quel point c'est dur de se retrouver sur la touche. Il est vrai que *toi*, tu n'as jamais eu ce genre de souci. »

Sous-entendu : *Toi, le chercheur accompli et couronné de succès qui n'a pas connu les affres financières dans lesquelles je me débats*. Il avait suffisamment raison sur ce point pour que je n'en rajoute pas. Ma génération n'a pas eu à porter un tel fardeau démographique sur le dos. D'un autre côté, se faire renvoyer – devenu dans la bouche de John "se retrouver sur la touche" – était bien plus courant de mon temps. Je me suis abstenu de lui en faire la remarque.

J'ai changé de sujet. « Sallie va être désolée de ne pas te voir.

— J'en doute. » John n'aimait pas sa sœur aînée. Question de jalousie, sans doute. Sallie avait toujours connu le succès : étudiante modèle, femme comblée, chercheuse respectée au Centre National de Recherche sur les Maladies. Et n'ayant jamais voulu d'enfant, elle n'était pas déçue de ne pas en avoir.

« Je ferais bien d'y aller, a dit John d'un ton lugubre. Je devrais être sur le net, à chercher un autre boulot. Transmets la nouvelle de ma mise à pied à maman, tu veux ? Je ne suis pas d'attaque à encaisser un autre round sur le thème de "John-l'irresponsable". »

Alors deviens responsable, avais-je envie de lui dire. *Termine les tâches que l'on te donne, fais attention à ce que te disent tes supérieurs, cesse de mentir pour couvrir tes erreurs*. C'était en général ses mensonges qui lui attiraient tous ses ennuis. Et rendaient Maggie, la personne la plus à cheval sur les principes que je connaisse, complètement folle. Je refusais d'entrer en conflit avec John. Maggie, elle, n'était pas du genre à biaiser.

« Je lui dirai. Réfléchis pour demain soir, John. J'ai l'impression que ça fait toujours plaisir à Laurie de venir ici.

— Ouais. » Mais cette fois-ci le sourire avait disparu. « Bien sûr, c'est Laurie que tu as envie de voir, pas moi.

— Non, c'est vous deux, ai-je dit sans hausser le ton. Bonne chance dans ta recherche d'un emploi.

— J'y compte bien. »

Il est parti sans même me poser de questions sur ma canne, mes difficultés à marcher, ou mon œil droit qui s'affaissait. J'ai pris un autre verre de ce que le docteur me défendait, mais que la situation exigeait.

Voilà une des phrases les plus dures qui puisse venir à l'esprit d'un père : *Je n'aime pas mon enfant.*

Comprends-le, m'a répondu mentalement la voix de Maggie. *Lui et Laurie ont tellement envie d'avoir un enfant... la pression doit être énorme.*

Oui, je pouvais bien lui accorder ça. Même si je soupçonnais que la pression était plus du côté de Laurie que de John. Il y a certaines femmes chez qui le désir d'avoir un enfant et de l'élever est bien plus qu'un simple désir : un véritable besoin biologique. John, me semblait-il, était moins décidé à devenir père qu'à jouer les martyrs parce qu'il ne le pouvait pas. Il y avait de cela environ un an, il m'avait « accidentellement » envoyé par mail un passage de son journal intime :

> *Mon père, le docteur Nicholas Clementi, affirme descendre de Muzio Clementi, le contemporain si populaire de Mozart. Clementi était en son temps un virtuose du piano. Il a influencé Haydn et Beethoven, et a été enterré à l'abbaye de Westminster. Aujourd'hui personne ne se souvient de Clementi ; Mozart, lui, est devenu une légende. Mon père n'est censé revendiquer cette ascendance que pour faire montre d'une modestie désabusée par rapport à son impressionnante réputation professionnelle.* Sic transit gloria mundi, *même une* gloria *ancrée dans la microbiologie. Il s'imagine en quelque sorte que l'âge*

doit nécessairement s'accompagner d'une forme de sagesse mystique et détachée, et qu'ayant l'âge, il doit forcément avoir ce qui va avec et l'afficher de manière ostentatoire. Et il ne s'en prive pas. Mon père déborde de sagesse.

Moi, en revanche, je ne parle jamais de Muzio Clementi. Si vous ne devez jamais avoir de descendants pour perpétuer votre nom, à quoi bon savoir de qui on descend ?

J'ai tourné en rond dans le salon en effleurant négligemment les bibelots de Maggie. Une urne en cuivre, une petite sculpture, une bonbonnière, une photo encadrée de notre chalet à la montagne. J'avais besoin de penser à autre chose. Mais je n'arrivais pas à me concentrer sur mes revues scientifiques, ni même sur la télé, qui passait une émission sur « le prétendu problème des perturbations engendrées par les émanations d'objets courants en plastique ». Le problème, nous expliquait un bel acteur en blouse blanche, était imaginaire, et ne provenait sans doute que de quelques recherches hâtives. Le public devait se rassurer en considérant la surveillance sans relâche du Contrôle sur les Produits Alimentaires et Pharmaceutiques, les problèmes que nous aurions si nous étions privés de ces objets courants, et les études bien plus sérieuses dont il allait précisément nous informer. L'émission et les études en question, ai-je remarqué, étaient subventionnées par « une généreuse donation de la Fondation pour les Matières Plastiques Américaines ».

L'interruption du système domotique ne pouvait être que bienvenue. « Docteur Clementi, un appel vidéo pour vous. »

Je l'ai pris sur mon bracelet. Une voix de synthèse s'est adressée à moi. « Cet appel provient du Centre Correctionnel du Comté de Prince Georges », puis, minuscule, est apparue l'image de la jeune fille, ébouriffée et visiblement furieuse.

« Docteur Clementi ? C'est Shana Walders. Je vous appelle de *prison*.

— Je vous écoute, soldate Walders ».

Le fait que j'accepte son appel a paru la décontenancer. « Eh bien, voilà, on m'a arrêtée ! Et je pense que vous êtes un peu obligé de m'aider !

— Et pourquoi donc ? Suis-je responsable de votre arrestation ? » Encore une martyre. Un autre John.

Elle s'est renfrognée. « Euh, non, j'imagine que c'est de ma faute. »

Je me suis redressé. « Maison, transfère l'appel sur ton système, s'il te plaît. » Le visage de Shana Walders est apparu en plus grand sur mon écran mural. Ses cheveux blonds étaient en bataille, et elle avait un bleu sur la joue gauche. Sans doute avait-elle dû résister lors de son arrestation.

« C'est de ma faute si je suis en prison, mais c'est de votre faute si je n'ai pas pu entrer dans l'armée. C'est cette audience au Congrès ! Alors je me suis dit que vous me deviez un coup de main. » Un temps puis : « S'il vous plaît.

— Je ne vois pas pourquoi je devrais...

— C'est le seul coup de fil qui me soit autorisé ! » Et elle s'est mise à pleurer. Elle m'a soudain semblé très jeune et très vulnérable.

« Soldate Walders, je ne suis pas du genre à être ému par les larmes », ai-je dit d'un ton austère, et les larmes ont aussitôt cessé. Elle avait de la ressource.

« Je suis en revanche ouvert à la logique. Pourquoi ne pas m'expliquer calmement ce qui vous est arrivé ?

— Très bien. J'ai retrouvé le gars dont le visage était sur ceux des foutus singes. »

Je ne m'attendais pas à ça. « Et vous y êtes arrivée comment ? »

Elle m'a raconté son histoire de fou, en commençant par l'agression des deux garçons par les filles. Ce genre de démonstration d'intolérance avait tout pour me dégoûter, mais d'un autre côté, c'était pratiquement l'ensemble du climat politique actuel qui me dégoûtait. J'ai écouté sans un mot le compte rendu de sa quête du danseur, un certain Cameron Atuli, de son intrusion irréfléchie dans le Centre International, et de son arrestation.

« Soldate Walders, les autorités vous ont-elles soumise à un sérum de vérité ?

— Évidemment. Je leur ai dit que j'étais d'accord. Je n'ai rien à cacher ! »

L'image de Shana Walders fixait sur moi un regard féroce. Ils ne lui avaient manifestement pas encore administré les drogues habituelles destinées à contrôler les prisonniers dans un système aux restrictions budgétaires telles qu'on devait parfois se contenter de deux gardiens pour surveiller toute une prison. Elle était si vive, si énergique, prête à se battre pour avoir ce qu'elle voulait.

Tellement différente de John.

« Très bien, ai-je dit. Je vais faire un entorse à mon bon sens et vous sortir de prison. Du moins une fois que j'aurai vérifié votre histoire.

— Merci ! » Et elle a souri en clignant des yeux qui s'étaient soudain embrumés. C'était comme un lever de soleil. Elle n'était tout de même pas stupide au point d'essayer de me séduire ? Cela aurait amusé Maggie.

« N'allez pas taper sur quelqu'un avant que j'arrive », ai-je conclu avant de me relever lentement pour prendre ma canne.

« Où habitez-vous ? » ai-je demandé à Shana en m'appuyant sur ma canne à la sortie de la prison municipale qui servait d'annexe à celle de Washington D.C., complètement engorgée. La caution avait naturellement été insignifiante. Le système cherchait à garder le moins de monde à l'intérieur, et à moins d'avoir sérieusement blessé quelqu'un, les jeunes de dix-huit ans étaient traités avec une certaine indulgence. Ils constituent une ressource nationale précieuse, comme les campagnes publicitaires ne cessent de nous le rappeler. En fait, les holos omniprésents du Projet Patriote ne sont pas destinés à nous autres vieillards, qui savons pertinemment à quel point nous dépendons des forces vives de la nation, mais servent à rappeler aux plus jeunes leur obligations envers nous. La flatterie, le sens de la communauté, tout est bon pour cela. VOTRE PAYS A BESOIN DE *VOUS* !

« Je n'habite nulle part, m'a répondu Shana. Je suis pour ainsi dire dans la dèche. » Elle m'a lancé un regard chargé d'expectative et s'est rapprochée de moi.

« Soldate Walders, j'aimerais qu'une chose soit bien claire entre nous. Je suis assez vieux pour être votre père. Voire votre grand-père. En plus, je suis marié, et très heureux dans mon couple. Si je me suis intéressé à vous, c'est à cause de votre histoire, pas de votre physique. »

Elle m'a dévisagé avec une expression de totale incrédulité. Puis elle a souri en secouant la tête. « D'accord, pas de problème. »

Quel genre de vie avait eu cette enfant ? Peu importait ; je pouvais facilement me l'imaginer. *L'amour a bien du mal à se faire comprendre / Tant que le bruit de l'or ne se fait pas entendre*... Rosetti. Mais Shana ne manquait assurément pas de ressource. Elle s'est éloignée de moi – j'ai eu à cet instant la certitude que dans son esprit, ce n'était que temporaire – et m'a sorti tout à trac : « Bon, qu'est-ce que vous voulez que je vous dise de plus concernant mon histoire ? Et est-ce que je peux vous raconter tout cela chez vous, histoire de ne pas me retrouver à la rue ? Je suis trop vieille pour être prise en charge par la Protection des Mineurs. »

Ils l'auraient acceptée de toute manière. Personne ne refusait d'aider un jeune. Moi le premier, de toute évidence. « C'est d'accord, vous pouvez rester avec ma femme et moi. Comme ça, je serai sûr que vous vous présenterez au tribunal. »

Que je puisse l'obliger à faire quoi que soit lui a inspiré

un sourire, puis elle m'a suivi tandis que je me dirigeais à petits pas prudents vers le train. « Vous voulez un coup de main ?

— Non. » Puis : « Merci. »

Elle a acquiescé, réglé son pas sur le mien, et je me suis brusquement rendu compte à quel point il était agréable d'avoir quelqu'un de jeune à mes côtés, me faisant totalement confiance. Cela me rappelait quand Sallie, Alana et John étaient petits. Pour un enfant, son père est toujours un superman. Si Alana et sa petite famille n'avaient pas émigré sur Mars... si Sallie ou John nous avaient donné des petits enfants...

« Attention pour descendre du trottoir », a dit Shana en me prenant par le bras. J'observais les autres personnes âgées autour de moi en ce milieu d'après-midi, tous ces gens qui se déplaçaient sans destination particulière. Une femme qui donnait à manger aux pigeons. Deux hommes qui jouaient au backgammon sur un banc surveillé par une caméra. Sur un mur quelqu'un avait écrit : MORT AUX VIEUX CONS, QU'ON SOIT ENFIN LIBRES ! Personne ne prêtait attention au graffiti. On se contentait de nous jeter des regards en coin, à moi et ma superbe petite fille. Je faisais partie du petit clan des veinards. Pourquoi moi et pas eux ? Je détournais les yeux.

Nous avancions lentement. Mon mal de crâne était revenu, malgré les doses massives de calmants que je m'étais prescrites en plus des médicaments anti-infectieux. Des médicaments qui retardaient la progression du mycosis fongoïde, mais sans le faire disparaître. Le mycosis était ainsi. Obstiné, opiniâtre, tout comme Shana Walders. Il se développait à travers les nerfs reliés au cerveau.

« Regardez ça », a dit Shana en tendant sa main libre. De l'autre coté de la rue, un enfant d'une dizaine d'années venait de repérer un rat derrière des poubelles. Le gosse s'en est approché, curieux. Son ange gardien, une grosse bonne femme en uniforme l'a attrapé par la main et éloigné des poubelles. Le gosse s'est aussitôt jeté par terre et s'est mis à hurler et à frapper le trottoir des talons, essayant de se libérer de l'emprise de la femme. Le rat, imperturbable, observait la scène de derrière ses poubelles en montrant les dents.

« Si c'était mon gosse, a dit Shana, je lui flanquerais une trempe dont il se souviendrait. Il n'est plus en âge de faire ce genre de connerie. Regardez-le ! »

Je sentais mon œil droit s'affaisser de nouveau. « Une baisse de la résistance à la frustration, ai-je commenté d'une voix lasse. Ou un problème d'apprentissage. Ou tout simplement une crise d'agressivité, comme chez le rat. Autant d'effets d'un dysfonctionnement hormonal.

— Quoi ?

— Rien, rien. Vous ne me croiriez pas. » Comme tout le monde.

« Je ne suis pas stupide. » Elle était vexée, mais j'étais trop fatigué, trop enfermé dans ma souffrance, pour lui répondre. Trop occupé à mourir.

Pas de ça. Pas d'auto-apitoiement. *Les lâches meurent bien des fois avant de trépasser ; Les braves ne goûtent qu'une seule fois à la mort*. Shakespeare.

Shana et moi avons renoncé au train pour attendre un taxi.

Maggie a lorgné Shana d'un œil las. « Êtes-vous prête à me donner le code personnel de votre dossier administratif ?

— Vous voulez vérifier mon casier judiciaire ?

— Exactement. » Elles se sont observées un long moment, Shana dans son short jaune franchement court et un débardeur criard à une seule bretelle, ses cheveux blonds en bataille, Maggie vêtue d'une simple robe de marque du même blanc cassé que ses jolies boucles. Plus d'un demi-siècle les séparait, mais elles affichaient la même expression : souriante, hostile, déterminée. Je me suis écarté d'elles pour aller m'asseoir dans le canapé. Lorsqu'elle était entrée dans le salon, Shana avait regardé autour d'elle en feignant une moue dédaigneuse au spectacle des sculptures, des vieux livres, des tableaux, des poteries, des murs laqués. Maggie n'aimait pas les murs à motifs programmables. Notre maison était de style traditionnel, serein, et dans ce décor, Shana Walders avait quelque chose d'une projection holo pornographique.

« Et si je ne vous donne pas mon code, je me retrouve à la rue, c'est ça ? a-t-elle demandé.

— Vous avez tout compris.

— Je n'ai pas vraiment le choix.

— Au contraire. Vous pouvez me donner votre code ou non. Geindre sur les conséquences de tel ou tel choix, ou ne pas geindre. »

Le visage de Shana s'est empourpré. Elle n'aimait pas que l'on suppose qu'elle puisse geindre. « XDG609K327 !

— Merci, a dit Maggie avant de quitter la pièce.

— En voilà une mégère, a marmonné Shana.

— Elle est plus coriace que moi », ai-je placé. La jeune fille s'est esclaffée. Quand elle a rejeté la tête en arrière, sa gorge blanche a accroché la lumière. Je comprenais pourquoi elle s'attendait à ce que tous les hommes se pâment devant elle. *Dieu seul, ma douce / Pourrait t'aimer pour toi-même / Et non pour tes cheveux blonds*. Si j'avais vingt ans de moins... non, même pas. Elle était un gène mortel attendant son heure.

Maggie est revenue. « Son dossier de mineure est inaccessible, et elle faisait son service jusqu'à ces derniers jours. Qu'est-ce qu'il y a dans votre dossier, ma chérie ?

— Deux cambriolages et une agression.

— On peut avoir des détails ?

— L'agression, c'était dans un bar, sur une nana qui s'était montrée trop entreprenante avec le gars que je baisais à l'époque. Les cambriolages, des vols de bijoux dans de belles baraques comme celles-ci. »

J'étais consterné. Je ne m'attendais pas à cela. Mais Maggie s'est contentée d'acquiescer.

« Je vois. Des séjours en maison de correction ?

— Des condamnations avec sursis, a dit Shana en souriant. Je suis une ressource naturelle précieuse.

— Et une petite salope sans morale, a enchaîné Maggie d'un ton enjoué. Quoi qu'il en soit, votre empreinte rétinienne est enregistrée. Par conséquent, si jamais il devait manquer quelque chose dans cette maison, vous seriez facile à retrouver. Et vous n'êtes plus mineure. Les peines pour adultes non rien d'amusant. »

Le crime se fait rare – les gens âgés ont tendance à savoir se tenir – mais les peines sont plus lourdes. Les fameuses responsabilités partagées.

« Qu'est-ce qui vous dit que je ne vais pas vous tuer tous les deux pendant que vous dormirez ?

— Le fait que vous ne soyez pas une imbécile, ma chérie. Et dites-vous bien que moi non plus. Nick, tu as quelque chose à l'œil ?

— Non, rien, » ai-je menti. Je voyais bien qu'elle ne me croyait pas, mais elle ne voulait pas aborder la question devant Shana. J'allais devoir bientôt parler à Maggie de mon mycosis. Très bientôt.

« Dans ce cas, je vais aller m'occuper du repas. » Et elle nous a laissés à nous-mêmes, Shana et moi.

« Eh bien, heureusement que je ne l'ai pas eue pour sergente, a dit Shana, maussade. Alors, qu'est-ce qu'on fait maintenant ? »

J'y avais pensé. La vivifacture pouvait, en théorie, dupliquer un visage humain et le greffer sur celui d'un chimpanzé après avoir modifié son ossature. Mais il fallait passer par des supports polymériques extrêmement complexes pour que se développent diverses sortes de cellules à partir des souches originales. Les supports sont fabriqués par informatique à partir d'un BOSO – un Balayage Optique de Structure Organique. Pour obtenir un BOSO d'une telle précision, le sujet – ou, dans le cas qui nous intéressait, ses mains et son visage – aurait dû passer des heures dans un caisson adéquat. De plus, l'échantillonnage cellulaire prenait du temps ; il aurait fallu obtenir plusieurs centaines de prototypes, des vaisseaux sanguins jusqu'aux cellules graisseuses. Et bien entendu, l'utilisation qui avait été faite des prototypes était parfaitement illégale, même s'il ne s'agissait pas à proprement parler de manipulation d'ADN humain. Après cet interdit, l'autre commandement en génétique était : « Tu ne pollueras pas la forme humaine en la croisant avec celle d'un animal. »

Par conséquent, le jeune Cameron Atuli avait dû être volontaire pour que son visage soit greffé sur celui de chimpanzés.

Mais tout cela n'avait pas davantage de sens. Avant de partir pour la prison, j'avais pris le temps d'effectuer quelques recherches dans les archives publiques. Cameron Atuli était un des danseurs les plus prometteurs de sa génération. Je ne m'intéresse pas particulièrement au ballet, mais d'autres oui, et ils considèrent qu'Atuli est « lumineux », « rayonnant », « pénétrant », « d'une vélocité éblouissante » – autant de qualificatifs liés au domaine des ondes mais curieusement appliqués à la danse. Atuli était promis à un brillant avenir qui lui apporterait une véritable fortune, si ce n'était pas déjà le cas. Il était aussi, mais de manière discrète, homosexuel, ce qui signifiait qu'il devait afficher profil bas en dehors de la scène. Il n'avait aucune raison de participer à des expérimentations illégales, et plusieurs bonnes raisons de s'en abstenir. Tout cela n'avait aucun sens.

À moins, bien sûr, qu'il n'ait été poussé à coopérer sous la pression d'un chantage, ou que l'on ait procédé au BOSO et au prélèvement d'échantillons tissulaires sans son consentement. Le chantage était un risque omniprésent lorsque l'on était gay – non, ça, c'était le mot qu'on employait de mon temps, maintenant on disait « homo » – mais cela ne collait pas dans le cas d'Atuli. Les adeptes de la responsabilité partagée, religieux ou non, se moquaient éperdument du ballet. L'ère de la vidéo considérait cet art comme une insignifiante survivance culturelle à l'agonie. De plus, Atuli n'avait aucune famille pour laquelle il pouvait représenter une menace (ses parents, des soldats tous les deux, étaient morts en Amérique du Sud) et n'avait hérité d'aucune fortune. Il habitait à Aldani House. Subventionnée par un mécène passionné, c'était une oasis parfaitement sûre et suffisamment isolée pour les danseurs, quelles que soient leurs orientations politiques ou sexuelles. Non, le chantage semblait peu probable.

« Hé, oh, je suis là, vous vous souvenez ? Je suis là, docteur !

— Excusez-moi. J'étais perdu dans mes pensées. Notre prochaine étape consistera à aller parler à quelques personnes de ma connaissance.

— Quelle sorte de personnes ?

— La police. » J'attendais sa réaction. Mais Shana s'est contentée d'acquiescer. J'étais de plus en plus convaincu que son histoire était vraie.

« La police, parfait. Mais pourquoi ?

— Parce qu'il y a des éléments qui ne tiennent pas debout.

— Sans blague ? Hé, ça sent drôlement bon.

— Le dîner est servi, docteur Clementi, a annoncé le système domotique.

— Il était temps, j'ai une de ces dalles... » Puis elle a ajouté comme en passant : « Vous mangez bien ? »

Je l'ai précédée vers la salle à manger. « Comment ça ?

— On me la fait pas, docteur. J'ai fréquenté des vieux pendant assez longtemps. Il vous reste combien de temps ? »

Je me suis arrêté net et retourné pour la fixer dans les yeux.

« Ah, je vois. Votre femme n'est pas encore au courant.

— Shana...

— Pas de bile, je ne dirai rien. C'est quoi votre truc ? »

Quelle désinvolture. Est-ce que tous les jeunes étaient comme ça ? Avaient-ils tous cette même résignation tranquille face à la mort ? Lorsque j'étais jeune, la mort était quelque chose que l'on cachait, dans les hôpitaux, les maisons de retraite et les arrière-chambres. Désormais, elle ne pouvait plus rester dans ces recoins discrets ; elle était trop présente. Comme le temps qu'il fait, incontournable, même lorsqu'il n'a rien d'agréable.

La chose est bien connue ; tout ce qui vit doit mourir...

« Je souffre d'une maladie cérébrale. » Bizarrement, cela me soulageait de le dire enfin à voix haute.

« Ça pourrait être pire. Vous allez sans doute casser votre pipe du jour au lendemain. Qu'est-ce qu'il y a au menu ?

— Du rosbif. » Et je n'ai pas pu m'empêcher de rire. *Une mort bien préparée*, voilà ce que j'avais toujours voulu. Parmi des héritiers pour qui cette préparation était aussi banale que l'air qu'ils respiraient. Et aussi ennuyeuse que le ballet classique.

« Super. J'adore le rosbif. Allons manger. »

Le commissaire au Contrôle des Produits Alimentaires et Pharmaceutiques s'est levé pour me saluer alors que j'entrais dans son bureau. « Nick ! » s'est-il écrié, puis il a pris mes mains dans les siennes en se fendant d'un sourire chaleureux, l'œil méfiant. Comme c'était le cas depuis cinquante ans, j'ai été frappé par les profondes contradictions qui caractérisaient cet homme.

Vanderbilt Grant et moi avions tous deux fréquenté l'école de médecine de Harvard il y avait de cela des siècles, dans les années 1970. À cette époque il me fascinait et m'époustouflait – comme tous les autres étudiants en médecine qui venaient de petites villes bien rangées, avec des petites vies bien ordonnées. Mais les contradictions de Van dataient de bien avant Harvard. Son père était un musicien de jazz noir ; sa mère une Vanderbilt, une princesse américaine qui traînait dans le New York « beat » des années cinquante ; sa naissance avait été un scandale familial. Plus tard, pendant la campagne pour les droits civiques, le gamin de dix ans qu'était Van avait des électeurs potentiel dans un sud rongé par le racisme. À l'université, il avait été un farouche militant de la cause noire – mais sans jamais être violent. *Œuvrer à l'intérieur du système*, voilà ce qu'il ne cessait de répéter aux étudiants qui avaient en tête de prendre d'assaut le bâtiment administratif, *et faire tomber les fascistes*. « Ils seront obligé de plier devant ce qui est *juste.* » L'argot du ghetto sonnait faux ; les mouvements radicaux devenant à la mode, Van avait fini par passer ses vacances d'été avec ses cousins Vanderbilt à Newport et Bar Harbor. C'était un joueur de tennis de premier ordre, et il aurait pu être nageur olympique s'il s'était entraîné sérieusement, ce dont il s'est bien gardé. « Rien de monumental n'a jamais été conçu dans une piscine. »

Puis il était entré à la faculté de médecine, était devenu major de notre promotion, et avait fini par accéder au poste de médecin chef à l'hôpital de New York dans le Queens. En 2020, marié et ayant fait fortune, il vivait au bord de l'eau dans le Connecticut, partageant son temps entre les golfs et les cliniques gratuites pour les Noirs dans le Bronx. Ses relations de Wall Street admiraient le talent qu'il avait pour investir sa fortune grandissante de manière réfléchie et efficace. Ses petits-enfants fréquentaient Groton.

Le Basculement avait changé tout cela. Les Noirs, en bas de l'échelle sociale de manière disproportionnée, avaient durement été touchés lorsque les budgets des programmes gouvernementaux, mêmes lorsqu'il s'agissait de domaines aussi basiques que la police, avaient été coupés. Van quitta alors l'hôpital de New York pour descendre dans la rue. Il organisait et prêchait – à ce moment-là il était redevenu chrétien –, distribuait les ordres comme les réconforts, et nombreux sont ceux qui disent que c'est grâce à lui que New York a évité l'explosion qui aurait causé sa destruction définitive. La crise passée, c'était une figure nationale. Le premier geste fort du président Combes avait été de le nommer Commissaire au CPAP. À Washington le bruit courait que Combes avait supplié Van Grant de prendre la tête de cette administration. D'une manière ou d'une autre, Van semblait faire l'unanimité au sein de toutes les communautés, religieuses, ethniques ou scientifiques, chez les pauvres comme dans les milieux de la haute finance – même les groupes pharmaceutiques l'avaient à la bonne. « Avec lui on peut toujours négocier, disaient-ils. Ce n'est pas un bureaucrate rigide. » Vanderbilt Grant fut le premier commissaire au CPAP à atteindre les 82 % d'opinions favorables. Son nom était plus connu que celui du vice-président.

Ses contradictions étaient allées en s'accentuant. Il était sincèrement chaleureux, mais en gardant toujours une certaine distance, une réserve qu'on ne pouvait briser. Il éprouvait une réelle compassion pour les couches les plus basses de la société, mais il n'en prônait pas moins une morale des plus sévères en matière de responsabilité individuelle. Charismatique mais vertueux jusqu'au bout des ongles, sans pitié mais prévenant, Noir mais conservateur, Vanderbilt faisait son chemin, alternant sourires et coups de gueule, et les pontifes de la politique avaient toujours une rame de retard sur lui. Il changeait sans arrêt de position, et ne donnait jamais l'impression de parler pour ne rien dire. Chaque position, affirmait-il, avait été mûrement réfléchie, et les gens le croyaient. Il était le parfait politicien de Washington.

Ce n'était pas un ami modèle, de cela aussi j'étais conscient. Il était impossible d'être vraiment proche de lui. Et pourtant c'était Van Grant que j'avais choisi comme témoin pour mon mariage. Van Grant qui avait appuyé Alana pour qu'elle puisse émigrer sur Mars. Van Grant qui, lorsque j'avais pris ma retraite de l'Institut, m'avait fait entrer au Comité consultatif auprès du Congrès pour les Crises Sanitaires.

Et voilà qu'il se tenait devant moi, ses mains dans les miennes, radieux. Gaillard, le port droit, il paraissait de quinze ans mon cadet. Sa voix, cette fameuse voix si grave et si mélodieuse, révélait une puissance maîtrisée, comme un bon saxophone qui risquait à tout moment de s'éloigner de la mélodie pour s'envoler de ses propres ailes. C'était une voix que l'on n'oubliait pas.

« C'est bon de te revoir, Nick ! Ça fait combien de temps ? Bah, laissons tomber, évitons ce qui pourrait nous rappeler nos âges. » Il a laissé échapper un grand rire sonore, tandis que son regard m'étudiait. Je l'ai vu remarquer mon œil tombant et ma mauvaise mine. Van avait toujours été un excellent diagnostiqueur. « Qu'est-ce que je peux faire pour toi, Nick ?

— Me rendre un service. » Tout en parlant, je m'étais assis dans un fauteuil confortable. Bureau en teck, fauteuils en cuir, le dernier cri en matière de murs programmables, sculptures d'artistes de rue noirs, un drapeau américain brodé à la main. « Je fais partie du Comité consultatif auprès du Congrès pour les Crises Sanitaires ».

Il acquiesça ; c'était grâce à son appui que j'en faisais partie.

« Le Comité et moi ne sommes pas sur la même longueur d'ondes, Van, comme tu le sais déjà – mais cela ne s'arrange pas. Ils vont jusqu'à refuser de *constater* les causes de la crise de la fertilité. J'ai beau m'escrimer à leur montrer des études – il en paraît chaque mois davantage – démontrant que la stérilité humaine est causée par l'accumulation des perturbateurs endocriniens que nous avons lâchés dans l'environnement, rien à faire. »

Des études fascinantes, pour quiconque les lirait. Mais la plupart des gens préféraient regarder ailleurs. *Oh, c'est surtout valable en Afrique*, disaient-ils, parce que ce pauvre continent avait été le plus touché pour s'être servi de la grosse artillerie des produits chimiques dans sa vaine tentative de contrôler les insectes, les récoltes et les maladies. Mais l'Afrique était loin d'être le seul pays concerné. La plupart des perturbateurs endocriniens se propagent dans l'air. Les études que le Comité persiste à ignorer font état d'accumulations critiques de ces perturbateurs dans les tissus des ours polaires, des ragondins des îles du Pacifique et des singes-araignées d'Amérique du Sud.

« Le comité continue de parler de “conclusions hâtives”, ai-je poursuivi, parce que les données sont des évidences. Et non de ces choses que l'on peut soumettre à l'épreuve du laboratoire. »

Van a de nouveau acquiescé ; il savait tout cela, bien sûr. D'une manière ou d'une autre il avait réussi à soutenir les partisans de chaque camp, en déclarant publiquement que les causes d'un problème sont moins importantes que ses solutions ; conclusion : que pouvait-on faire *dans l'immédiat* ? Chez lui cela ne passait pas pour de l'immobilisme, mais pour un appel à la mobilisation et à l'action.

« Mais le service que j'ai à te demander, ai-je repris, concerne quelque chose de bien plus spécifique. Ça dépasse la politique de l'autruche et les entêtements du Comité. Écoute un peu ceci. »

Je lui ai relaté l'histoire de Shana Walders et l'empressement du Comité à classer l'affaire. « D'habitude ils se ruent sur n'importe quel type d'hybridation animal-humain pour se répandre en vociférations dans les médias. C'est un bon moyen de se valoriser sans vraiment faire quoi que ce soit, comme d'étudier de plus près les perturbateurs endocriniens. Mais cette fois-ci, la possibilité qu'un hybride illégal leur file sous le nez ne les gêne pas. Pourquoi ? »

Van a disposé ses doigts en clocher tout en me considérant attentivement. Il avait toujours su écouter. « Dis-moi, Nick, as-tu remarqué que le Comité a de plus en plus tendance à se tenir à l'écart de tout ce qui ressemble de près ou de loin à la vivifacture ? C'est peut-être ce qui explique qu'il ne veut pas vérifier l'histoire de cette jeune fille de plus près.

— J'y ai pensé, bien sûr. Ils n'ont pas envie de voir les députés faire tout un ramdam de quelques articulations humaines élaborées sur des babouins et de greffes de peau élevée sur des dos de chats. Moins on en parle, mieux c'est. Mais je crois qu'il y a autre chose là-dessous.

— Et qu'est-ce qui te fait dire cela ? »

Je lui ai raconté la quête de Shana pour retrouver Cameron Atuli. Le visage de Van est resté impassible. Mon récit terminé, il a déclaré : « Intéressant, fascinant même. Mais je ne vois pas en quoi cela me concerne. Que veux-tu de moi ?

— J'ai besoin d'aller fouiner dans les dossiers du FBI. Pour savoir si Cameron Atuli a été impliqué d'une manière ou d'une autre dans des histoires de manipulation génétique ou de vivifacture. Le Comité pourrait en faire la demande officielle, mais je ne veux pas que cela soit officiel. Il me faut ce truc, un point c'est tout.

— Je ne peux pas faire ça, Nick. Tu le sais bien. Le CPAP et le FBI sont deux organisations séparées.

— Foutaises, ai-je commenté en toute cordialité. Tes inspecteurs sont sur le terrain à vérifier l'expérimentation de nouveaux médicaments sur les animaux, à suivre tous les procès mettant en cause des cliniques, à faire appel à des experts venus de l'extérieur pour des comptes rendus médicaux. Tes gars entendent tout, y compris ce qui peut mener à des activités illégales. Ne me dis pas, Van, que ton organisation ne s'est pas rapprochée du FBI depuis que se multiplient les infractions aux lois fédérales sur l'ingénierie génétique. Vous transmettez systématiquement vos informations à la Section des Délits Génétiques du Bureau. »

Il était trop intelligent pour nier cela. « Et quand bien même ce serait le cas ? Qu'est-ce qui te fait croire qu'ils nous renvoient l'ascenseur ?

— Parce que c'est comme ça que tout fonctionne à Washington. Van, ne me prends pas pour un – comment disent les gosses déjà ? – un "tégé". Un taré grave. »

Il m'a lancé son fameux sourire à vous faire sortir vos lunettes de soleil. « Jamais de la vie, Nick. Pas toi. Bon, supposons que je puisse découvrir si Cameron Atuli est fiché comme ayant trempé dans une vivifacture illégale. En quoi cela t'intéresse-t-il ?

— Je veux savoir si l'histoire de Shana Walders est vraie. »

Sa voix, cet instrument magique, a baissé d'un ton. « Tu t'intéresses à cette fille.

— On dit bien que les jeunes sont une ressource naturelle, non ? Et c'est une gosse plein d'avenir. »

De nouveau ce rire chaleureux. Puis, sur un ton plus détaché : « Et comment va John ces temps-ci ?

— Toujours pareil. » Il était fort, très fort. Il me faisait comprendre qu'il se doutait de ce qui pouvait me pousser à aider une gosse plein d'avenir. Mais il y mettait du tact.

« Et Maggie ? J'ai l'impression qu'il y a un siècle qu'on ne s'est pas vus.

— Elle va bien. Tu vas m'aider sur ce coup, Van ?

— Oui. » Puis il s'est esclaffé, parce que cela nous rappelait le jour où j'avais épousé Maggie, Van à mes côtés. « Tu sais bien que oui.

— Tu vas vérifier s'il y a quelque chose sur Cameron Atuli, qu'il soit victime ou auteur d'un truc pas net ? S'il y a eu violation des lois sur les manipulations génétiques ou la vivifacture, voire kidnapping pour prélèvement d'échantillons cellulaires ? » Avec Van il convenait d'être bien clair sur les termes du contrat. Il lui était trop facile de se défiler quand ceux-ci étaient flous.

« Oui.

— Et je peux compter sur toi pour que tu me contactes rapidement ? »

Son regard a erré, comme distrait, vers mon œil tombant, puis s'est reconcentré. « Cette semaine, Nick.

— Merci, Van. »

Je me suis relevé, me rendant compte à quel point je devais paraître tremblotant à côté de lui, même s'il était mon aîné de quelques années. Il allait continuer à travailler tout l'après-midi, tandis que je ne n'aspirais qu'à rentrer chez moi me coucher.

« Prends soin de toi, Nick. » Sa voix profonde donnait à ses paroles un air de bénédiction. La prière d'un bien portant pour nous autres malades.

« Eh bien ? » a demandé Shana, une fois que je l'ai eu rejointe dans la rue où je l'avais laissée. Un vieil homme mendiait du côté sud, ensoleillé, du bâtiment. Une femme est passée à côté de nous, poussant un landau dans lequel se trouvaient deux chatons. Un holo tournait sur lui-même en clignotant : NOUS POUVONS Y ARRIVER ENSEMBLE. PARTAGEZ LA COMMUNAUTÉ D'AMÉRIQUE ! Au coin de la rue, un fanatique religieux titubait sur le trottoir en hurlant que la fin du monde était proche. Son projecteur, visiblement usé, fonctionnait mal : à travers les holos chocs montrant des raz-de-marée et des tremblements de terre, on devinait quelques images d'un holo éducatif sur le capitonnage. « Hé, Nick, ça va ? »

Chacun de nous mérite sa propre mort, qui n'appartient à nul autre. Georges Seferis.

« Oui. Je vais bien. Rentrons. »

9.

CAMERON ATULI

Plus qu'une heure avant le lever de rideau sur *Jupiter Moon Suite* au Centre Lincoln, et c'est la panique dans les coulisses. Les danseurs invités, Eric Carter, du Ballet Royal, et Vivian Vargas, de ce qui reste du Ballet de New York, ont des caractères de cochon. Carter a insulté Sarah en lui disant qu'elle bougeait comme un remorqueur et elle a quitté la répétition en larmes. Vargas n'arrête pas de parler de la grandeur passée du Ballet de New York, bien qu'il soit à présent au fond du trou. Elle affiche clairement son mépris pour Aldani House, mais elle est tellement belle que Dmitri la suit partout comme un esclave, au grand dam de Laura, qui est amoureuse de lui. Joaquim s'est fait une entorse et ne peut donc pas tenir le rôle de L'Intrus. Tasha, sans raison apparente, aboie après tout le monde. Il y a de l'électricité dans l'air.

Je suis en train de courir dans les couloirs sinistres des coulisses avec de la glace pour le genou de Joaquim lorsque Melita m'arrête. « Cameron, mon petit !

— Oui ? » Ça sent le roussi. Melita, qui n'a que la cinquantaine mais s'habille comme une *grande dame*, est une directrice idéale pour Aldani House. Monsieur C. ne pourrait pas y arriver sans elle. Mais personne n'irait la qualifier de chaleureuse. Quand elle appelle un danseur « mon petit », il vaut mieux s'attendre au pire.

« C'est au sujet de la réception de ce soir, après la représentation, mon petit. Pour nos mécènes. »

Je bougonne. Le Ballet de New York, que le Lincoln Center continue à héberger, a toujours besoin d'argent. Chaque représentation, ou presque, est suivie d'une « réception » pour soutirer un peu plus d'argent aux mécènes en les laissant rencontrer les danseurs, ce que nous détestons pour la plupart. Il est bien difficile de parler à ces pontes de la finance, politiciens et femmes du monde. Ils ne connaissent pas grand-chose à la danse, et ce qu'ils croient connaître est faux.

« Faire la quête pour le Ballet de New York n'est pas notre boulot, lui dis-je. Pourquoi ne pas laisser cela à la prima donna Vargas ? »

Melita ignore ma remarque, comme elle a ignoré mon bougonnement un peu plus tôt. Déjà prête pour le gala, elle arbore une barrette en diamants dans les cheveux. En toc, je le sais : la vraie a été vendue il y a bien longtemps pour financer une production toute spéciale de *Mozartiana.* « Cameron, c'est justement de cela que je voulais te parler. Tout l'argent n'ira pas au Ballet de New York. Je viens d'entendre dire qu'il y aura un mécène prêt à faire une donation de cinquante mille dollars à Aldani House. Avec cet argent-là, on pourrait monter un nouveau ballet pour la saison prochaine. »

Elle a les yeux qui brillent ; les finances d'Aldani House couvrent les frais de fonctionnement, mais pas des extravagances telles qu'un nouveau ballet. Je me sens soudain plus réceptif. Melita est aussi concernée que nous par Aldani House – peut-être même plus. « D'accord, je viendrai me joindre à vous.

— Il faudra faire plus que ça. Une femme a demandé à

te rencontrer personnellement. C'est une grande admiratrice. Je veux que tu lui fasses la conversation, et rien qu'à elle, pendant une bonne demi-heure. Ne fais pas cette tête – c'est quelqu'un avec qui on peut discuter facilement. »

Je suis consterné. Une demi-heure ! « Impossible !

— Une demi-heure, Cameron. Elle s'appelle Mme Justine Locke. Et tâche de bien danser, mon petit. » Puis elle me fait au revoir de la main et poursuit son chemin le long du couloir, sa robe de soirée flottant derrière elle, tandis que je reste planté là avec la glace de Joaquim en train de fondre dans mes mains.

La représentation se déroule plutôt bien, même si Mitchell n'est pas tout à fait à la hauteur de Joaquim dans le rôle et que ce pauvre Théâtre Municipal de New York n'est rempli qu'aux trois-quarts. New York est dans la dèche, à ce que dit Rob ; le Ballet de New York risque même de s'arrêter. En plus, Laura est au bord des larmes et trébuche sur un simple *pas de chat.* En revanche, Eric Carter – il a des épaules à se damner – danse Jupiter comme si le dieu lui-même était sur scène, et le troisième mouvement de la suite, « Europa », possède une énergie et une harmonie qui font décoller la salle entière.

Plus tard, toujours revêtu de mon costume moite de sueur, je me dirige vers la Promenade. La Promenade est une grande cour intérieure entourée de murs en verre plutôt encrassés. Trois niveaux de balcons en fer forgé en font le tour, mais ils sont trop fragiles pour que l'on s'aventure dessus. Sur les escaliers, de vilains accrocs dans le tapis rouge constituent de véritables pièges pour les talons hauts. Je passe devant des piédestaux vides où, d'après Vivian Vargas, se dressaient d'énormes statues aux poses dramatiques. Elle ne sait pas qui elles représentaient exactement. Elle ont été vendues pour équiper le centre avant l'arrivée de Vargas dans la compagnie. La lumière est maintenant tamisée un peu partout sauf là où a lieu la réception, mais même là on ne peut pas dire que ce soit franchement éclairé. Peut-être que nos mécènes trouvent cela romantique.

Mais par pitié, pas cette mécène-là. Si Melita m'a envoyé faire la cour à une riche femme du monde énamourée...

Mais Justine Locke n'est pas énamourée, ni jeune. Elle a au moins soixante-dix ans, peut-être plus. Elle porte une magnifique robe de soirée magenta, toute simple, sans artifices holos, ni bijoux. Ses yeux sont caves mais sa peau est douce ; sans doute une vivifacture. Elle se présente timidement à moi. Et je me rends compte qu'elle s'y connaît un peu en danse.

« Qu'avait Tasha Riccio ce soir ? demande-t-elle, après avoir parlé de tout et de rien pendant quelques minutes. Je ne l'ai pas trouvée dans son assiette.

— C'était le cas.

— Je suis son évolution ; elle est très prometteuse, vous ne trouvez pas ? En plus, elle ressemble à ma petite-fille. »

Elle me sourit brusquement, un peu gênée, comme s'il était idiot de penser que je puisse être intéressé par la ressemblance de Tasha avec sa petite-fille. Je me sens aussitôt plus à l'aise. « Vous avez une photo de votre petite-fille ? dis-je.

— Oh, je doute que cela vous intéresse.

— Mais si, bien sûr. » La déférence est en général rare chez les mécènes ; ils sont bien trop conscients d'être responsables de ce que Melita appelle le « fleuve vert de la vie » et d'autres le nerf de la guerre.

Mme Locke sort quelques holographies de son sac à main, et je suis ému de voir qu'elle les emmène partout, même dans ce petit sac doré. La petit-fille la plus âgée ressemble effectivement à Tasha, l'autre, qui n'a que trois ans, est adorable.

« Vous aimez les enfants, me dit Mme Locke, les yeux tout sourire. Vous avez des frères et sœurs ? »

Tu te demanderas un millier de fois ce qui se trouve dans ces souvenirs. « Non, je n'en ai pas.

— C'est dommage. J'ai la chance, par les temps qui courent, d'avoir deux petits-enfants. J'ai tant d'amis qui n'en ont pas. Bien que la plus jeune ait été... adoptée. Vous avez peut-être remarqué qu'elle ne ressemble pas à sa sœur.

— En effet.

— Nous l'avons eue après un parcours compliqué. Disons, peu conventionnel. Mais peut-être désapprouvez-vous que le désir intense d'avoir des enfants puisse pousser quelqu'un à contourner les règles.

— Pas du tout. » En fait, je ne me suis jamais posé la question. Le regard plein de sympathie se fait soudain plus inquisiteur. Comme elle ne dit rien, je me sens obligé de meubler.

« Enfin, je veux dire... je suppose qu'on ne devrait pas enfreindre les lois sur les enfants. Après tout, elles sont là pour les protéger, non ? Le gouvernement sait sans doute ce qu'il fait en nous les imposant. » Je me sens idiot ; le sujet ne m'intéresse pas, et je ne sais pas quoi dire. Je suis homo ; je n'aurai jamais d'enfant.

« Vous avez sans doute raison », dit Mme Locke d'un ton affable, avant de remettre ses holographies dans son sac à main. « Diable, la conversation a pris un ton très sérieux depuis notre commentaire de la performance de Tasha ! D'après moi, elle a complètement raté le deuxième acte, ou bien ma mauvaise vue m'a-t-elle trahie ? »

Je respire ; ce genre de conversation me convient mieux. « Non, vous avez raison. Mais d'habitude elle est très bien.

— Oui, je suppose qu'on ne peut pas être tout le temps au sommet de sa forme. Sauf *vous*, dirait-on ; vous ne m'avez jamais déçue. » Elle m'adresse un sourire où l'admiration est tempérée par une pointe de timidité.

« Merci.

— Cela fait des années que je viens vous voir, vous savez, chaque fois que je rends visite à mon fils à Washington. C'est vous qui m'avez convaincue que le grand Balanchine avait tort.

— Lorsqu'il disait : "La danse est femme" ?

— La danse est une question d'os et de muscles, et les danseurs sont mieux pourvus de ce côté-là. »

Impossible de me retenir : je m'esclaffe. De l'autre côté de la Promenade, je remarque le sourire d'approbation de Melita.

« J'ai énormément apprécié cette conversation, Cameron, reprend Mme Locke, mais je sais que je n'ai pas le droit de monopoliser votre attention. Juste une dernière question, si je puis me permettre.

— Je vous en prie. » Car malgré moi, cette femme me plaît.

Elle pose sa main sur mon bras. « J'étais à Washington l'hiver dernier pour un long séjour. C'était agréable, mais vous savez comment ça se passe avec la famille quand vous êtes là pour six mois. J'espérais échapper aux petites chamailleries en venant vous voir danser. Mais de janvier à avril, j'ai eu beau assister à chaque représentation à Aldani House, je ne vous y ai pas vu une seule fois. Pourquoi cela ? »

Je reste figé sur place. Cela correspond au moment où j'ai subi mon opération sur la mémoire, et tout ce qui... a pu se passer avant. Autant que possible, j'évite d'y penser.

Le regard de Mme Locke est rivé sur le mien. Elle ajoute : « Oh, mon petit... vous ne voulez sans doute pas en parler.

— Non. En fait... j'étais malade.

— Je comprends. Je suis désolée de vous avoir posé la question, puisqu'il s'agit manifestement de quelque chose qui vous a marqué. J'imagine que vous n'en parlez à personne.

— En effet.

— Pas même à ceux qui vous sont les plus proches et les plus chers ? » dit-elle avec un regard malicieux en direction de Rob. Elle fait tellement d'efforts pour prendre un ton léger et essayer de me mettre à l'aise, que je finis par sentir passer entre nous un courant de sympathie. C'est vraiment une charmante vieille dame.

« Non, pas même à ceux qui me sont les plus proches et les plus chers » J'essaie de garder le même ton qu'elle. « Ni à ceux qui sont tout le contraire, les plus éloignés et les plus redoutés.

— Je ne peux pas croire que vous puissiez être concerné par ceux-là.

— Vous seriez surprise. » Ma phrase sonne avec moins de gaieté que je croyais y mettre. Je continue sur un ton plus enjoué : « Il y a toujours des fans déchaînés qui essaient de forcer ma porte pour arriver jusqu'à moi.

— Et à eux, vous ne leur racontez rien non plus ?

— Surtout pas à eux. » Ce disant, je ne peux m'empêcher de repenser à la soldate du Centre International quelques jours après l'agression dont Rob et moi avons été victimes dans la ruelle, et le ton n'est plus du tout jovial.

Mme Locke semble perplexe et m'observe en silence. Me revoilà sans savoir quoi dire. En fait, toute la conversation semble dans une impasse. Bon sang, Melita, je ne suis vraiment pas fort pour bavarder ainsi avec des inconnus. Le silence se prolongeant, je lâche brusquement : « Récemment une admiratrice s'est introduite dans ma loge au Centre International. Une expérience assez éprouvante. Elle était armée. Mais les services de sécurité sont très efficaces dans ce genre de situation, et on a pu l'arrêter à temps.

— Mon Dieu ! Et vous ne l'avez plus revue depuis ?

— Non. » Heureusement. Cette fille est peut-être encore en prison. Du moins, je l'espère.

Mme Locke acquiesce, puis, voyant que cela m'a un peu remué, elle se lève et me tend la main. « Encore une fois enchantée d'avoir pu vous rencontrer. J'ai toujours été une de vos plus ferventes admiratrices, Cameron. Prenez soin de vous. » Et elle s'éloigne pour ne pas me gêner davantage. C'est vraiment quelqu'un d'aimable.

Je me lève à mon tour et lance un regard à Melita. Elle hoche la tête. J'ai fait ce que j'avais à faire ; je peux partir. Reconnaissant, je m'éclipse en bas, où Rob m'attend.

Cette nuit-là, je me remets à rêver pour la première fois depuis longtemps. Je suis en train de fouiller les débris d'une maison en ruine envahie par les ronces. Dans un bouquet de fougères, à côté des restes d'un mur en béton, je trouve un nid de bébés. Chacun d'eux est atrocement déformé : l'un a des pattes de chien, l'autre la tête d'une chauve-souris. Je recule, mais les bébés se relèvent brusquement, telle une nuée de mouches, pour venir planter leurs petites dents pointues un peu partout sur mon corps. Je hurle en essayant de leur faire lâcher prise ; mais ils tiennent bon. Leurs regards de bêtes me fixent sans broncher. Rob me réveille en me secouant.

« Cam ! Cam !

— Hein ? Quoi ? Je...

— Tu as encore fait un mauvais rêve ? » Il me prend dans ses bras. « Un de ces cauchemars avec les animaux ?

— Oui, dis-je en haletant.

— Encore ces hybrides génétiques ?

— Oui. »

Il me frotte le dos, puis m'embrasse sur le front. « Cam, mon chéri, j'ai fait des recherches dans les banques de données de la bibliothèque. Tu te souviens ? Ces choses-là n'existent pas. Même si le gouvernement autorisait ça, nous n'avons pas encore les moyens scientifiques de diviser l'ADN de cette manière. Personne au monde n'en est capable. Tous les scientifiques sont d'accord là-dessus.

— Je sais. » Les mots sortent comme étouffés sur son épaule. Je sens mon cœur reprendre son rythme normal.

« Je crois que tu devrais demander au docteur Newell qu'elle te donne un patch calmant plus puissant.

— Non, Rob, je ne peux pas faire ça. » Une trop forte

dose ralentirait mon temps de réaction. Pas de beaucoup, une fraction de seconde peut-être, la plupart des gens ne s'en rendraient même pas compte. Mais je suis danseur. Une fraction de seconde fait toute la différence.

« Comme tu veux. » Rob commence déjà à se rendormir. Ma question le réveille, même si ce n'est qu'un chuchotement.

« Rob... quand on fait l'amour, et que je te touche... il y a comme des cicatrices sur mes testicules. Pas sur les tiens. Pourquoi ? »

Il se raidit. « Cameron, mon chéri... arrête de te poser des questions.

— Mais je ne devrais pas avoir des cicatrices sur mes testicules après une opération d'effacement de mémoire.

— Arrête de te poser des questions, je te dis. »

Je n'insiste pas. Mais je mets du temps à me rendormir. Demain, je vais être dans le cirage pendant la classe matinale. Et c'est mardi ; Monsieur C. lui-même, et non Rebecca, assure le cours les mardis et jeudis. Je *ne peux pas* me permettre d'être dans le cirage.

C'est pourtant ce qui arrive. Monsieur C. me regarde d'un air songeur – ce qui est mauvais signe. Tasha n'a toujours pas retrouvé la forme. Eric Carter et Sarah continuent de s'ignorer allègrement ; Dmitri tourne toujours autour de Vivian Vargas ; Laura, au bord de la crise de larmes, se mordille la lèvre inférieure. Joaquim, au repos forcé pour au moins deux semaines, suit nos évolutions d'un œil empli de tristesse, le genou calé sur une chaise. Ce n'est pas un bon cours.

Plus tard, Melita m'arrête dans le salon franchement glauque qui se trouve sous la scène. Le ton est glacial. « Cameron, j'ai fait une recherche sur la femme à qui tu as parlé hier soir, Justine Locke. On ne trouve aucune trace d'elle. Pas étonnant qu'elle ait fait sa demande une heure seulement avant le spectacle – elle savait que je n'aurais pas le temps de vérifier son identité.

— Aurait-elle menti ? dis-je bêtement.

— Elle *a* menti. Une de ces admiratrices prêtes à raconter n'importe quoi pour avoir l'occasion de parler une demi-heure avec un danseur. Et tu lui as donné exactement ce qu'elle voulait. » Melita me plante là pour filer dans le couloir, comme si la déception causée par Mme Locke était de ma faute.

Il me tarde de rentrer à Washington et de retrouver Aldani House.

10.

NICK CLEMENTI

Le matin où je suis parti à Atlanta rendre visite à ma fille Sallie, j'ai cru que je n'arriverais même pas jusqu'à l'aéroport. Il m'a fallu prendre plusieurs fois le temps de souffler pendant que je me douchais, m'habillais, préparais mes affaires. De plus, le téléphone n'a pas arrêté de sonner. Des affaires à régler avec le Comité, ou avec des amis, des affaires, toujours des affaires. Les seuls à qui je n'ai pas parlé ont été Maggie et Vanderbilt Grant.

J'étais loin de m'en plaindre en ce qui concernait Maggie – en fait, je m'étais arrangé pour ne pas avoir à lui parler. Elle était allée passer trois jours chez sa sœur à Louisville. Le matin de son départ, je m'étais rendu une fois de plus à l'hôpital pour me faire soigner. On m'avait débarrassé les sinus des tissus récemment infectés, là où le mycosis avait démarré. Mis sous la peau de nouveaux patchs contenant des antifongiques et des stabilisateurs du taux de sucre. Et on avait procédé à un scanner du cerveau. Je n'avais pas voulu être informé du résultat. Je ne tenais pas à ce que Maggie me pose des questions pour le moment. Je lui annoncerais la chose quand l'heure serait venue, mon heure. *Ce n'était pas la Mort, puisque j'étais debout / Alors qu'en général les morts sont allongés...*

Emily Dickinson.

En revanche, le silence de Van était inquiétant. Il ne m'avait pas envoyé les informations concernant le dossier du FBI sur Cameron Atuli. Était-ce parce qu'il n'avait rien trouvé – ou parce qu'il avait trouvé quelque chose ? Quoi qu'il en soit, ce voyage à Atlanta avait pour but de faire s'activer Van Grant.

J'étais enfin prêt à partir pour l'aéroport lorsque John a appelé.

« Papa ?

— Oui, John. Écoute, est-ce que je peux te rappeler plus tard de...

— C'est vraiment urgent. »

Des mots que les parents redoutent toujours d'entendre. John avait l'air hagard. J'ai cherché de la main la chaise placée derrière moi. « Je t'écoute.

— C'est Laurie. Elle est en train de faire une sorte de dépression.

— Où est-elle ? Tu as appelé un docteur ?

— Ce n'est pas d'un *docteur* qu'elle a besoin, papa ! C'est toujours ta solution à tout ! Il s'agit d'autre chose, bon sang. »

J'ai essayé de garder mon calme. « Raconte-moi ce qui se passe John.

— Ça fait deux jours qu'elle n'arrête pas de pleurer. Depuis que les Goldstone, nos voisins, ont eu leur bébé. Laurie est allée voir le bébé, elle est rentrée, et elle s'est mise à pleurer. Elle n'a pas arrêté depuis. » Sa voix s'est presque cassée. « Ça n'a pas été de tout repos, je t'assure. »

Je me suis représenté Laurie – la rayonnante et souriante Laurie – pleurant pendant deux jours, et j'en ai eu un pincement au cœur. « Qu'est-ce que je peux faire, John ?

— Parle-lui, papa. Toi, elle t'écoute toujours.

— Bien sûr que je vais lui parler, si tu penses que cela peut l'aider. Mais dans l'immédiat je dois me rendre à l'aéroport, mon avion part dans un peu plus d'une heure et...

— Bon, dans ce cas, j'envoie Laurie là-bas pour qu'elle puisse te parler avant ton départ. »

J'ai trouvé cette idée plutôt saugrenue. Une salle d'attente ou un bar bondés, le manque de temps, Laurie en larmes... Puis une autre chose m'a frappé. « Comment ça, tu me "l'envoies" ? Tu ne peux pas l'amener toi-même ?

— Impossible. J'ai un entretien d'embauche. »

Respirer à fond. Ne pas perdre son calme. Ce n'était pas à trente-six ans que John allait cesser de faire porter le chapeau aux autres quand ça l'arrangeait. Pour cela, il faudrait que Laurie le quitte, Dieu nous en préserve.

« Je vais lui parler.

— Je te l'appelle. »

Un temps d'attente, puis la voix de Laurie, un peu pâteuse mais pas hystérique.

« Beau-papa ? Merci de bien vouloir me rencontrer à l'aéroport. J'apprécie vraiment, d'autant que je vous sais très occupé. »

John m'avait coincé.

« Je ne suis jamais trop occupé pour toi, Laurie. » Au pire, je pouvais toujours prendre un autre vol pour Atlanta. Sallie comprendrait. « Tu sais où se trouve le Wright Bar à l'aéroport ? Au niveau du Terminal A ?

— Oui. » Elle faisait tout son possible pour paraître normale.

« J'y serai dans une demi-heure.

— Merci, beau-papa. » Chose inhabituelle chez elle, sa voix avait brusquement pris des accents de petite fille. J'ai raccroché avant d'avoir à reparler à John, pris mon sac et me suis dirigé vers la porte. J'y étais presque lorsque l'écran mural s'est rallumé sur le beau visage dur de Shana.

« Salut, Nick. Ceci est un enregistrement. Vous devez être sur le départ, alors je vais aller droit au but. Je ne serai pas là ces jours-ci. Je vais voir des copains de régiment à Philly. Mais ne vous inquiétez pas, je serai de retour pour mon procès, je ne vous ferai pas perdre votre caution. Tout roule. » Et elle m'a fait un clin d'œil.

Je l'aurais étranglée. De toute évidence, elle n'allait pas rendre visite à des copains de régiment, n'était pas à Philadelphie, et risquait de rater son procès. Dieu seul savait ce qu'elle fabriquait en ce moment. Mais je ne pouvais pas faire grand-chose dans l'immédiat – ce qu'elle savait pertinemment.

En fin de compte, que certaines personnes ne soient plus en mesure de se reproduire pouvait fort bien être un avantage pour l'évolution de notre espèce.

Tandis que je clopinais dans l'aéroport, mon œil droit s'est remis à m'élancer, même si ma vision semblait s'être améliorée. Je remarquais tout ce qui m'entourait.

Le nombre de chaises roulantes, occupées pour la plupart.

L'empilement de journaux imprimés en gros caractères qui diminuait à vue d'œil. Les jeunes préféraient avoir les informations sur le net.

Une jeune mère dans un fauteuil, rayonnante de fierté, en train de donner le sein à son petit, discrètement, mais pas trop, appréciant les regards envieux des passants.

Le gamin de dix ans qui piquait une colère parce que son père ne voulait pas le laisser monter sur une rampe un peu haute.

Le bambin aux yeux grands ouverts mais au regard vide.

La lumière vive, bien plus qu'elle ne l'était dans ma jeunesse. Les vieux ont peut-être dix pour cent de leur cônes rétiniens d'origine.

La future maman affichant fièrement ses rondeurs, qu'elle sache ou non qu'elle avait vingt-cinq pour cent de chances de faire une fausse couche.

Je remarquais ce genre de choses, mais le Comité, non. Ni systématiquement, ni en même temps, ni en tant que faisant partie d'un schéma bien défini. Ils refusaient de voir quoi que ce soit.

On avait répandu des produits chimiques à travers le monde pendant deux cents ans, et pendant presque un siècle on s'était inquiété de ceux qui pouvaient donner le cancer. Mais plus personne ne contractait le cancer. Les techniques médicales de bio-isolation pour cerner et contenir les tumeurs étaient trop performantes. Le cancer avait été vaincu, et dans un pays en proie à une crise financière et démographique de la plus haute gravité, personne ne voulait croire que ces fichus produits chimiques étaient loin d'être pareillement maîtrisés. L'attention du public s'était portée sur autre chose.

Laissant les produits chimiques qui perturbaient les systèmes endocriniens animaux poursuivre leur œuvre. Dans le corps, de tels produits se décomposent lentement, ou pas du tout. Les chercheurs savaient évidemment tout cela, mais à une époque où la recherche fondamentale manquait de moyens, ce n'était pas une priorité médicale. Après tout, personne n'en mourait. Les gens restaient en bonne santé et pleins de vitalité.

Sauf que... les fœtus ne sont pas considérés comme des êtres à part entière. Même de tout jeunes enfants sont loin d'être complètement formés sur le plan neurologique. Ce sont des êtres en formation, et une minuscule dose de produit chimique qui s'introduirait dans un récepteur endocrinien, une dose qui passerait inaperçue chez un adulte, peut avoir de sérieuses conséquences chez le fœtus. Voire chez l'enfant en bas âge. Pour certains perturbateurs endocriniens, une dose infinitésimale serait suffisante. Sans compter que la plupart des perturbateurs se propagent très facilement par voie aérienne. En deux cents ans, ils ont réussi à couvrir la surface de la planète avec un régularité impressionnante.

La maman qui donne fièrement le sein à son enfant, ici comme au Brésil, lui transmet aussi d'énormes doses de perturbateurs endocriniens synthétiques. Ils se fixent dans les graisses corporelles, surtout au sommet de la chaîne alimentaire, et le lait maternel est particulièrement gras.

Le gamin de dix ans qui pique sa colère, ici comme à Djakarta, risque d'avoir des faiblesses neurologiques ou des difficultés d'apprentissage. Les perturbateurs endocriniens affectent le cerveau.

Le bambin au regard vague, ici comme à Londres, relève des statistiques sur le taux croissant des défauts de naissance. Chez le fœtus, le facteur temps est primordial. Une infime dose de perturbateurs endocriniens peut contrarier les meilleures prédispositions génétiques.

La mère enceinte, ici comme à Tokyo, qui fait une fausse couche – aujourd'hui, cela arrive une fois sur quatre – n'en connaîtra jamais la cause. Tout comme le couple sans enfant, ici comme à Melbourne, qui aura perdu de précieuses années, son argent et sa tranquillité d'esprit pour essayer d'en avoir un. Rien dans notre environnement, leur disent les docteurs, n'entraîne de tels effets dans des conditions de laboratoire. Nous n'y pouvons rien, ma pauvre enfant – c'est la loi de la nature, je suis désolé. Si quelque produit chimique était de nature à avoir de telles conséquences, il serait immédiatement retiré du marché. Les tests du CPAP sont plus rigoureux que jamais. Tous les produits chimiques en contact avec l'environnement sont scrupuleusement contrôlés.

Mais personne n'effectue de tests sur leurs effets *combinés*. C'est tout bonnement impossible. Il y a des milliers de produits chimiques perturbateurs au niveau endocrinien, ce qui signifie des milliards de combinaisons possibles. Sans compter que pour certains perturbateurs, les tests qui permettraient de mesurer des quantités infinitésimales n'existent pas.

Sans compter aussi la complexité des réactions en chaîne qu'un perturbateur donné peut créer. Perturbateurs endocriniens, bloquants endocriniens, bloquants de perturbateurs endocriniens, tous se comportant de manière différente pour chaque produit synthétique. Et là, les tests ne sont même pas concevables.

Sans compter aussi que les perturbations peuvent se manifester de différentes manières : en imitant, par exemple, des hormones naturelles et en se raccrochant à leurs récepteurs. En empêchant certaines hormones naturelles de se raccrocher à leur récepteurs. En réagissant directement avec certaines hormones. En modifiant les principes de la synthèse des hormones naturelles. En perturbant la distribution des sites de réception naturels... ou toute autre combinaison de tous ces éléments.

Alors pourquoi s'attaquer à une tâche désespérée ? Pourquoi rendre public ce qui, pour des raisons d'éthique, est impossible à reproduire en laboratoire ? Pourquoi se compliquer la vie avec des contrôles impossibles à justifier, à renforcer et à encourager ? Les produits chimiques synthétiques sont omniprésents dans notre quotidien. Pourquoi contrarier inutilement leurs fabricants ou leurs utilisateurs (aucune industrie ne serait épargnée) ? Pourquoi contrarier les femmes (cela ne ferait qu'exposer maman à un reproche de plus) ? Il n'y avait, après tout, aucune preuve substantielle.

« Beau-papa ? »

Après tout, ce n'est pas comme si l'on manipulait l'ADN à tort et à travers. Et la baisse du nombre de spermatozoïdes est en train de se stabiliser ; peut-être même remontera-t-il. Mère nature est pleine de ressources. La reproduction humaine est infiniment résistante, elle sait s'adapter.

C'est ça. Comme les dinosaures.

« Beau-papa ? »

Laurie se tenait à côté de moi devant le Wright Bar. Elle portait un de ces chapeaux à la mode, une sorte de casque amélioré, avec un voile holographique qui donnait même aux traits les plus communs un air engageant et mystérieux. Le voile était réglé sur son intensité maximale. J'étais effaré de voir à quel point elle avait maigri. Je l'ai attrapée par le bras et entraînée dans un coin sombre au fond du bar. Des hologrammes d'avions à l'ancienne planaient au-dessus de nos têtes avant de disparaître dans le mur d'en face.

« Tu peux éteindre ton chapeau, Laurie. Ce n'est pas la peine de me cacher tes larmes. »

Elle a supprimé l'hologramme de mauvaise grâce. Laurie ne possédait pas le même genre de beauté que Shana, et elle paraissait presque laide en cet instant. Trop décharnée ; elle avait perdu tellement de poids. Une mâchoire carrée, la mine barbouillée, de petits yeux noirs trop rapprochés et, pour l'heure, rouges et gonflés. Mais l'expression de ce regard m'avait toujours paru la plus charmante qu'il m'ait été donné de voir. Laurie était un être rare : quelqu'un de foncièrement bon, dénué de toute malice comme de toute mesquinerie. *Son prix passe de loin celui des rubis...* J'ai pris sa main frêle dans la mienne. « Dis-moi, ma chérie. Qu'est-ce qui ne va pas ? »

Elle s'est contentée de secouer la tête tout en fondant de nouveau en larmes.

« John m'a dit que tu étais allée voir le bébé des voisins.

— Oui. » J'ai remarqué l'effort herculéen qu'elle déployait pour se contrôler. Ses émotions étaient à fleur de peau. « J'agis comme une tégé, je sais, beau-papa. J'ai pourtant essayé, ô combien, de me faire à l'idée que John et moi ne pourrons jamais avoir... je sais que des millions de gens sont dans notre cas. Je sais que nous ne sommes pas différents des autres. Seulement...

— Tu seras toujours quelqu'un d'exceptionnel, Laurie.

— ... seulement je ne peux pas m'empêcher de *pleurer*.

— Tu as pensé aux tranquillisants, ma chérie ?

— J'ai déjà des patchs de Serentil et d'Alixolin. »

Il s'agissait de régulateurs de la neurotransmission puissants et fiables, et ils n'avaient aucun effet. Il y a des douleurs contre lesquelles la pharmacologie ne peut rien. « Laurie, qu'est-ce que je peux...

— Trouvez-moi un bébé à adopter. »

Autant me demander d'apprivoiser un mastodonte. À moins qu'elle ait voulu dire...

« Trouver un bébé comment, ma chérie ? Tiens, commande quelque chose à boire, tu te sentiras mieux. »

Elle a entré quelque chose sur l'écran tactile de la table ; elle ne savait sans doute même pas ce qu'elle venait de commander. J'ai opté pour un verre de vin, même si cela allait contrarier mes bio-moniteurs d'insuline. Le mycosis aime les sangs riches en glucide.

« Comment veux-tu que je trouve un bébé, Laurie ? John m'a dit que vous aviez écumé tous les centres d'adoption, et...

— Au marché noir. Un bébé au marché noir. »

Maintenant qu'elle venait de lâcher le mot, elle se sentait beaucoup plus détendue. Prendre cette décision avait dû la mettre au supplice. Laurie – comme Sallie et Maggie – croyait à l'utilité des lois, à l'honnêteté, au respect du contrat social. Je savais, mais elle non, que la solution du marché noir ne la retiendrait pas plus d'une semaine.

« Laurie, ma chérie... même si je savais comment procéder, et même si tu étais prête à encourir les risques pénaux, cela coûte un prix exorbitant, sans compter...

— Nous donnerons tout ce que nous avons. Jusqu'au dernier centime. Nous demanderons des avances sur salaire. » Elle s'est penchée vers moi ; les larmes avaient disparu. « Nous sommes prêts à tout donner, tout !

— Et John est d'accord ? » Je le voyais mal, lui qui était tellement préoccupé par son petit confort, approuver cette folle initiative.

« Il ne sait pas encore que j'ai pensé au... au marché noir. Mais lorsqu'il le saura, je suis sûre qu'il sera d'accord. Il veut un enfant autant que moi. Oh, beau-papa, vous ne savez pas ce que c'est ! Quand je me lève le matin, que j'entends le bébé des Goldstone de ma fenêtre, et que mes bras se referment sur un espace vide... Je ressens comme un grand vide en moi, à longueur de journée, chaque jour – un vide d'ordre physique. Je n'arrive pas à dormir, ni à manger, ni à me concentrer sur ce que je fais. Il y a des moments où ça me fait mal physiquement de seulement *bouger*, de mettre un pied devant l'autre et de continuer à vivre ainsi. Et je ne peux pas m'arrêter de pleurer. Je sais bien que toutes les femmes ne réagissent pas comme moi, et j'essaie de me dire qu'on ne peut jamais avoir tout ce qu'on veut, que je devrais déjà être heureuse d'avoir ce que j'ai, et oublier cette histoire de bébé, mais... je n'y arrive pas. Je n'y arrive *pas*. Et j'ai l'impression que je n'y arriverai jamais ! »

Je voulais bien la croire. Chez certaines femmes, l'instinct maternel est tellement fort que s'il est contrarié, il engendre un chagrin impossible à apaiser. Il n'y a rien dans le génome humain qui justifie une telle réaction en terme d'ADN ou de protéines. Mais c'est ainsi.

« Nous voulons un bébé à n'importe quel prix, beau-papa ! N'importe quel prix !

— Ma chérie, ce que John et toi entendez par "n'importe quel prix" sera toujours inférieur de ce que les gens véritablement riches sont prêts à payer, et il y a si peu de bébés même sur le marché noir...

— Mais vous êtes docteur ! Et vous avez des contacts sur la Colline, dans le monde scientifique, partout ! Vous pouvez nous trouver un enfant par des moyens inaccessibles à n'importe qui d'autre ! »

Son visage respirant l'honnêteté était illuminé par l'espoir. J'ai détourné les yeux.

« Laurie, même si c'était le cas...

— Et vous et belle-maman désirez un petit-enfant, ne le niez pas. Oh, beau-papa, cela représente tellement pour nous. Ça représente tout pour moi. Je me moque des risques pénaux encourus. Je vous en supplie, ne refusez pas. Nous avons toujours pu compter sur vous, toute la famille, en toute occasion, et je sais bien que ce n'est pas très honnête envers vous, mais pour cette fois seulement... » Sa voix s'est brisée. « Essayez, je vous en supplie. »

Je ne pouvais pas refuser. Pas à Laurie. Pas au moment où je m'apprêtais à les abandonner prochainement, sans qu'ils puissent compter sur moi. Hubris ? Oui. *L'orgueil mène le monde*... mais l'orgueil n'existait plus de nos jours. Il n'y avait que la responsabilité partagée.

« C'est d'accord, ma chérie, je vais voir ce que je peux faire.

— Merci », a-t-elle dit en toute simplicité, avec une étrange dignité, pleine d'humilité, comme si tout le cinéma qui avait précédé était indigne d'une telle promesse. Cela ne me plaisait pas. Cela lui tenait tellement à cœur ; et si j'échouais ?

L'écran de la table a lancé une annonce : « Dernier appel pour le vol 164 à destination d'Atlanta. Vous êtes enregistré sur ce vol. »

J'avais oublié que j'avais donné mon numéro de carte de crédit pour payer les boissons. Je me suis levé, un peu trop brusquement, et j'ai fait semblant de m'étirer pour dissimuler les tremblements de ma jambe. « C'est mon vol, Laurie.

— Je vais vous accompagner jusqu'à la porte d'embarquement. » Elle arborait à présent un visage tellement rayonnant qu'en dépit de ses yeux rouges et gonflés, les hommes se retournaient sur son passage. J'ai essayé de suivre le rythme alerte de sa démarche en espérant que lorsqu'elle sortirait de l'aéroport, la jeune mère qui donnait le sein à son enfant serait partie.

Il pleuvait sur Atlanta, il tombait des cordes, des hallebardes. Automatiquement, je me suis mis à recenser les perturbateurs synthétiques charriés par le vent dont chaque goutte de pluie contenait sans doute sa part. Hexachlorobenzène, kelthane, octochlorostyrène, phénols alkylants... Je me suis efforcé de couper court à ma litanie pour me concentrer sur ce qui m'avait amené ici.

Sallie était venue me chercher à l'aéroport. Elle avait pris un petit coup de vieux – à mon grand dam, je me suis avisé qu'elle avait presque cinquante ans. Née à l'époque où Maggie, moi et le monde entier semblions jeunes.

« Papa ! Tu as l'air en super forme !

— Menteuse.

— Enfin, presque en super forme. » Elle a souri. Aucune de nos filles n'avait hérité des traits de Maggie – tout était allé à John. Alana, qui avait rallié la Colonie 3 sur Mars depuis bientôt dix ans, me ressemblait. Sallie ne ressemblait qu'à elle-même : grande, joyeuse, bruyante, directe. Elle travaillait au Centre National de Recherche sur les Maladies depuis quinze ans et adorait son boulot, son mari, sa vie.

« Alors, qu'est-ce que cache cette visite surprise ? » m'a-t-elle demandé, alors que nous quittions l'aéroport. Sallie n'était pas une conductrice de tout repos. Bien calé dans mon siège, j'ai remarqué que sa voiture ne possédait pas de système d'assistance, aucune des coûteuses options permettant aux personnes âgées fortunées de continuer à conduire. Pas de pare-brise à écran virtuel pour palier les défaillances de l'acuité visuelle. Pas d'augmentation du champ de vision pour ceux qui ont des raideurs dans le cou et du mal à tourner la tête. Pas d'ordinateur pour prendre la bonne décision quand les temps de réaction sont devenus trop lents. La voiture de Sallie était une simple voiture. D'un autre côté, Sallie avait à peine la cinquantaine.

« Pourquoi n'es-tu ici que pour quelques heures ? a-t-elle repris. Richard sera désolé de ne pas t'avoir vu. Et qu'est-ce que tu as de si secret à me demander que tu ne pouvais même pas m'en parler au téléphone ?

— Un service. J'ai besoin que tu me rendes un énorme service, Sallie. Emmène-moi au CNRM. »

Au ton de ma voix, elle m'a jeté un coup d'œil en biais. La pluie fouettait le pare-brise. Sallie zigzaguait d'une voie à l'autre.

« Je peux refuser ? À t'entendre, j'ai l'impression de ne guère avoir le choix.

— J'espère que tu ne diras pas non.

— De quoi s'agit-il ? »

J'ai pris mon courage à deux mains. « J'ai besoin de la liste des donneurs de cellules destinées aux vivifactures, volontaires ou non. »

Sa réaction a été immédiate. « Tu sais très bien que je ne peux pas faire ça.

— Je sais que tu le peux. Ce que je te demande, c'est si tu le feras. »

Nous avons roulé sans échanger un mot pendant de longues minutes, dans le crépitement de la pluie sur le toit de la voiture. Sallie a un visage expressif. Je la voyais tiraillée entre son sens moral et sa curiosité, sa loyauté envers sa famille et son conformisme naturel. Je l'ai laissée en tête-à-tête avec elle-même. « Pourquoi ? » a-t-elle lâché enfin.

J'avais un pied dans l'encoignure de la porte. Une fois la curiosité attisée, l'essentiel est de l'entretenir. « Je ne peux pas te le dire. Mais je peux t'assurer que l'information ne sera en aucune manière utilisées de façon compromettante pour le CNRM, et qu'on ne pourra pas remonter jusqu'à toi. De plus, je ne cherche qu'un nom bien précis, si cela peut te faciliter la tâche pour contourner la sécurité.

— C'est le cas. » Je comptais bien là-dessus. « Et c'est qui ?

— Cameron Atuli. A-T-U-L-I. » Le nom ne disait rien à Sallie ; le ballet classique n'était pas sa tasse de thé.

« Numéro d'identification ?

— Je ne le connais pas. Mais c'est un type de moins de trente ans, qui habite Washington. »

Sallie a soupiré. Tout cela ne lui plaisait pas. Mais s'il ne s'agissait que d'un nom, et pour le seul usage de son père, en qui elle pouvait avoir toute confiance... elle était transparente comme l'air.

Enfin, comme certains types d'airs. La pluie continuait de tomber, charriant ses poisons invisibles.

« D'accord, p'pa. Je vais jeter un coup d'œil. Mais c'est bien parce que je sais que tu ne te serviras pas de cette information à des fins immorales.

— Merci, Sallie. » Je me suis bien gardé de lui demander de s'occuper du problème de Laurie ; Sallie était prête à subtiliser des informations, pas des bébés.

« Techniquement parlant, le CNRM ne s'intéresse absolument pas à la vivifacture, a dit Sallie d'une voix navrée. On ne garde aucune donnée là-dessus. On a déjà fort à faire avec le taux de fertilité qui s'effondre.

— Je sais. » Et on a souri tous les deux en considérant l'ironie de la chose. La stérilité croissante du pays n'est pas franchement une maladie. Elle n'a rien d'une menace pour la santé. La Santé Publique et les laboratoires nationaux pouvaient, bien entendu, continuer à chercher une solution dans le cadre de la recherche générale (comme ils pouvaient travailler sur la vivifacture). Le CPAP était censé examiner et valider tous les « remèdes » visant à faire remonter le taux de spermatozoïdes ; c'était un des domaines dans lesquels Vanderbilt Grant exerçait son pouvoir considérable. En théorie, le CNRM devait se limiter aux virus. En pratique, il avait depuis plus de vingt ans transformé sa contribution à la « santé publique » pour devenir le bras droit du pouvoir judiciaire, incapable à lui tout seul de combattre des crimes médicaux ésotériques qui le dépassaient complètement. Ce qui avait pour résultat d'incessantes luttes de pouvoir, attisées par de perpétuelles réductions de budgets. Difficile de croire qu'il y avait eu un temps où le Congrès consacrait régulièrement plus de cent milliards de dollars par an à la recherche scientifique.

Par ailleurs, certaines données du CNRM étaient tenues secrètes. Stockées dans des ordinateurs hors réseau, à l'intérieur de chambres protégées par une sécurité à toute épreuve, elles n'étaient accessibles qu'à quelques hauts responsables ayant l'autorisation requise. Comme Sallie.

« Reste dans la voiture, m'a-t-elle dit quand nous nous sommes retrouvés devant le siège du CNRM. J'en ai pour une demi-heure. »

Elle en a eu pour plus longtemps. Bavardait-elle avec des collègues ? Sallie n'était pas une bonne joueuse de poker. Je suis resté assis dans la voiture à regarder la pluie se calmer, s'arrêter, puis repartir de plus belle. Quand il pleuvait comme ça à Bethesda, le ruisseau qui coulait derrière ma maison débordait. L'eau charriait alors brusquement des paquets de grenouilles. Ces grenouilles, qui passaient la majeure partie de leur temps dans l'eau, me faisaient penser aux canaris des mineurs : elles témoignaient des changements qui affectaient l'environnement. L'inondation de mon jardin m'envoyait des grenouilles à une seule patte, avec des pattes atrophiées, des pieds bots, ou sans patte du tout. D'un point de vue strictement gastronomique, un Français aurait été très malheureux chez moi.

Sallie a fini par revenir à la voiture, où elle s'est engouffrée, trempée. Elle s'est secouée comme un gros chien un peu malheureux mais fidèle à son maître, et m'a regardé droit dans les yeux.

« Eh bien, Atuli est bel et bien dans les fichiers. C'est quoi toute cette histoire, p'pa ? Tu es tombé sur un truc qui fout la trouille.

— La trouille ? » C'était inattendu.

« Non, réflexion faite, je ne veux rien savoir. Je vais te dire ce que j'ai découvert, et on n'en reparlera plus jamais, ni à table, ni ailleurs. D'accord ?

— D'accord. » Ses cheveux lui gouttaient sur le front. Elle s'est essuyée, mais sans grand succès, d'un revers de main.

« Les cellules de Cameron Atuli apparaissent bel et bien dans les archives, où il est répertorié comme donneur involontaire. Couche claire, couche basale, derme, glandes sébacées – tout ce qu'il faut pour faire fabriquer des greffes de peau. La source indiquée n'est autre que le FBI, ce qui signifie qu'elles ont été récupérées lors d'une descente sur une opération médicale illégale. Tu n'as pas l'air surpris.

— Il faut croire que non. Mais il y a plus, je me trompe ?

— En effet. » Et son expression de s'assombrir. « Les cellules ne proviennent d'aucun organe interne – à une exception près. Les testicules.

— Les *testicules* ?

— Absolument. Avec une note indiquant que les cellules sont fertiles. Cameron Atuli a un taux de spermatozoïdes de quatre-vingt-dix millions par millilitre de semence. »

Qautre-vingt-dix millions. Mon Dieu.

« Ou plutôt, *avait*. Après avoir trouvé cela, j'ai procédé à un recoupement avec les admissions enregistrées dans les hôpitaux publics à la date approximative du don de cellules. Atuli a été traité au Carter Memorial, et cela sous haute surveillance. Pour un implant testiculaire. Une opération destinée redonner une apparence normale aux testicules et au scrotum lorsqu'ils ont été gravement mutilés, ou lorsqu'un enfant est né sans. L'opération...

— Je sais de quoi il s'agit », l'ai-je interrompue d'un ton exagérément irrité. J'essayais de bien comprendre. Un implant testiculaire est bien évidemment stérile, même s'il produit une éjaculation tout à fait normale.

« Je n'allais pas t'expliquer la procédure. » Le ton de Sallie était tout aussi irrité. « Pas à *toi*, quand même ! J'étais sur le point de dire que l'opération en question a été suivie d'une amnésie rétrograde provoquée. »

Ainsi, le jeune Cameron Atuli ne se souviendrait même pas de... comment appeler ça ? Un larcin ? Un don involontaire ? Des heures à rester immobile dans le caisson servant au BOSO, à craindre pour sa vie, et la castration au bout du compte... comme tous les créatifs, les danseurs étaient en général des gens un peu instables au départ. L'amnésie provoquée relevait sans doute d'un protocole compassionnel. Mais autorisée par qui ? Financée par qui ?

« Une dernière chose, parce que je sais que tu vas me poser la question... » Les yeux de Sallie étaient fixés droit devant elle. « J'ai bien regardé dans tous les fichiers qui m'étaient accessibles. C'est ce qui m'a pris autant de temps. Et non, le CNRM ne possède pas les testicules fertiles de Cameron Atuli. À l'avenir, ne me demande plus un truc de ce genre, papa. »

Trempée jusqu'aux os, les vêtements en désordre, l'air coupable, visiblement inquiète, elle offrait un spectacle pitoyable. Mais Sallie était une battante – ce que Laurie, plus vulnérable, n'était pas. « Promis.

— Parfait. Maintenant allons déjeuner. »

Sur le trajet du retour, j'ai essayé de repenser à tout ça. Le FBI avait fait une descente dans un labo de vivifacture illégal et interrompu l'opération consistant à faire main basse sur les cellules de Cameron Atuli. Ou plutôt une partie de l'opération, le BOSO et les cultures initiales ayant été menées à bien, et certaines cellules transférées ailleurs. De cela j'étais sûr, puisque des greffes de peau reconstituée avaient fini par se retrouver sur le visage des chimpanzés de Shana. Des échantillons de peau et de cellules afférentes étaient restés dans le labo clandestin et avaient échoué au CNRM, comme d'habitude. Mais pas les testicules sectionnés. Les avait-on aussi envoyés à l'entrepôt de Lanham avant la descente du FBI, et avaient-ils été réduits en poussière lors de l'explosion du train ? Ou l'homme que Shana avait surpris en train d'emporter les chimpanzés avait-il aussi emporté les testicules fertiles de Cameron Atuli ?

Quant à elle, *où* était-elle donc passée ? Cette petite peste allait-elle se défiler avant son procès ?

Soudain, j'en ai eu assez de cogiter. J'étais un homme de science, pas un détective. Un docteur en train de mourir. Voilà à quoi je devais consacrer ce qu'il me restait d'énergie – à la façon dont j'allais annoncer la chose à Maggie et aux enfants, au bouclage des problèmes de patrimoine pour les mettre à l'abri des soucis. À mener à bien les dernières choses que j'étais capable de bien faire. *Si je dois mourir / Je ferai des ténèbres mon épouse / Et la prendrai dans mes bras...* Shakespeare.

Nous volions au-dessus de l'orage. J'observais les nuages gris à travers le hublot, en songeant à ce que je dirais à Maggie, qui devait rentrer demain de chez sa sœur.

Mais une fois chez moi, finies les bonnes résolutions. Il y avait un message de Van Grant, avec son et image.

« Désolé d'avoir été si long avant de répondre sur ce dont nous avons parlé l'autre jour, Nick. Mais je voulais être aussi précis que possible. J'ai demandé à mon staff d'éplucher tous les fichiers existants – tous. Rien de particulier à signaler concernant la personne dont tu m'as parlé. »

Il a écarté les bras en signe d'impuissance et affiché un sourire navré sur l'écran mural, ce sourire que je connaissais depuis cinquante ans : chaleureux, sincère, inspirant confiance. « Désolé, Nick. D'un autre côté, n'est-ce pas rassurant qu'au moins un de nos concitoyens mène une existence tout à fait normale ? Si seulement je pouvais en faire autant ! » Il s'est esclaffé. « Prends soin de toi, Nick. Embrasse Maggie de ma part. Helen et moi espérons vous revoir très bientôt. »

L'écran s'est éteint. Mon œil me faisait mal, ma joue aussi ; une plaie dans la bouche sans doute. Je me suis soudain senti très las – l'âge, le mycosis fongoïde, le stress, les mensonges... Je n'avais qu'une envie, aller me coucher au plus vite, la seule chose qui m'empêchait de me mettre au lit à cinq heures de l'après-midi étant la perspective de m'y retrouver tout seul, tremblant de froid, sans Maggie.

11.

SHANA WALDERS

New York est une ville morte.

Je ne dis pas qu'il ne s'y passe rien. Il s'en passe même de belles, quand ça ne vous dérange pas de vous retrouver mort. D'un autre côté, il se passe pas mal de choses qui sont sans danger, de bon ton, chiantes : des soirées classe, du théâtre, de l'opéra, des bals de charité. Je le sais parce que dès ma descente du train, ma priorité est de m'informer là-dessus. Ce qui manque à New York, c'est des trucs excitants-sans-être-cons propres à intéresser une belle gosse comme moi. En tout cas, je n'en trouve pas. Mais je me dis que ce n'est peut-être pas plus mal, parce que ce n'est pas pour ça que je suis là. Et puis, habillée comme je le suis, en mec un peu crado, mes cheveux plaqués sous mon casque et mes fringues avachis comme une paire de couilles molles, je ne suis pas si mignonne que ça.

La nuit tombe vers huit heures, mais New York lâche assez de blé pour qu'on éclaire la partie extérieure du Lincoln Center, et de toute façon c'est presque la pleine lune. Je me glisse dans la foule qui traîne du côté de la fontaine à sec, les uns pour leurs petits trafics, les autres pour attraper les derniers rayons de soleil, d'autres pour demander l'aumône aux tégés sur leur trente et un qui se rendent au ballet. Mais contrairement à l'essentiel de la foule, je suis nette, pleinement lucide, et je porte des zooms oculaires bon marché qui me font voir flou de près, mais me permettent de voir une tête d'épingle à cent mètres.

Le théâtre municipal de la ville de New York possède une façade en verre. Elle est encrassée et pleine de taches. Un type m'a dit qu'avant il y avait des rideaux pour que les richards aient un peu d'intimité, mais maintenant c'est la dèche (pour qui ça ne l'est pas ?) ; j'arrive donc à voir l'intérieur, même à travers la crasse, et la réception qui s'y tient. À tout le moins, je vois tout ce qui se trouve près des panneaux de verre. À l'intérieur, les lumières sont loin de briller autant que les projecteurs qui protègent l'extérieur de la racaille dans notre genre.

Mes zooms me permettent de voir les petites tables où voisinent bouffe chicos et vases de fleurs. Je vois Cameron Atuli, qui porte encore son costume de danse de tarlouze, assis sur un banc en marbre près de la baie vitrée. Je vois aussi une petite vieille qui lui parle pendant un bon bout de temps. À part son amant, c'est la seule personne à s'entretenir avec lui.

Lorsque la fête est finie, je décide de la suivre. Le dealer de la fontaine m'a dit que la réception est destinée aux richards susceptibles de donner du fric au corps de ballet, et cette petite vieille a tout d'une personne riche. Mais je ne la sens pas. Je ne sais pas comment expliquer ça. Elle n'a parlé à personne d'autre qu'à Cameron Atuli, s'est barrée juste après, et son corps, de là ou je me trouve, me semble trop... souple. Trop discipliné. Trop *jeune.*

Elle traverse la place de la fontaine pas très loin de moi, accompagnée d'un des colosses que loue le Lincoln Center pour escorter les richards jusqu'à leur voiture ou leur taxi. Elle passe juste devant moi. Mais je ne peux pas retirer mes zooms sans attirer l'attention, et à cette distance elle n'est pour moi qu'une tache floue. Mais lorsqu'elle est plus loin, je vois le balèze la mettre dans un taxi, et je me lance à sa suite sur un powerboard que j'ai piqué dans le parc. Je n'ai aucun mal à suivre le taxi, la circulation à New York est complètement constipée.

Elle sort du taxi devant un immeuble plutôt cossu et bien protégé sur West End Avenue. Je note l'adresse et rentre chez moi, en fait chez un ami. Ce n'est pas un ami très proche, mais je peux rester chez lui aussi longtemps que je le veux, au tarif habituel. J'espère que je n'aurai pas à rester trop longtemps. C'est un type pas trop mal, mais au plumard il est complètement largué, et ça ne me dit rien de faire son éducation.

Le lendemain, je retourne de bonne heure à l'adresse de West End Avenue pour jouer les mendigotes devant le périmètre de sécurité. Le gardien tire la gueule, mais légalement, il ne peut rien faire. À 7 h 30 la vieille salope sort enfin, mais elle n'a plus du tout la même dégaine. Trente ans de moins, vêtue d'un tailleur comme une femme d'affaires, mais pas de doute, c'est bien elle. Aujourd'hui, elle ne prend pas le taxi mais le métro. Je la suis.

Elle arrive à une tour administrative dans le centre. Je n'entre pas, mais ce n'est pas la peine. De dehors je peux voir la petite enseigne sur le mur de l'entrée : Federal Bureau of Investigation.

Tiens, tiens.

Ensuite, je vais traîner du côté de l'entrée des artistes du Théâtre municipal de New York. D'après le terminal que j'ai consulté à la Bibliothèque du Lincoln Center – je n'ai jamais été assaillie par une telle puanteur dans une bibliothèque ; ils n'ont pratiquement personne pour virer les vieux clodos –, c'est là que se trouvent les salles de répétition pour les ballets. Il n'y a pas de restaurant dans l'immeuble. Et tout le monde doit se sustenter à un moment ou à un autre.

Mais certainement pas seul, pour ce qui est d'Atuli. Je ne

m'attends pas à ça de lui, pas après ce qui lui est arrivé à Washington avec Dreamie et Teela. Il finit par sortir, accompagné non seulement de son petit copain, mais de tout un groupe de danseurs, six en tout, hommes et femmes. Je n'ai droit qu'à un seul essai.

J'attends qu'ils soient dans la file d'attente d'un restaurant sur Amsterdam, à bavarder tranquillement. « Monsieur Atuli ? Est-ce que je pourrais vous parler une minute ? »

Je ressemble toujours à une mendiante, mais je m'efforce de parler correctement, et je garde mes distances. Pourtant, Atuli fait un pas en arrière et son copain lui lance : « Tire-toi. Vite.

— Je sais que vous êtes Cameron Atuli, dis-je. Mais je ne suis pas un de vos fans cinglés. » Berk. « J'ai des informations qui vous intéresseront sûrement. Concernant votre opération. »

Ça attire son attention. C'est un coup en l'air, mais pas tant que ça. Ces chimpanzés avaient son visage ; il a bien fallu une opération de quelque sorte, à un moment ou à un autre, pour en arriver là. Je n'ai pas l'intention d'être trop précise pour l'instant. Laissons-lui croire que j'en sais beaucoup plus qu'en réalité.

Mais il ne réagit pas comme je l'espérais. « Je ne veux pas en entendre parler ! » dit-il en reculant. Deux autres danseurs se placent devant lui, un troisième cherche du regard une caméra de surveillance ou un agent.

Je suis au pied du mur, et je n'ai plus qu'une vingtaine de secondes devant moi. Je m'adresse à lui assez fort pour qu'il m'entende derrière ses copains. « J'ai vu les chimpanzés avec votre visage ! C'est pour ça que j'ai essayé de vous joindre au Centre International ! Pour vous prévenir ! » Sur ce, je retire mon casque pour libérer mes cheveux blonds, et relève la tête pour qu'il puisse voir que sous ces fringues crasseuses, ce n'est pas à un vieux clodo qu'il a affaire.

« Va-t-en ! Vite ! » lui crie son copain en me repoussant.

Je ne savais pas que les tarlouzes pouvaient être aussi costauds. Des gens s'arrêtent sur le trottoir pour regarder ce qui se passe. Tant de jeunes au même endroit, en train de se battre ! J'aperçois au bout de la rue un flic sur son powerboard. Le danseur me repousse un peu plus, aidé cette fois par un de ses copains. Une fille tire Atuli par le bras vers la porte du restaurant.

C'est foutu. Je suis grillée.

Mais brusquement Atuli, qui s'était éloigné de moi comme d'un paquet de merde, se libère de l'emprise de la fille et s'avance vers moi. « Quels chimpanzés ?

— Cam, ne l'écoute pas !

— Non, attends. Joaquim, laisse-la. Sarah, lâche-moi ! Vous... de quels chimpanzés parlez-vous ?

— Cam, laisse...

— Rob, s'il te plaît. Il n'a jamais été question de chimpanzés dans mes... Et comment savez-vous que j'ai eu une opération ? Qui... qui êtes vous ? »

J'ai droit à une deuxième chance. Je me libère des danseurs qui m'entourent, l'œil mauvais, et regarde Atuli bien en face. Le flic sur sa planche passe devant nous.

« Je sais que vous avez subi une opération parce que j'ai vu le résultat – votre visage sur trois chimpanzés bien vivants. Sauf que personne ne veut me croire. Et je suis prête à parier que vous n'étiez pas consentant et que vous aimeriez bien en savoir un peu plus ! » Était-ce bien le cas ? D'après son visage – bon Dieu, qu'est-ce qu'il est craquant de près, dommage que les plus mignons soient tous pédés –, impossible de le savoir. Pour l'instant, il a l'air effrayé.

« Des chimpanzés ? Mais comment... ?

— Arrête, Cameron, lui dit son copain. Arrête tout de suite. C'est pour cela que tu as eu cette opération. »

Un long moment de silence s'installe, l'atmosphère est à couper à la scie laser.

Puis Atuli reprend la parole. « Tu as raison, Rob. Mademoiselle, qui que vous soyez... laissez-moi tranquille. » Il retourne vers le restaurant.

« Je les ai pourtant vus ! Avec votre visage ! » je crie comme une imbécile. Un des danseurs me bouscule une dernière fois, et je m'étale sur le trottoir. Ils finissent tous par disparaître dans le restaurant. Ils peuvent faire venir les flics en quelques minutes.

Je me relève et prends les jambes à mon cou. Putain de merde. Atuli n'en a rien a foutre que quelqu'un ait recrée son visage et l'ait greffé sur des singes, pour les revendre à des salopes pleurnichardes prêtes à se jeter sur tout ce qui pourrait ressembler de près ou de loin à un bébé. Il n'en a carrément rien à foutre !

Pourquoi ?

Quelques pâtés de maison plus loin, alors que je suis en train de reprendre mon souffle dans des toilettes publiques – depuis que j'ai quitté l'armée je ne fais plus de sport –, je repense à la réaction d'Atuli. On aurait dit qu'il *ignorait tout* de l'affaire des chimpanzés. Comment est-ce possible ? Il fallait bien qu'il soit présent ; Nick m'a expliqué qu'Atuli avait dû rester des heures dans une espèce d'appareil, et qu'il devait être conscient pendant tout ce temps pour que l'appareil puisse fonctionner. Comment ne peut-il rien savoir ?

« Arrête, Cameron. Arrête tout de suite. C'est pour cela que tu as eu cette opération. »

On lui a effacé la mémoire.

J'espérais des informations d'un type à qui on a effacé la mémoire. Qui n'aurait pas pu se rappeler son propre nom sans l'apprendre de nouveau. Je fais une sacrée détective !

Je m'affale sur le siège des toilettes, prête à tout laisser tomber. Retourner à Washington, me présenter au tribunal (ce que je comptais faire de toute manière ; Nick avait quand même été sympa avec moi, pour un vieux croûton), recevoir un savon du juge. Et ensuite ? Laisser tomber, oublier l'armée, devenir quelque employée de bureau collée devant un écran d'ordinateur à transférer des stocks de patates d'un entrepôt à un autre à longueur de journée.

Non. Plutôt crever. Je dois entrer dans l'armée, et si je veux y arriver, je dois prouver que mon histoire est vraie. Mais Cameron Atuli ne se souvient de rien. Alors que faire ?

« Arrête, Cameron. Arrête tout de suite. C'est pour cela que tu as eu cette opération. »

Son copain s'en souvient, lui. Il se souvient de ce qui s'est passé pour qu'on lui efface la mémoire. Et peut-être qu'il se souvient aussi de l'endroit où ça s'est passé, de ceux qui sont impliqués, ou de quelque autre détail qui pourrait m'aider à prouver que mon histoire est vraie.

Je me relève et quitte les toilettes qui, je m'en rends compte à présent, puent autant que tout ce qu'on trouve dans cette ville. Je suis contente de me tirer d'ici. Les types du ballet vont repartir à Washington, eux aussi, la semaine prochaine. Je referai une tentative là-bas. Cette fois-ci avec Robert Radisson.

J'arrive à Washington quarante minutes avant l'audience, qui est vite expédiée. Je me tiens à côté de Nick, qui a franchement une sale gueule ces temps-ci, mais qui est toujours riche et important. Je porte une robe blanche que j'ai volée en me rendant au tribunal. J'ai un ruban qui me tient les cheveux en arrière. Je garde la tête légèrement baissée et parle d'une voix douce. J'essaie de ressembler à une ressource nationale orpheline qui a seulement besoin d'un petit coup de main dans la vie. Le juge me met en liberté surveillée.

« Alors, petite peste ? » Nous sommes devant le tribunal, Nick doit s'appuyer au mur. « Où étais-tu passée depuis trois jours ?

— J'étais à New York. » Il comprend tout de suite. Il est peut-être en train de mourir, mais son esprit est toujours aussi alerte.

« Le ballet Aldani y est en tournée. Tu es allée harceler Cameron Atuli.

— Et ça n'a pas marché. » Ce qui me fait encore rager. « Il ne se souvient de rien. On lui a effacé la mémoire. »

Nick ne réagit pas. Il se contente de lâcher : « Tu es sûre ? Qu'est-ce qui te fait dire cela ? »

Je lui raconte toute l'histoire, sans rien laisser de côté.

« Le FBI », articule Clementi, comme s'il mettait cette idée à l'épreuve. Mais il n'a toujours pas l'air étonné, ce qui m'étonne, moi. Il me cache quelque chose.

« Et qu'est-ce que *vous* avez trouvé pendant mon absence, Nick ?

— Rien. » Je sens qu'il me ment. Ce qui me met en rogne – contre lui, parce que je le croyais vraiment de mon côté. Et contre moi, pour y avoir cru une demi-putain de seconde. On ne peut compter que sur soi-même.

« Viens, rentrons », me dit-il.

Je ne peux pas lui montrer à quel point je suis furieuse parce qu'il m'accueille chez lui et que c'est le seul endroit où je pourrai savoir ce qu'il me cache. Je le prends par le bras et nous nous dirigeons vers la station de taxis. Sa démarche est chancelante. Son état a empiré en l'espace de quelques jours.

Et alors ? J'en ai rien à foutre de ce vieux con. Qu'il crève.

Lorsque nous arrivons, Son Altesse est rentrée de sa visite chez sa sœur. Ses valises encombrent le vestibule. Elle lance un regard à Nick, qui s'appuie sur moi pour avancer, et se fige.

« Nick.

— Bonjour, Maggie. Content de te revoir. »

Elle ne répond pas, ils se regardent, et je comprends qu'il est temps que je les laisse seuls. « Je m'en vais », dis-je. Je ressors, fais le tour de la maison et rentre par la porte de derrière. Je me glisse le long du couloir jusqu'à ce que j'arrive à les apercevoir dans le miroir au-dessus de la cheminée, et à les entendre sans problème.

Elle est assise tout près de lui sur le divan, une main posée sur son genou, l'autre lui effleurant simplement la nuque. De temps en temps elle lui caresse les cheveux.

« Depuis quand ? lui demande-t-il.

— Ça fait des semaines. Je savais que tu me parlerais quand tu l'aurais décidé.

— Tu n'as jamais rien dit, jamais fait la moindre allusion à... »

Elle laisse échapper un rire mal assuré. « N'était-ce pas censé être ma réaction, Nick ? Toi, par contre, tu le montrais dans chaque regard, dans chacun de tes gestes. Tu croyais peut-être que je ne te connaissais pas assez, au bout de cinquante-cinq ans, pour comprendre que tu étais en train de mourir ? »

Il l'attire vers lui. Ils restent là sans rien dire pendant une minute, puis il dit un truc vraiment bizarre. « Je veux prendre congé comme il faut, Maggie. La seule façon de faire face, c'est de me dire que je prends congé comme il faut.

— Je comprends, dit-elle, si doucement que je l'entends à peine. Et tu ne veux pas que je t'aide.

— Non, ce n'est pas que je "ne veux pas". Je "ne peux pas" l'accepter. Parce qu'à ce moment-là, je ne m'y prendrais pas aussi bien que je le dois. Ça te paraît sensé ?

— Venant de toi, mon chéri... oui, ça me paraît sensé. »

Il y en a au moins une de nous deux qui comprend ce qui se passe.

Il glousse. « Pas question de partir dans le bruit et la fureur, pas de colère face à la lumière qui s'évanouit. Ça, c'est bon pour les jeunes. Non, aucune colère. Mais, Maggie... j'ai quand même besoin de toi. Pour des choses que je risque de ne pas pouvoir accomplir avant de... avant.

— Tout ce que tu voudras, mon amour. À quoi penses-tu en particulier ?

— Pas à quoi, à qui. Shana et Laurie.

— Laurie ? Tu veux dire... pour ce qui est de trouver un bébé par tous les moyens possibles et imaginables ? »

Il recule légèrement pour la regarder droit dans les yeux. « Y a-t-il une seule chose que tu ignores sur notre famille ?

— Un tas. Mais en ce qui concerne Laurie, ce n'était qu'une supposition de ma part. Elle t'a parlé, je crois. Et tu as dû lui promettre de faire le nécessaire. » Elle marque une pause, et je décèle sur son visage la lutte intérieure qui se déroule en elle. « Je ferai tout ce qui est en mon pouvoir, moi aussi. Mais ne le dis pas à Sallie.

— Ce qui m'amène à Shana », enchaîne-t-il, et j'en ai des picotements sur la nuque.

« Shana ? Quel rapport entre cette sale petite arnaqueuse et Sallie ?

— Je suis allé à Atlanta hier, par la navette. J'ai demandé à Sallie d'effectuer quelques recherches dans les archives du CNRM, et même si ça n'a pas été de gaieté de cœur, elle m'a aidé. Shana est allée fouiner toute seule à New York, et elle est revenue avec quelques informations supplémentaires. Van Grant a lui aussi fait son rapport. Maggie, il se passe quelque chose de sérieux. Cameron Atuli a été enlevé, on l'a obligé à donner des échantillons de tissu et à subir un BOSO, ce qui a abouti aux chimpanzés que Shana a vus. Atuli a aussi été castré, et ses testicules sont toujours en la possession de ceux qui ont manigancé l'affaire. Le FBI l'a sorti de là. Ensuite on lui a effacé la mémoire, sans doute pour lui éviter tout souvenir traumatisant. Sallie a découvert certains de ces éléments dans les archives top secrètes du CNRM. Mais lorsque Van m'a rappelé, il m'a dit qu'il n'y avait aucune trace de Cameron Atuli dans les archives gouvernementales – nulle part. J'ai moi-même effectué des recherches dans les archives judiciaires publiques. Il n'y a aucun procès, passé ou en cours, concernant l'enlèvement de Cameron Atuli. Enfin, Shana déclare qu'une femme qu'elle a vue parler en privé à Cameron Atuli à New York se rendait le lendemain au FBI, où elle travaille. »

J'évite de justesse de faire du bruit. Ce qui n'est pas le

cas de Maggie. Elle s'étrangle, comme s'il venait de lui asséner un coup, avant de lâcher : « Tu te rends compte de ce que tu dis, Nick ? Que Van – que le gouvernement – est au courant d'un enlèvement, sait que des criminels sont en train de créer en toute illégalité des bébés hybrides, mi-singes, mi-humains – ou je ne sais quoi – et ne donne pas suite !

— Il y a peut-être une raison à tout cela. Le ministère de la Justice garde peut-être tout ça sous son coude parce qu'ils sont en train de remonter la filière.

— Si c'était le cas, ils n'auraient pas laissé un témoin capital comme Atuli se faire effacer la mémoire, quel que soit le traumatisme. Ils ont besoin de lui pour témoigner. De plus, le gouvernement ne va pas encourager la vivifacture d'hybrides humains/animaux – d'où que vienne la demande de ces substituts de bébés ! La moitié du gouvernement est à cheval sur la religion...

— Mais quelle moitié ? Van ? C'est ce qu'il dit, mais qui peut dire ce que pense vraiment Vanderbilt Grant ?

— ... et *l'ensemble* du gouvernement sait que la plupart des gens sont réticents à l'idée d'un chimpanzé avec un visage de gosse. Ou de n'importe quoi d'autre de ce genre. Ce sont des politiciens, Nick – ils ne vont pas laisser faire, même discrètement, quelque chose que les électeurs, si l'on en croit les sondages, désapprouvent à quatre-vingt-dix pour cent. Ça n'a pas de sens.

— Je le sais bien. » Nick se cale la nuque sur le dossier du divan. Son œil se remet à trembler. Je vois l'expression du visage de Maggie dans le miroir, et je me sens obligée de détourner les yeux.

« Ça te fait mal, mon chéri ?

— Non. Pas de douleur, grâce aux médicaments. Mais le mycosis est en train de se développer dans mon cerveau, et je pense qu'il ne me reste que peu de temps avant que je sombre dans le coma. Pour ce qui est d'aider Laurie et Shana, il faudra peut-être que tu finisses le travail, Maggie.

— Mais comment ? » Je dois avouer que cette vieille peau a de la classe. Elle ne pique pas de crise, elle ne le contredit pas pour ne pas lui compliquer la tâche. Elle est comme le chef d'une unité, attendant des ordres qu'elle est prête à accomplir au péril de sa vie tant que c'est lui qui les donne.

« Je ne sais pas. Mais Laurie a besoin... *doit* avoir un bébé. Quant à Shana, il faut qu'elle soit incorporée à l'armée. C'est la seule chose qui puisse lui convenir.

— Pourquoi Shana ? » Le ton de Maggie est à la fois glacial et impatient. « Tu ne la connais que depuis quelques semaines. C'est une menteuse et une arnaqueuse. Elle peut très bien se débrouiller toute seule – comme elle l'a fait pendant des années. Elle a toute la vie devant elle pour s'acheter une conduite, si c'est vraiment ce qu'elle veut. Elle est *jeune*, mon chéri. Pourquoi se soucier de Shana ?

— Parce qu'elle est jeune », dit Nick avant de fermer les yeux. Maggie ne cherche plus à se composer un visage, et lorsque je ne peux plus supporter de la voir dans le miroir, je recule dans le couloir, regagne la porte de derrière et m'éclipse discètement.

Maggie a raison – Nick et moi, on se connaît à peine. Et puis, c'est un vieux croûton qui a fait son temps. Et puis, il fait partie des deux générations pour lesquelles trime la mienne. Et puis, il doit penser que je ne vaux pas l'air que je respire, même s'il essaie de me faire entrer dans l'armée. Il espère sans doute qu'on m'enverra en Amérique du Sud et que j'y serai tuée au combat.

Tout ça, je le sais. Mais je pleure quand même, affalée dans cette foutue robe banche près du coin poubelles, et je me sens comme la pire des tégés.

12.

CAMERON ATULI

Les cauchemars à base d'animaux ont cessé. Mais maintenant c'est pire.

Tout commence le lendemain du jour où cette fille, la soldate qui a fait irruption dans ma loge à Washington, nous fonce dessus à New York. Rob, Joaquim et Dmitri l'empêchent de venir jusqu'à moi. Mais ils ne peuvent l'empêcher de crier, ni moi d'entendre : *Je sais que vous avez subi une opération parce que j'ai vu le résultat – votre visage sur trois chimpanzés... je les ai vus ! Avec votre visage !*

« Elle est folle », me dit Rob tandis que nous nous réfugions dans le restaurant. Joaquim, Dmitri, Sarah et Caroline ne disent rien. Ils laissent Rob parler. Mais que savent-ils de ce qui m'est arrivé avant l'opération ? Que sait cette fille ? Quelle partie de ma vie m'est inaccessible – mais ne l'est pas pour ceux que j'aime, avec qui je vis et je danse ?

« Je ne pense pas pouvoir continuer comme ça », dis-je à Rob, avant de m'aviser que je vais devoir m'y résoudre. « Sans savoir. Cette fille n'était pas folle, Rob – elle ne semblait pas délirer. » *Des chimpanzés avec mon visage.*

« Pas maintenant », dit-il en regardant les autres, penchés sur l'écran affichant le menu comme s'ils ne nous écoutaient pas. « Prenons le temps de déjeuner. »

Ce que nous faisons, sans que la conversation porte sur autre chose que les cours, les répétitions, les représentations. Je finis par retrouver mon calme. C'est tout ce qui compte, après tout. La danse. Et rien d'autre.

Mais une semaine plus tard, à Washington, on commence à travailler sur un nouveau ballet spécialement conçu pour nous par Monsieur C. lui-même.

« Cameron, toi et Sarah entrez sur les diagonales, en *jetés simples*, de chaque côté de la scène. » Il nous montre ce qu'il attend de nous en traversant la scène ; à soixante ans, il se déplace encore comme un jeune homme. Avec ses baskets, son horrible pantalon et le tee-shirt rouge qu'il porte systématiquement à chaque première séance de chorégraphie, il devient presque une parodie de lui-même, sauf en ce qui concerne sa voix. Cela fait drôle d'entendre des directives si précises, si brillantes, avec cet accent du Middle West.

« Avec énergie, dit-il. Vous vous retrouvez au centre, *tendu croisé arrière*, vous vous regardez en souriant. Ensuite Mitchell et Caroline reprennent le mouvement, et terminent *ici.* »

Je ne sais pas pourquoi je suis censé sourire à Sarah. Je suis arrivé en retard – un véritable crime – et ce que Monsieur C. a dit aux autres concernant le ballet, il se garde bien de me le répéter. Il va m'obliger à le lui demander, pour me punir.

Je ne lui demande rien. Je fais mon entrée, et attaque l'enchaînement prévu. La musique est agressive, moderne : du Sabo, j'imagine, ou du Bolthouse. Il y a des mouvements très physiques, très sexuels, pour Sarah et moi, Mitchell et Caroline. Je pars du principe que nous sommes deux couples d'amants.

« Bon, c'est là que le docteur fait son entrée, intervient Monsieur C. au moment ou la musique s'arrête. Comme cela, Nicole. Non, plus rigide. Tu leur tournes le dos pendant huit mesures, et la musique vient appuyer le verdict. »

Docteur ? Verdict ?

« Là-dessus, Mitchell et Caroline, vous vous effondrez, comme ça, terrassés par l'émotion. Sarah, le contrepoint sera pour toi et Cameron, c'est le choc – mais de manière plus contrôlée, plus lourde, plus lente, en accord avec la musique. Faites attention – c'est un *pas de deux* court, mais il est très important. Démarrez par une arabesque portée ; Sarah, tu te penches en avant, au maximum, tu ne peux pas tenir cette position sans qu'il te maintienne et tu le sais... parfait. Mais relâche ton bras... voilà... Cameron, tu réponds à ce bras tendu. »

Le petit *pas de deux* est magnifique : étrange et touchant à la fois, parfaitement équilibré. J'ai du mal à suivre les enchaînements. Je me sens oppressé à en avoir mal. Docteur ? Verdict ?

« Vous quittez la scène tous les deux, dit Monsieur C. Et toi, Mitchell, tu portes Caroline en sortant à gauche de la scène. Ensuite, Sarah, tu refais une entrée, en partant du fond, au rythme de la musique, en *pas de bourrées* tristes et lents, sans soutien visible... non, ma chérie, comme *cela.* C'est mieux. Maintenant, tu te figes, *tendu effacé*, alors que le premier des enfants interdits de vie traverse la scène en *pas de bourrée* rapides, la tête baissée. »

Enfants interdits de vie ?

« Sarah, tu relèves la tête, et au changement de rythme – ici – tu...

— Arrêtez tout », dis-je à haute voix. Tout le monde se tourne vers moi. « Je suis arrivé en retard. Est-ce que je pourrais savoir de quoi parle ce ballet ? »

Monsieur C. ne dit rien. Une de ses habitudes les plus détestables est de ne jamais répéter ses explications ; c'est aux autres danseurs de s'en charger à sa place. Sarah intervient rapidement.

« Il a pour sujet la stérilité, Cam. Ces deux couples essaient d'avoir un enfant, mais ils n'y arrivent pas, ils sont alors hantés par les spectres des enfants qu'ils ne pourront jamais avoir – tu sais, un peu comme à l'inverse des ballets romantiques où les personnages principaux sont hantés par les spectres de leur morts – jusqu'à ce que vers la fin...

— Non, dis-je. *Non.* »

Sarah me dévisage, bouche bée.

« *Non.* Je ne danserai pas ça ! »

Un silence électrique s'installe. Je ne sais pas ce qui m'arrive. Mon cœur bat si fort qu'il résonne dans mes oreilles. J'ai la tête qui tourne, comme si j'étais sur le point de m'évanouir.

« Dmitri, dit calmement Monsieur C., prends la place de Cameron. »

Dmitri, qui assistait à la répétition, prend un air ahuri et se dirige lentement vers Sarah. Monsieur C. se tourne vers moi.

« Va voir Melita. » Le ton est aimable. « Dis-lui que tu ne te sens pas bien et que tu désires voir le docteur Newell.

— Mais je ne me sens pas mal ! » Ma protestation m'étonne moi-même. « Je me sens... » Que dire ? Pourquoi est-ce que je n'arrive pas à danser ce ballet ?

« Va voir Melita », répète Monsieur C. avant de se retourner pour poursuivre la répétition. Je sais qu'il essaie de me sauver la face, en me trouvant un prétexte pour partir et revenir plus tard (« Le docteur Newell m'a dit que tout allait bien. »). Mais je ne peux pas danser ce ballet. C'est une certitude qui s'impose à moi. Pourquoi ? Je ne me soucie guère des enfants, qu'ils soient interdits de vie ou non. Je ne m'en suis jamais soucié. Cela ne change rien à l'affaire. Je ne peux pas danser ce ballet. Mon corps tout entier s'y refuse.

Je quitte la pièce en courant.

Dans une autre salle de répétition, vide celle-là, je me calme et essaie de me reprendre. Je reste un long moment debout au centre de la pièce, la tête baissée, en me concentrant autant que possible. Puis j'attaque un enchaînement tiré de *Chagrins. Tour en l'air, plié, relevé, arabesque...*

Je trébuche. Mauvais timing. Non, ce n'est pas une question de timing... c'est autre chose. Comme un manque de certitude intérieure concernant la fluidité des pas, l'espace que je suis censé décomposer en sections bien précises, moi-même...

Nouvel essai.

Je recommence encore une fois.

J'essaie l'entrée du second acte de *Jupiter*, et mon solo du *Corsaire*. Je n'arrive pas à danser, dans un cas comme dans l'autre. J'obtiens de mon corps qu'il effectue les pas requis, mais je n'arrive pas à *danser*. Du coin de l'œil j'aperçois des spectres d'enfants traversant la scène en *pas de bourrée,* et ce sont tous des chimpanzés ayant mon visage. Non, je ne les vois pas. Ils ne sont pas là. Mais leur image m'obsède, grignotant une partie de mon cerveau qui ne m'appartient plus, comme la douleur fantôme des amputés. Peut-être n'est-ce même pas ça. En tout cas, je n'arrive pas à danser.

Je ne peux pas danser.

Je ne peux pas danser.

Assis sur le lit dans sa chambre, Rob coud des rubans sur ses chaussons. Je fonce sur lui et le saisis par les épaules. « Dis moi tout !

— Cam, qu'est-ce que...

— Je veux tout savoir, tout de suite ! Tout ce qui m'est arrivé avant l'opération ! »

Il me répond en s'efforçant de rester calme. « Tu n'en as pas vraiment envie.

— C'est vrai ! Mais il le faut, parce que ça ne cesse de me hanter où que j'aille ! Je n'en peux plus Rob. Je ne sais jamais si c'est ma propre mémoire, ou quelqu'un d'autre qui va me faire basculer... c'est comme un tremblement de terre à chaque fois, quand je m'y attends le moins. Je dois y être *préparé* d'une manière ou d'une autre. »

Il fixe sur moi ses yeux si bleus. Puis il murmure : « Non.

— Non ?

— Non. Je ne peux pas. Tu me l'as dit, Cam – et le docteur Newell aussi : peu importe ce qui est arrivé, peu importe combien de fois tu as changé d'avis, je ne suis pas censé te dire quoi que ce soit. Ce serait pire pour toi que de ne pas savoir.

— J'irai demander à Sarah ! Joaquim ! Mitchell !

— Aucun d'eux ne connaît la vérité. Il n'y a que moi, Melita et Monsieur C.

— Tu mens ! » J'ai beau hurler cela, je vois bien qu'il n'en est rien. « Quelqu'un d'autre ici doit savoir !

— Personne ne sait. » Il est au bord des larmes. Moi, non – je suis furieux.

« Merde, Rob, il s'agit de *ma vie* !

— Ton ancienne vie. Maintenant tu as celle-ci. » Il essaie de me prendre dans ses bras, mais je le repousse violemment.

« Fous-moi la paix. Et pour de bon. Je n'ai pas besoin d'un mec qui se moque de savoir ce dont j'ai envie ou besoin. Trouve-toi quelqu'un d'autre à baiser. » Je le plante là, en larmes, et je claque la porte derrière moi.

Au fond du jardin, près du mur d'enceinte d'Aldani House, je m'écroule de toute ma longueur sur le banc. Tout va mal. Même quand j'étais effrayé par les cauchemars, les animaux et cette soldate, je pouvais encore danser. J'avais au moins ça. Mais à partir du moment où cela m'empêche de danser... oh, mon Dieu, si je ne pouvais plus *danser* à cause de ça...

Si je ne peux plus danser, je préfère mourir.

Cette fille. Elle sait ce qui m'est arrivé. *Je sais que vous avez subi une opération parce que j'ai vu le résultat...*

Je l'ai vue à Washington, puis à New York. Dans quelle ville vit-elle ? Je ne connais même pas son nom.

Une demi-heure plus tard, l'idée me vient que le service de sécurité du Centre International doit fatalement avoir ses coordonnées. Ils ont fait irruption dans ma loge et l'ont emmenée pour l'interroger. Une plainte à été déposée ; il doit fatalement y avoir un procès-verbal.

J'ai l'information en deux appels vidéo. Le premier consiste à demander une copie du procès-verbal, qui s'affiche à l'écran dès que mon numéro d'identification atteste que je suis bien la victime. Le nom de la fille est Shana Irene Walders. Sans domicile fixe.

Je m'énerve là-dessus pendant quelques minutes, puis je m'avise qu'elle a dû passer en jugement – peut-être est-elle dans une prison où je pourrai me rendre. Est-ce permis ? Je n'en ai aucune idée, je ne sais même pas comment le savoir. Je contacte donc un service spécialisé dans l'épluchage des archives publiques en demandant à être facturé au tarif « urgence ». La préposée me rappelle presque aussitôt, et je lui dis ce que je cherche.

Elle me rappelle un quart d'heure plus tard. « Shana Irene Walders a été traduite devant le tribunal correctionnel du District de Columbia, le vendredi 14 juillet, 2034, pour violation de domicile, intentions criminelles, et voies de fait sur un agent de sécurité. La caution a été fixée à 10 000 dollars ; elle a été payée par un certain Docteur Nicholas Clementi. Mlle Walders a été libérée sous condition d'une audition fixée au lundi 31 juillet. Elle a donné comme adresse temporaire celle du docteur Clementi, 1396 Sturges Drive, Bethesda, Maryland. Souhaitez-vous d'autres recherches ?

— Non, facturez cela sur mon numéro d'identité.

— Merci d'avoir choisi le Service de Recherches Sabrina. »

Shana Walders, à Bethesda. J'ai une représentation ce soir – non, je ne peux pas danser. Je ne peux pas tenir le rôle. Mitchell devra continuer à me remplacer, ils n'ont qu'à annoncer que je suis blessé, ou dire que c'est moi qui danse sous le masque de Mitchell... J'ai l'impression d'avoir des choses pointues et dangereuses sous le crâne, comme des petits clous. Si je remue la tête, elles vont me transpercer le cerveau et provoquer ma mort. D'un autre côté, si je ne peux plus danser, je suis déjà mort. Je ne peux pas danser ce soir, je finirais par me casser la figure... je ne peux pas retourner aux répétitions. Ni assurer la représentation. Combien de temps vont-ils m'attendre ? Tout le monde croira que suis encore passé à côté de l'heure. Et ce sera le cas. Je serai même passé de l'autre côté. Feu Cameron Atuli, quelle tragédie, si jeune, une ressource naturelle si précieuse, se tuer comme ça, au sommet de sa carrière...

Tout ça, si je ne peux plus danser.

Je me dirige vers la grille du parc et quitte Aldani House.

Le 1396 Sturges Drive à Bethesda est une maison ancienne et imposante. D'après Rob, on ne construit plus de maisons aussi grandes de nos jours ; la plupart sont prévues pour une ou deux personnes. Celle du docteur Clementi a un petit jardin sur le devant et de grands arbres sur le côté ainsi que derrière. Une vieille balançoire en bois est suspendue à l'un d'eux. La brise de fin de journée fait bruire les feuilles, et tout baigne dans une lumière dorée, comme à l'acte II de *Chagrins*.

J'avance jusqu'à l'entrée et sonne. Une vieille dame aux cheveux blancs, bien habillée, vient m'ouvrir. Elle s'adresse à moi d'une voix agréable : « Oui ?

— J'aimerais voir Shana Walders, s'il vous plaît. »

La femme paraît surprise. « Puis-je lui dire de la part de qui ? »

J'hésite, mais je ne vois pas pourquoi je ne lui donnerais pas mon nom. La soldate me reconnaîtra bien assez tôt. « Cameron Atuli. »

Les yeux de la femme s'agrandissent, puis elle porte une main à sa bouche. Sans dire un mot, elle me fait entrer dans un grand vestibule.

J'aimerais – j'aurais aimé – qu'on ait un jour, Rob et moi, un endroit comme ça, avec des sculptures, des fleurs, des couleurs dans les tons pastel. C'est la seule pensée que j'ai le temps de formuler, car la soldate surgit en haut des escaliers pour les dévaler aussitôt. « Nom de Dieu !

— Shana Walders ? » dis-je d'une voix qui part dans les aigus. Je me reprends. « Shana Walders ?

— Putain, d'où tu sors ?

— Je... je viens d'Aldani House. J'aimerais vous parler. »

Elle laisse fuser un rire sans joie. « Et moi qui essaie de te contacter depuis des... mais ça, tu le sais déjà. Allez, suis-moi. » Elle m'attrape par le bras. Je ne peux pas m'empêcher d'avoir un mouvement de recul.

« Shana, dit la vieille dame d'une voix glaciale, qu'est-ce qui se passe ici ?

— J'en sais foutre rien. Je suis aussi surprise que vous. Nick n'est pas à la maison, n'est-ce pas ? Bon, eh bien, il entendra tout ça plus tard. Pour l'instant, M. Atuli est là pour *me* voir. »

Elle me traîne jusqu'à la salle à manger et ferme le panneau coulissant, laissant la vieille dame froncer les sourcils dans le hall. Une table en merisier poli, de lourds rideaux dans les tons ivoire, huit chaises tapissées en vert pâle. C'est dans ce décor que Shana et moi nous nous observons.

« Alors, Cameron Atuli, qu'est-ce que tu viens faire ici ? »

Je me cale contre un dossier de chaise. « Je veux savoir ce qui m'est arrivé. À New York, vous m'avez dit que vous le saviez. » Je joins les mains, et j'attends.

« Pourquoi tu veux le savoir maintenant, alors que tu m'as dit le contraire il n'y a pas si longtemps ? » me retourne-t-elle. Elle n'est pas du genre docile, c'est clair. Cette fille ne me plaît pas.

« Cela ne vous regarde pas. Dites-moi simplement ce que vous étiez sur le point de me révéler à New York.

— Il vaudrait mieux qu'on coopère. » Sa voix à changé ; elle s'approche de moi et pose une main sur mon épaule, les lèvres légèrement entrouvertes, les yeux doux et grands ouverts. Je la regarde d'un air perplexe. Elle recule et s'esclaffe. « Je faisais juste un test. Il y en a bien parmi vous qui sont bi, non ? Mais pas toi. C'est bon, échangeons nos informations. »

Elle se met à parler, pendant un long moment. Elle parle d'un accident de train, d'un entrepôt, des chimpanzés qu'elle a vus et qui avaient mon visage, de ce qu'il s'est dit lors d'un comité gouvernemental. Tout cela m'est pénible à entendre. Tous ces rêves dans lesquels je suis poursuivi par des animaux, ma panique devant ce chien dans la rue... mais je ne vois rien qui puisse m'empêcher de danser. Shana termine son histoire.

« C'est tout ? dis-je

— Comment ça, *c'est tout* ? Ça ne te fait rien que des singes ressemblant à Cameron Atuli se baladent dans la nature, destinés à des femmes qui ne peuvent pas avoir d'enfants ? Non, tu n'en as rien à foutre. Ou si peu. Quoi qu'il en soit, ce n'est pas tout. Ceux qui t'ont enlevé t'ont fait autre chose. »

Elle paraît brusquement gênée. J'attends.

« Ils t'ont coupé les couilles, dit-elle brutalement. Tu es – enfin, étais – fertile. Ils n'ont sans doute pas pu te faire éjaculer, sous la torture, je veux dire, et ils voulaient au moins un échantillon fertile, ils te les ont donc coupées pour prendre ce qu'il y avait à l'intérieur, les enfoirés. » Elle rajoute quelque chose une minute plus tard, mais je ne l'entends plus.

Mes testicules. On me les a coupés, parce que je ne pouvais pas éjaculer sur commande. Ai-je été anesthésié ? Ai-je crié ? Je ne m'en souviens pas. *Tu te demanderas un bon millier de fois ce que contenaient tous ces souvenirs...* mais pas ça. Jamais de la vie. Traité comme de la viande, toujours vivant, mais... les spectres d'enfants du nouveau ballet de Monsieur C. Des enfants issus de mon corps... je n'ai jamais voulu avoir d'enfants. Mais quelque part au plus profond de mon subconscient, je savais que cela m'était impossible. Quelque part au plus profond de la mémoire, là où se niche la colère... *On m'a coupé les couilles.*

« Hé. Hé, Cameron... » Shana me tend un verre de je ne sais quoi. Je le bois. Du whisky, qui me brûle la gorge.

« Savez-vous à quel point il est difficile pour un homo de se convaincre qu'il est un homme ? Dans ce pays, aujourd'hui ? »

Elle me dévisage sans comprendre. Normal. C'est une femme, et personne ne lui a jamais fait douter qu'elle méritait de vivre... Qui m'a fait douter, *moi* ? Qui m'a rendu aussi craintif ? Mais tous ces souvenirs sont à tout jamais emprisonnés.

On m'a coupé les couilles...

« Mais j'ai *toujours* mes couilles, dis-je. Je peux faire l'amour...

— Des implants synthétiques. Pour la sensation, l'esthétique, la production d'hormones. Mais ton sperme n'est plus fertile. Bois encore un coup. » Shana me tend un autre whisky.

Je le balaye d'un revers de main et il se répand sur le tapis vert pâle.

« Hé...

— Je vais les tuer, dis-je. Je vais tous les tuer. »

Le visage de Shana s'illumine. « Ouais, *voilà* quelque chose qui se tient. Après tout, ils...

— Je vais tous les tuer. Aldani House a un avocat. Et s'il n'est pas à la hauteur, j'ai l'argent de mes passages en tant qu'invité dans tous les grandes compagnies de ballet de la planète, je suis Cameron Atuli...

— Un *avocat* ? Tu veux les tuer avec un avocat ? Écoute Atuli, ça n'a pas de sens. Les avocats sont de *leur* côté. Le FBI te piste, et Nick Clementi dit qu'il n'y a aucune trace de ton enlèvement dans les fichiers et qu'aucune enquête n'a été ouverte pour trouver les ravisseurs. Ce qui signifie que l'affaire a été bloquée à très haut niveau. Le gouvernement ne t'aidera pas, Atuli. Il couvre ceux qui t'ont torturé.

— Je ne vous crois pas.

— Tu as bien cru au reste, non ? Putain, t'es vraiment un tégé. »

Je suis Cameron Atuli. Je suis danseur. Je suis homo. Je suis danseur. J'aime Robert Radisson. Je suis danseur. Et on m'a coupé les couilles.

Je suis danseur.

Je découvre que la colère est une partenaire bien plus puissante que la peur. La peur fait trébucher, pousse à la chute ; la colère vous soutient quel que soit le pas que vous choisissez de faire.

« Où vas-tu ? demande Shana.

— J'ai une représentation dans moins de deux heures. Ensuite... » Je m'interromps. Ensuite, quoi ? Qu'est-ce qui devrait se passer ? Il ne faut surtout pas que ma colère m'abandonne. *Surtout pas.* C'est la seule chose qui me permettra de continuer à danser. Et ensuite, après la représentation, qu'est-ce qui se passe ?

« Tu n'iras pas à cette représentation, me dit Shana. Tu vas appeler Robert Radisson et lui demander qu'il nous retrouve à l'Ocean Bar sur Georgia Avenue, à Washington. Ce n'est pas très loin d'Aldani House.

— Rob ? Pourquoi ?

— Parce que je crois que c'est la seule personne susceptible d'en savoir plus que nous. Même s'il n'en a pas encore conscience.

— De savoir quoi, par exemple ?

— Putain, comment veux-tu que je le sache tant que je ne lui ai pas parlé ? s'énerve Shana. Appelle-le, Atuli.

— D'accord. » Je m'accroche à ma colère. Je sens sa force dans mes jambes, mes bras, ma poitrine. La force de danser.

J'appelle Rob.

13.

NICK CLEMENTI

Dans le parc Potomac, à côté de la rivière, se trouvait un « marché à l'ancienne » qui cherchait à donner l'impression d'avoir brusquement surgi du siècle dernier, une sorte de Brigadoon commercial. Tous les bénéfices allaient à l'entretien du parc, puisque le gouvernement n'avait plus les moyens de s'en charger. On en avait chassé les vieux sans-abri pour que les touristes puissent venir acheter des chapeaux en feutre, des modèles réduits de Ford T, des sucreries bon marché, et des portraits de Franklin Delano Roosevelt et Shirley Temple. Les boutiques possédaient des charpentes et des planchers en bois foncé ; les employées portaient d'amples robes à fleurs et arboraient un rouge à lèvre criard. *Un havre dans le sanctuaire du temps passé...* Si on veut.

Les « cabines téléphoniques » ressemblaient à de petits abris individuels, chacun avec son petit banc de bois, entièrement vitrés pour plus d'intimité. Aucune d'entre elles n'avait de vidéo. Elles fonctionnaient avec des pièces. Je me suis installé sur un banc, ai fermé la porte et parcouru les « instructions pour composer votre numéro », étape indispensable à l'obtention de la communication. Bien réelle, celle-ci. Un programme d'accueil m'a répondu.

« Tymbal, Kramer et Anderson. Bonjour.

— Joshua Tymbal, s'il vous plaît.

— Je suis désolé, M. Tymbal est actuellement en...

— Dites lui que c'est de la part de Nick Clementi, et que c'est urgent.

— Un petit instant... » Puis : « Nick ! Ça fait des siècles !

— Une éternité. Mais j'ai suivi ta carrière grâce au Bulletin de Harvard On-Line. Ça a l'air de marcher pour toi, Josh.

— Tu ne t'es pas trop mal débrouillé non plus. Mon programme m'a dit que c'était urgent... » Il n'avait pas changé depuis Harvard. Toujours cette même impatience, ce côté un peu rustre, cette façon de couper court aux protocoles sociaux pour aller droit au but. C'était d'ailleurs pour cela que je l'appelais.

« Josh, c'est urgent. Et ce n'est pas sans risque. Mon fils s'est marié et...

— Félicitations ! » s'est-il exclamé comme si la nouvelle était fraîche. John et Laurie étaient mariés depuis trois ans déjà, et Josh avait assisté à la cérémonie, car il y avait pas mal de gens importants qu'il souhaitait rencontrer.

« Merci. Le seul problème, c'est qu'ils essaient d'avoir un enfant depuis pas mal de temps et... enfin, tu connais le problème. Ce qui fait que nous envisageons l'adoption. Ils savent – tout comme moi – à quel point il est difficile de trouver un bébé, et le nombre de demandes qu'il y a. Je sais que l'adoption relève de ta compétence sur le plan légal...

— Relevait, a-t-il corrigé. Les affaires ne marchent pas fort dans ce secteur de nos jours.

— Je sais. Mais c'est quelque chose qui nous tient vraiment à cœur dans la famille, et nous sommes prêts à y mettre tout ce que nous possédons, ce qui à l'heure actuelle est loin d'être négligeable, en plus des efforts à fournir... *tout* ce qui est en notre pouvoir... »

Il a compris. Son silence était éloquent. Mais je m'étais

trompé sur son compte – ce qui était normal après tout. Je ne pouvais compter que sur de vieux souvenirs, quelques rencontres ici et là au cours des cinquante dernières années, et ce que je lisais entre les lignes soigneusement neutres du bulletin des anciens étudiants de Harvard.

« Nick... je crois que tu t'es trompé d'avocat. Il y a des années que je n'ai pas réglé de cas d'adoption. »

Logique. Il ne savait pas que mon appel ne pouvait être localisé. Quant à moi, je ne savais pas qui avait accès à ses fichiers.

« Désolé de l'apprendre, Josh. Ce n'était qu'un espoir que j'avais. J'essaie toutes les pistes possibles.

— Bien sûr. » Puis : « Tu pourrais essayer du côté de Ted Panzardi. Tu te souviens de lui ? Un grand type, il jouait au hockey. Il a été champion universitaire une année.

— Non. Il habite Washington ?

— Baltimore, je crois. En fait, il y a des années que je n'ai pas de nouvelles de lui. Mais j'ai entendu dire qu'il s'occupait... de cas d'adoptions. »

Dans la touffeur de la « cabine téléphonique », j'ai esquissé un sourire. Tymbal cherchait à se couvrir. Je ne m'étais finalement pas tellement trompé sur son compte ; il n'était peut-être pas directement impliqué dans le marché noir de l'adoption, mais il était au parfum.

« Merci Josh. Je te revaudrai ça.

— Bien sûr. » Le ton se voulait léger, mais les mots disaient bien ce qu'ils voulaient dire.

Ted Panzardi s'est montré prudent. Mais il savait qui j'étais et m'a parlé assez longtemps pour que l'on se fixe un rendez-vous dans un restaurant.

J'ai fait le tour de ma liste, plutôt longue. Des collègues scientifiques chez qui j'avais toujours subodoré un sens de l'éthique assez souple. Des anciens d'Harvard. Des gens que j'avais rencontrés à Washington ces dernières années. Je n'avais jamais nagé dans ces eaux, mais il s'avérait que la frontière entre affaires légales et marché noir, même lorsqu'il s'agissait de quelque chose d'aussi précieux qu'une vie humaine, était mince et les ramifications multiples. Les avocats et les docteurs devaient s'imaginer qu'ils ne faisaient là rien de mal. Les bébés finissaient par se retrouver dans des foyers aisés qui les désiraient désespérément. Les avocats en retiraient des compensations juteuses. Quant aux mères biologiques... bon, une mère prête à concevoir et vendre un enfant était-elle digne d'être une mère ? J'ai organisé deux autres rencontres sur terrain neutre, sans engagement. « Évaluons tout d'abord vos besoins. »

Mais derrière la cupidité autoprotectrice et suffisante, perçait une autre note. Un curieux sentiment de regret. Non sur un plan moral ; c'était plutôt le regret qu'éprouve un fournisseur lorsqu'il ne peut satisfaire à la demande.

Personne d'autre ne voulait utiliser la « cabine téléphonique » – d'ailleurs personne ne semblait visiter le village touristique. À ce rythme là, l'endroit n'arriverait jamais à financer le parc. Les vieux ne souhaitaient pas qu'on leur rappelle le passé, et les jeunes étaient bien trop conscients de représenter l'avenir. Nous le leur avions rappelé assez souvent. *Que les morts enterrent les morts*...

Mon œil me faisait mal, la douleur dans ma bouche avait empiré, et mon mal de tête était revenu.

Mais j'avais pratiquement fait le tour des noms de ma liste. Suivant : Billy McCullough. Je me souvenais d'un jeune boursier de l'université de Philadelphie Nord avec qui je m'efforçais de me montrer aimable, parce que mes condisciples se comportaient de façon complètement opposée avec lui. Billy avait raté sa deuxième année. Pourtant, poussé par quelque pathétique orgueil, il continuait d'envoyer ses rapports annuels au bulletin, qui continuait de les publier. Il avait terminé ses études ailleurs, dans une fac de droit de troisième ordre, puis avait ouvert un cabinet à Philadelphie.

Je ne connaissais pas assez bien cette ville pour savoir si l'adresse correspondait à un bon quartier. J'espérais que non.

« Billy McCullough ? C'est Nick Clementi. Nous étions à Harvard ensemble. Tu ne te souviens sans doute pas de moi...

— Bien sûr que si. Comment ça va, Nick ?

— Je vieillis. Comme tout le monde. En fait, je t'appelle pour une raison bien précise. J'espérais que tu pourrais m'aider... » Je lui ai débité mon laïus. J'avais la tête qui m'élançait. J'allais bientôt avoir besoin de prendre mes médicaments et de m'allonger dans un taxi.

« Okay, a dit enfin Billy McCullough. J'ai bien compris ce que tu voulais. Je vais pouvoir t'aider.

— Vraiment ? » Le ton de sa voix était catégorique, presque agacé.

« Ouais. Écoute, je suis dans un nouveau bureau. Tout neuf ; je viens de le louer ce matin même. Personne n'est au courant, donc rien de tout ceci n'est enregistré. Et de ton côté ? J'imagine que tu appelles d'une cabine publique, non ? »

Il connaissait la combine. Je me suis redressé. « Absolument.

— Bon, je vais être franc avec toi. Tu l'as toujours été avec moi, et je sais que ta demande est sincère. Tu veux un bébé au marché noir pour ton fils. Mais je te le dis tout net, il n'y en a pas. Il y a cinq ans, trois ans peut-être... et encore. Mais plus maintenant. Les filles que nous utilisons, ici comme à l'étranger, sont de moins en moins nombreuses à tomber enceintes, et cela devient de plus en plus difficile d'en trouver d'autres, quel que soit le prix. Tu me comprends ?

— Oui. » *Les filles que nous utilisons, ici comme à l'étranger.* Dans quoi étais-je en train de m'embarquer ?

« Bon. Cela dit, il y a beaucoup de femmes qui veulent des bébés. Alors nous leur offrons parfois des substituts. Ils sont un peu surprenants au début, mais tu peux me croire, les femmes finissent par les aimer vraiment. Parfois, au bout de quelque temps, elles arrivent à peine à faire la différence. Et le bonus, c'est qu'il sont bien moins chers qu'un nouveau-né. Ça t'intéresse ? »

J'ai répondu lentement. « Je ne sais pas. De quoi parlons-nous exactement, Billy ?

— Bon, je vais te le dire. Mais attends d'avoir tout entendu avant de te faire une opinion. Il faut garder un esprit ouvert. Ce ne devrait pas être difficile pour un scientifique comme toi. Et tu dois me croire quand je te dis que ce n'est pas la première fois que je fais ça ; j'ai vu comment les femmes réagissaient une fois remises du premier choc, à quel point elles finissaient par adorer leurs petits substituts. Et pourquoi pas après tout ? Ils ressemblent à de véritables bébés, ils marchent comme des bébés, ils tendent leurs petites mains pour qu'on les prenne dans les bras, ils sont affectueux. En plus, ils ont vraiment une apparence humaine. Ça tu peux me croire, Nick... une fois habillés, on dirait vraiment des humains. Et ils possèdent l'intelligence d'un gosse d'un an. Ils font des coloriages si on leur donne des crayons, ils s'amusent avec leurs jouets, on peut même les nourrir au biberon.

— Mais de quoi s'agit-il, au juste ? » Les mots avaient du mal à sortir.

« De petits humains. Du moins au niveau des mains et du visage. Entièrement élaborés par vivifacture.

— Et greffés sur... quoi ?

— Des bébés chimpanzés, pure race. Une fois habillés, avec leurs petits vêtements et leurs petits souliers de gosses normaux, ta belle-fille sera incapable de les distinguer d'un autre bébé. Quand elle aura passé un peu de temps avec son bambin, qu'elle l'aura cajolé et nourri, elle ne se posera plus de questions. Crois-moi, à chaque fois ça se passe comme ça. »

À chaque fois. « Tu arrives à placer beaucoup de ces substituts, Billy ?

— Tu n'en reviendrais pas. Comme tu ne reviendrais pas de savoir qui les adoptent. Je ne peux pas te donner de noms, bien sûr – mais ton fils rejoindra tout ce qu'il y a de plus huppé. Le petit peut même lui ressembler. Nous avons toute une sélection. Nick, tu étais blond, je crois, italien du nord – ton fils est blond aussi ? Nous avons une ravissante petite fille, elle ressemble à une princesse nordique. En plus, c'est une véritable petite Einstein.

— Euh... non, laisse-moi une minute pour y réfléchir, Billy. C'est tellement nouveau pour moi.

— Bien sûr, a dit Billy d'un ton affable. Mais tu as suivi la bonne procédure. J'ai localisé ton appel, bien entendu. Le Village FDR est un bon choix. Il doit y passer des milliers de touristes tous les jours, non ? »

J'ai appuyé ma tête contre la vitre froide. Mon mal de crâne m'empêchait d'y voir clair. Combien de temps me restait-il avant de sombrer dans le coma ?

« Nick, tu es toujours là ?

— Oui, Billy. Écoute, je ne veux pas d'une petite blonde. Si on doit choisir cette option... Laurie, ma belle-fille, a des origines mixtes. Françaises, espagnoles, un peu de sang noir. Elle serait plus facilement convaincue si tu... si nous pouvions lui montrer un... un petit qui lui ressemblerait vaguement. » Il n'avait pas été invité au mariage de Laurie et ne pouvait donc savoir à quoi elle ressemblait.

« Okay, s'est-il enthousiasmé. Décris-la moi.

— Elle a un visage particulier. Les cheveux noirs, une peau légèrement mate, des yeux noisette avec des reflets dorés, des lèvres charnues... elle pourrait ressembler à n'importe qui. On a en général du mal à deviner son ascendance. Lors de la dernière fête d'Halloween, elle s'était mis une perruque rousse et faisait un farfadet irlandais très convaincant.

— Bon, Nick, je te rappellerai. Nous avons bien évidemment un réseau d'approvisionnement. Fixons-nous rendez-vous dans les jours à venir, et peut-être que j'aurai quelques holos à te montrer d'ici là. Je viendrai à Washington. »

Nous nous sommes mis d'accord sur le jour, l'heure et l'endroit. Il n'a pas été pas question d'argent ; cela viendrait plus tard. Billy aurait pu réussir en tant qu'honnête commerçant, s'il n'avait été aussi répugnant, même sur un téléphone sans vidéo.

J'ai pris mes médicaments, appelé un taxi et remis de l'ordre dans mes idées. Je pouvais demander à des flics de me suivre à ce rendez-vous – mais un agent du FBI avait longuement parlé à Cameron Atuli et Van Grant m'avait menti à propos de l'enlèvement du danseur. Je ne savais pas jusqu'où remontaient tous ces mystères (et pour cacher quoi ?), ni pourquoi, ni même à qui je pouvais me confier. Sans doute pas aux flics. Pas pour l'instant.

Je me suis vu ramener à Laurie un petit chimpanzé avec le visage de Cameron Atuli, et ça m'a fait froid dans le dos. Dans quoi étais-je en train de me fourrer ? Je voulais seulement acheter un bébé à Laurie, pas m'engager dans une telle histoire... Considéré sous cet angle, tout devenait différent ; on était loin du dessin des chimpanzés de Shana Walders que j'avais vu sur l'écran mural aseptisé lors du Comité du Congrès.

Shana. Était-elle rentrée de Dieu sait où ?

Je me suis extirpé du taxi et immobilisé sur le trottoir. Les arbres et les pelouses autour de moi tanguaient, vacillaient. Je me sentais mieux en fermant l'œil droit. Mais il se passait quelque chose de curieux dans mon cerveau...

Je me suis appuyé sur la sonnette. Une musique tonitruante emplissait la maison, ce qui signifiait que Shana était rentrée. Mais ce n'est pas elle qui a ouvert la porte, ni Maggie. Ce fut Sallie, les cheveux en bataille, qui m'a annoncé d'une voix amère : « J'ai été virée. Au bout de quinze ans.

Ils ont repéré mon intrusion dans le dossier d'Atuli... Papa ? Qu'est-ce qui ne va pas ?

— Appelle... ta mère.

— Papa ! Qu'est-ce qu'il y a ? Maman ! »

La pièce est devenue sombre. J'étais conscient, mais je ne voyais plus rien. Le mycosis avait atteint le canal optique. Curieusement, le vertige est passé rapidement, et je me suis senti étrangement apaisé. Mais j'entrais en territoire inconnu. J'ai fait un pas en avant, trébuché, et c'est Maggie qui m'a rattrapé dans ses bras et conduit jusqu'à un fauteuil dont j'ai senti la présence, mais que je ne pouvais plus voir.

En matière de maladie mortelle, le mycosis fongoïde se situe dans la moyenne. Ce n'est pas aussi douloureux ni aussi long que certains des cancers que l'on a vaincus, ni aussi rapide et clément qu'une crise cardiaque. Je commencerais par avoir des attaques, puis plongerais dans un coma qui serait plus pénible pour Maggie que pour moi, qui ne m'en rendrais même pas compte.

Pour l'instant, assis dans mon lit d'hôpital, je me sentais simplement faible. Je ne souffrais pas. Mes docteurs étaient passés me voir avec leurs médicaments, leurs scanners, leurs évaluations, dont nous connaissions tous l'inutilité à ce stade. J'avais insisté, aussi vigoureusement que ma condition me le permettait, pour que Maggie et Sallie rentrent à la maison se reposer. Elle avaient accepté à contrecœur, pour me faire plaisir.

J'avais retrouvé la vue. J'y voyais trouble, mais des deux yeux. Ce qui signifiait que la première lésion se situait au niveau du chiasma ou des bandelettes optiques. Si elle s'était trouvée moins à l'intérieur de mon cerveau, à l'extrémité rétinienne du nerf optique, mon œil gauche aurait bénéficié d'une vision normale. Si elle avait atteint le thalamus, j'aurais été complètement aveugle.

Pour le moment, le pied de mon lit d'hôpital n'était

qu'une vague tâche métallique. Les rideaux de l'autre côté de la pièce ressemblaient à des ombres floues. Il y avait quelque chose sur le rebord de la fenêtre – des fleurs ? Une carafe d'eau ? J'avais beau plisser les yeux, je n'arrivais pas à déterminer ce que c'était.

Les sons étaient soudain plus palpables que ce que je voyais. De l'autre côté de ma fenêtre, le bruit de la circulation devenait, même à cette heure, celui, apaisant, d'une cascade lointaine. Dans le couloir, qui m'était invisible, des pas se sont arrêtés devant ma porte, puis ont continué leur chemin. Sans bouger, je les ai écoutés s'éloigner.

Ni le soleil, ni la mort ne peuvent être regardés en face. La Rochefoucauld.

J'avais pourtant essayé. J'avais évacué les désespoirs, les supplications et les colères qu'éprouve celui qui ne supporte pas que son esprit individuel disparaisse de l'univers. Pas question de céder à une rébellion indigne face à l'inéluctable. J'agirais différemment. Serein, résigné. Sans peur. Et à mon avis, j'y étais parvenu.

En revanche je n'avais pas compris, jusqu'à présent, que ce n'était pas la peur qui rendait la mort si pénible. Ni la colère. Ce n'était pas non plus le sentiment de lutter contre un reflux obéissant immuablement à une logique physique. Ce n'était pas la rage de savoir que toute une vie allait cesser d'exister, comme une bougie qu'on éteint. Les métaphores étaient toutes inappropriées, bien trop pompeuses.

L'impression était plutôt celle que l'on ressent en quittant une réunion sans avoir fait le tour de l'ordre du jour.

Je pouvais quitter ma vie. Je pouvais même abandonner Maggie qui, comparativement, n'allait pas me survivre très longtemps. Mais comment pouvais-je abandonner Laurie, complètement obnubilée par son besoin irrépressible d'avoir un enfant ? Comment pouvais-je abandonner John, alors qu'il n'avait pas fini de grandir ? Comment pouvais-je abandonner Sallie, qui venait de se faire virer du CNRM à cause de moi ? Comment pouvais-je même abandonner cette petite peste de Shana, qui était un danger pour elle-même comme pour les autres, en se mêlant de choses dont l'ampleur la dépassaient ? Comment pouvais-je quitter la scène au beau milieu de l'histoire, avant de savoir comment tout cela allait se terminer ?

Au beau milieu de l'histoire. Oui, c'était bien le sentiment que je finissais par avoir, une histoire dans laquelle seule une partie de moi-même jouait un rôle, l'autre partie, déjà ailleurs, commençant à refermer les pages. Alors que je persistais à vouloir en connaître le dénouement.

O mort, tu es la preuve la plus éloquente / Que nous vénérons la poussière en aimant l'homme. Pope.

Rien qu'une fois, j'aurais aimé trouver quelque chose qui n'ait déjà été exprimé infiniment mieux par des morts.

Lentement, je me suis calé dans mon oreiller. Quelque part au fond du couloir plongé dans la pénombre quelqu'un se plaignait. Quelqu'un, ou peut-être un simple programme soignant, murmurait en sourdine. Tout ceci – étrange pensée, à bien y réfléchir – continuerait quand j'aurais cessé d'exister. Mais d'ici là, il fallait que je trouve un moyen de boucler l'ordre du jour que je m'étais fixé, d'aider les gens qui ne pourraient pas me suivre quand je devrais quitter la table de réunion.

14.

SHANA WALDERS

J'y crois pas. J'ai foutu en l'air des semaines entières, du fric et un casier judiciaire à peu près potable pour essayer de retrouver Cameron Atuli, et le voilà qui se pointe chez Nick. Comme ça. Allez comprendre.

Nous restons seuls dans la salle à manger un long moment. Je mets une puce musicale en route, le volume à fond, pour que personne ne nous entende. Lorsque nous sortons, Maggie est déjà partie, ce qui explique pourquoi Son Altesse n'a pas cogné à la porte de la salle à manger pendant que je questionnais Atuli. Sallie, remontée d'Atlanta, et furibarde pour je ne sais quelle raison, n'est pas là non plus. La porte d'entrée est même grande ouverte, comme si elles avaient quitté la maison précipitamment. Ce qui ne leur ressemble pas. Mais je n'ai pas le temps de m'appesantir là-dessus.

« T'es sûr qu'il viendra ? je demande à Atuli.

— Il sera là », dit-il, son magnifique menton en avant. Il est clair qu'il n'a pas envie de parler, je la boucle donc durant le trajet en train à destination de Washington D.C. Atuli est un type bizarre – un instant il est dans tous ses états, fébrile ; l'instant d'après il devient sombre et taciturne.

En plus, il affiche clairement ses sentiments, ce qui est stupide. Il faut se protéger.

Je décide d'emprunter différents trains jusqu'à ce que je sois sûre que personne ne nous suit. L'*Ocean Bar*, à Washington, ressemble à des chiottes voulant se donner des airs d'aquarium. Des sirènes holographiques évoluent au-dessus de nos têtes, et les menus des tables sont en forme de coquilles Saint-Jacques. Mais le bar est désert à cette heure – du moins dans la partie publique – et le programme de commande ne vient pas nous les briser toutes les deux minutes si on reste trop longtemps sans consommer. Radisson nous attend à une table du fond, l'air encore plus fébrile qu'Atuli. Sa voix est douce et posée.

« Cameron ?

— Je suis désolé de m'être emporté contre toi, Rob. Vraiment. » Atuli lui tend la main, Radisson s'y accroche comme s'il était sur le point de se noyer. Ils agissent comme si je n'étais pas là.

« Bon, ça suffit comme ça, dis-je en m'asseyant. Pas de ça ici, putain. Radisson, on a des questions à te poser, et c'est important. »

Il regarde Atuli, qui me présente. « C'est Shana Walders. Oui, c'est la même. Elle m'a raconté des choses me concernant avant... mon opération. Certaines que tu connais déjà, d'autres non. Tu vas nous aider ?

— Vous aider à faire quoi ? » Radisson n'aime visiblement pas ce qui est en train de se passer. Mais Atuli a de nouveau les nerfs à fleur de peau, et l'autre ne veut pas risquer de se fâcher avec lui une nouvelle fois maintenant qu'il est revenu. Ah, ces pédés...

« Aide-le à retrouver ceux qui lui ont coupé les burnes. » J'ai décidé de mener le bal. « Dis-nous tout ce dont tu te souviens. »

Radisson hésite. Atuli lui dit d'une voix cassée : « Je t'en supplie.

— Le dix-neuf janvier de cette année, reprend Radisson à voix basse, tu es parti d'Aldani House pour faire des courses. Tu n'as pas voulu que je te suive parce que tu avais l'intention de m'acheter un cadeau d'anniversaire. Et tu as tout simplement... disparu.

— Est-ce qu'Aldani House a prévenu les flics ? je demande.

— Pas tout de suite. Comme vous le savez, ils ne se déplacent pas pour les adultes disparus, seulement quand il s'agit d'enfants » Puis, se tournant vers Attuli : « Et Monsieur C. savait que nous nous étions... disputés, toi et moi.

— Monsieur C. était au courant ? »

Je comprends mal l'angoisse qui perce dans sa voix. « Qui est Monsieur C. ? »

Ils me regardent tous les deux comme si j'avais viré au pourpre. « Monsieur *Collelouri*, dit enfin Radisson. Le *chorégraphe*. »

Comme si j'étais censée connaître ce type. Je me contente de hocher la tête et Radisson continue.

« Avant même qu'on ait appelé les flics, le FBI est arrivé. Ils nous ont dit qu'ils t'avaient retrouvé lors d'une descente dans un labo illégal de vivifacture à Baltimore. Et que tu étais... sérieusement blessé. Monsieur C. et Melita sont allés à l'hôpital, et j'ai fait tout un cinéma pour qu'ils m'emmènent avec eux.

— À quel hôpital ? dis-je.

— Le Carter Memorial. Il y avait un officier fédéral qui gardait ta chambre. Des gens n'arrêtaient pas d'entrer et de sortir, le FBI, les docteurs, les infirmières, et tout le toutim. Ils ne m'ont pas laissé te voir. Ils disaient que tu étais hystérique, voire psychotique. Toujours est-il que trois jours plus tard, Melita m'a pris à part pour me dire qu'on allait provoquer chez toi une amnésie partielle, sans quoi tu deviendrais complètement fou. C'était ça ou te garder sous un traitement de cheval qui t'aurait empêché de redanser.

— En gros, ils lui ont effacé la mémoire pour ne pas perdre un danseur particulièrement rentable. » Ils me regardent de nouveau comme si j'étais un poisson mort.

« Sans ça, *je ne pouvais plus danser*.

— Et alors ? Tu aurais pu faire autre chose. »

Atuli secoue la tête. Radisson et lui se tiennent par la main ; heureusement que le rade est désert. « J'ai ressenti quelque chose de semblable lorsque j'ai dû danser un ballet qui parlait de stérilité... quelque part, mon subconscient savait. Même si je n'en étais pas conscient moi-même. Tout est lié, d'une manière ou d'une autre ; la danse et... ce qu'ils m'ont fait... Continue Rob. »

Mais j'interviens. « Qui a signé l'autorisation pour l'opération ? Puisqu'il avait pété les plombs, il fallait bien qu'un membre de la famille signe. »

La main d'Atuli serre celle de son amant. Je comprends que c'est maintenant qu'il va apprendre si, oui ou non, il a une famille. Radisson se tourne vers moi. « C'est Monsieur C. qui a signé. Cameron n'a qu'un oncle et des cousins qui l'ont tous rejeté depuis longtemps, parce que... parce qu'il aimait les hommes. C'est donc Monsieur C. qui a signé. »

De toute évidence, ils ne voient pas ce qui cloche. Moi si. Atuli n'était plus un mineur, et ce Monsieur C. n'avait aucun droit sur lui. Quelqu'un ne se gênait pas pour contourner systématiquement les règles.

« Je savais ce que signifiait une amnésie provoquée, dit Radisson d'une voix devenue soudain rauque. Tu n'allais même plus te souvenir de moi, Cam. De ce que nous étions l'un pour l'autre. Je ne pouvais supporter cette idée. Il fallait que je te voie une dernière fois, quoi qu'il arrive. Alors, en plein milieu de la nuit, je me suis arrangé avec l'officier...

— Comment ? » je demande, intéressée.

Le visage de Radisson vire au rouge. Alors ça marche aussi avec les pédés ! Mais il dit : « Avec tout l'argent que j'avais économisé. » Et je comprends qu'il ne rougissait que pour ce prétendu délit de corruption. Les danseurs sont vraiment bizarres.

« Donc, tu es allé voir Atuli au milieu de la nuit ? dis-je. C'est là que ça devient important, Radisson. Raconte-nous tout ce qu'il t'a dit. Je dis bien, tout. » Puis une pensée horrible me traverse l'esprit. « Atuli avait-il perdu la boule ?

— Non, il était... ils t'avaient donné des calmants, Cam. Tu pleurais, mais calmement et de manière continue, comme si plus rien ne t'importait. C'étaient les drogues. Puis tu m'as reconnu, nous avons parlé, et je... t'ai fait l'amour. Je croyais que ce serait la dernière fois. On m'avait dit qu'après l'opération, il n'était pas question que je te parle de nous deux, avant... ni de quoi que ce soit concernant le passé. Je devais te laisser te débrouiller. Je me suis donc glissé dans ce petit lit contre toi, et...

— Épargne-moi les détails sordides. Raconte-nous simplement ce qu'Atuli t'a *dit.* »

Radisson ne me regarde même pas. Ses yeux sont rivés à ceux de son copain. « Tu m'as dit que trois hommes t'avaient coincé et introduit de force dans une voiture. Tu m'as expliqué comment ils avaient fait des prélèvements de tissus et procédé à un BOSO, et comment ils t'avaient ensuite passé un holo porno pour que... tu leur donnes un échantillon de semence. Mais tu n'as pas voulu... »

Tu m'étonnes, il devait y avoir des nanas. J'évite de formuler ma pensée à haute voix.

« Alors un des types a dit : “Prenons-lui tout son bazar, on fera les tests comme ça. De toute façon on va le liquider.” Et... c'est ce qu'ils ont fait. »

Il marque une pause. J'ai besoin de plus de détails. Mais pas dans l'immédiat. « Radisson, ont-ils dit autre chose – qu'Atuli t'aurait répété, je m'entends – indiquant qu'ils savaient que c'était un danseur célèbre ?

— Non.

— Est-ce qu'Atuli a dit quoi que ce soit sur l'endroit où

ça c'est passé, ou l'endroit où devaient aller ses couilles et les échantillons de tissus ? Est-ce qu'il t'a donné des noms ou d'autres renseignements de ce genre ?

— Oui. » Je respire un bon coup. Le visage d'Atuli est toujours de marbre.

Cette fois, c'est à moi que Radisson s'adresse. « Cam m'a dit qu'il était resté dans la voiture cinquante-cinq minutes exactement. Ils ne lui avaient pas enlevé sa montre et il a donc pu vérifier. Ils ne lui ont pas bandé les yeux non plus. Lorsqu'il est sorti de la voiture, il se trouvait dans un parking envahi de mauvaises herbes. Il a pu jeter un coup d'œil à l'immeuble de l'autre côté de la rue – une construction classique en béton, condamnée par des planches, avec un nom encore visible sur la façade. KANG, LTD. Il a reconnu l'odeur de l'océan, et il y avait des mouettes dans le ciel. Les hommes s'appelaient entre eux "Zuger", "Meyerhoff" et "Docteur". Il me les a décrits. Ils se sont engueulés devant lui quant aux deux endroits possibles où envoyer les échantillons, et ils ont fini par tomber d'accord sur "Emily Jogerst", à Philadelphie, parce qu'elle avait les meilleurs contacts même si elle ne payait pas au prix fort.

— Seigneur... » C'est tout ce que j'arrive à articuler. Nous y voilà. Les enfoirés ne se sont pas méfiés ; ils pensaient se débarrasser d'Atuli, ils se foutaient donc bien de ce qu'il pouvait entendre. On se retrouvait donc avec des noms et des lieux précis.

Ce qui signifiait qu'il en était de même pour le FBI. Mais une affaire comme celle-ci – le visage d'Atuli sur des chimpanzés – aurait dû faire la une des médias à peine les inculpations lancées. Donc, soit aucune inculpation n'a été lancée tant que les fédés n'ont pas terminé l'enquête, soit quelqu'un cherche à couvrir cette affaire. Comment savoir ?

Je me tourne vers Radisson. « À qui d'autre en as-tu parlé ?

— À personne.

— Pas même aux fédés ?

— Ils n'ont jamais su que j'étais allé voir Cam. Et quand ils m'ont demandé si je savais quelque chose d'autre, je n'ai rien dit. De toute façon, avec les sérums de vérité, ils auraient pu l'apprendre directement de Cam, non ?

— Ouais. Absolument. » Je ne sais pas ce que les fédés foutent avec les informations qu'ils ont recueillies. Mais de toute évidence, ce n'est pas ça qui va me blanchir comme par enchantement de l'accusation de mensonge devant le Congrès et me permettre d'intégrer l'armée. Personne ne se souciera de ce détail insignifiant, je dois donc m'en occuper personnellement. Et j'ai désormais un nom. Emily Jogerst. À Philadelphie.

Mais où à Philadelphie ?

Un être humain finit par apparaître à l'entrée du bar. Il remarque Atuli et Radisson en train de se tenir par la main, et se renfrogne sévère. Je décide de les faire sortir, et me mets entre eux le temps de trouver un autre endroit pour discuter. Il me faut plus d'informations, tout ce que Radisson peut me fournir, pour décider d'une marche à suivre.

Maggie, qui n'est toujours pas rentrée, est à peu près de la même taille que moi, avec un peu moins de poitrine et un tour de taille plus important. Je me trouve dans sa chambre à essayer des vêtements que je ne pourrais pas m'offrir, et que je n'achèterais pas même si j'en avais les moyens. Des robes qui descendent à mi-mollet, des tailleurs amples. Des trucs de vieille, sans rien qui flashe un peu. « Que penses-tu de cette robe rouge ? » je demande à Atuli, qui me regarde, assis dans un fauteuil.

« Tout ça ne me plaît pas beaucoup, dit-il en faisant la moue.

— Tu as un meilleur plan ? Non. Bon, alors qu'est-ce que tu penses de la robe ?

— Trop ajustée au niveau de la poitrine. Vous êtes censée

faire riche, bon sang. Et cette couleur ne vous va pas du tout. Remettez plutôt la bleue.

— Mais je passe complètement inaperçue avec cette robe !

— C'est le but. Vous êtes une jeune femme de bonne famille, pas une pute. »

Je vire la robe rouge et me retrouve en sous-vêtements à fulminer. Atuli ne réagit pas, bien entendu. Je remets la robe bleu pâle en soie, de coupe classique, qui ne laisse pratiquement rien voir de ma silhouette. En plus elle me tombe au-dessous des genoux. Et le haut est agrémenté – si l'on peut dire – d'une connerie de jabot en dentelle dans les tons crème. Atuli acquiesce. « Voilà. Dans celle-là au moins vous paraissez crédible. Enfin, à peu près. »

Il se lève et vient me faire un chignon bas, comme ceux que portent les ballerines. Il me passe du gel pour lisser le reste, puis penche la tête et m'enveloppe d'un œil critique. « C'est bon. Mais c'est *moi* qui vais vous maquiller. Allez vous laver la figure. »

Je le laisse faire, même si je déteste ça. Des couleurs pâles de vieille bonne femme, celles qu'utilise Maggie, et encore sans trop forcer. Je dois pourtant reconnaître que lorsqu'il a fini, je ressemble à ce que je suis censée être : une richarde sans intérêt qui pourrait être Laurie Clementi. Je suis même blonde comme elle, quoique dans des tons qui sont plus proches de la merde de bébé que des boutons d'or.

« Parfait, dit Atuli. Maintenant, partons avant que quelqu'un ne revienne.

— Tu ne viens pas avec moi ! je lui crie, peut-être pour la millième fois. Ils te connaissent, hé, tégé. Ils t'ont coupé les couilles, tu te souviens ? Dès qu'ils te verront, tu seras grillé. Tu ne peux pas venir.

— Je peux vous suivre jusqu'à la gare de Philadelphie.

— Non, tu risques plus de me gêner qu'autre chose. Retourne à Aldani House, Atuli, je te l'ai déjà dit.

— Vous pourriez avoir besoin d'aide en cas de coup dur. »

Je m'esclaffe. « De l'aide d'un pédé de danseur ? »

Il s'assombrit et s'éloigne de moi. Brusquement, l'espace d'un éclair, je me retrouve plaquée au sol. J'essaie toutes mes parades, mais il ne me lâche pas. Il est fort, rapide, et *entraîné*.

« Où as-tu appris ça ? lui dis-je, le souffle coupé.

— Je ne sais pas. Mais la danse est une discipline athlétique, connasse. »

Je me débats un peu plus, mais il est vraiment fort. Je finis par relever la tête et lui roule une pelle. Il me relâche comme si j'étais une pestiférée, et je me marre. « Dommage, Atuli, tu ne sais pas ce que tu perds. Toujours est-il que tu ne viens pas avec moi. »

Il me lance un regard furieux. C'est à cet instant que je comprends qu'il a besoin de garder cette colère en lui, que c'est ce qui lui permet de tenir le coup. C'est la première chose que je comprends sur lui.

« Écoute, dis-je. Ne t'inquiète pas pour moi. En plus, j'ai besoin de toi ici. Si je ne t'ai pas appelé à Aldani House dans les vingt-quatre heures, il faudra que tu reviennes ici pour tout raconter à Nick. Il peut faire intervenir des flics haut placés si nécessaire – c'est ce qu'il m'a dit. Raconte-lui tout. Mais uniquement si tu n'as pas de nouvelles de moi, compris ?

— Oui », dit-il, mais le fera-t-il ? En général, les types comme lui cherchent plutôt à éviter les emmerdes.

Avant de quitter la maison, j'écris un mot à Nick et Maggie : *Je rentre pas ce soir. Méga rencard avec mec à craquer*. Ça au moins, ils le croiront, Maggie à tout le moins. Elle me prend pour une petite salope. Dommage qu'elle ne puisse pas me voir dans sa robe bleue fadasse.

Deux pâtés de maison plus loin, Atuli m'arrête. « Bon sang, ne marchez pas comme ça. Vous êtes censée être une jeune épouse, pas une putain arpentant le trottoir.

— Je sais ce que je suis censée être et je me débrouillerai le moment venu. Maintenant lâche-moi la grappe ! »

Nous nous regardons droit dans les yeux, puis à ma surprise, il lâche : « Shana. Fais attention à toi.

— Ne t'inquiète pas pour moi. Je suis capable de me défendre. Je t'appellerai. »

Il hoche la tête et repart dans la direction opposée. Il a vraiment un cul trop mignon. Quel gâchis.

Je marche tranquillement jusqu'à la gare et prends un train pour Philadelphie.

Ce n'est pas si dur que ça de trouver quelqu'un, même dans une grande ville aussi bizarre que celle-ci. Pas lorsqu'on sait qui on cherche et que l'on a un point de départ.

Ceux qui dirigent de grosses affaires illégales ont besoin de grosses façades bien légales. On explique plus facilement les va-et-vient de camions, de marchandises et de visiteurs, et les flics soupçonnés de se faire graisser la patte peuvent toujours dire qu'ils n'avaient aucune raison d'être méfiants. À South Station j'utilise simplement un annuaire vidéo public. Il y a deux « E. Jogerst ».

Je compose le premier numéro. Un vieil homme me répond. « Puis-je parler à Emily Jogerst ?

— Y a pas d'Emily ici, y a que moi », grogne-t-il avant de raccrocher. Très bien. Essayons l'autre numéro.

« Pourrais-je parler à Emily Jogerst ?

— À quel sujet, je vous prie ? » me demande l'image holo d'une femme d'age mûr en tailleur. Elle – l'image ou la femme – se trouve dans un bureau qui pourrait être n'importe quel bureau dans n'importe quelle ville, ou simplement un autre holo.

Je prends une voix douce et craintive. « C'est... personnel. Je vous appelle sur recommandation de M. Meyerhoff.

— Un instant, s'il vous plaît. »

Un long moment s'écoule. Ils essaient de me localiser. Je

passe ma main sur mes cheveux pour m'assurer que j'ai bien toujours mon chignon de ballerine. À South Station, la foule s'active sous un haut plafond tellement crasseux qu'il n'a pas dû être nettoyé depuis au moins cinquante ans. À moins qu'on l'ait construit comme ça exprès.

« Bonjour, Emily Jogerst à l'appareil. Vous avez contacté Les Fournisseurs Médicaux Martins Inc. Est-ce bien le service que vous désiriez ? »

Meyerhoff devait utiliser un autre numéro. Pas d'impairs. Je prends un air encore plus confus et craintif. « Je... ne suis pas sûre. J'ai perdu le numéro que M. Meyerhoff m'avait donné, alors j'ai consulté l'annuaire... Je m'appelle Laurie Clementi. C'est au sujet... d'un travail. » Je retiens mon souffle. Si elle attendait un mot de passe, je suis grillée. Le mot « travail » est le seul truc auquel j'ai pensé, après y avoir longuement réfléchi dans le train. Cela peut aussi bien faire référence à un emploi, une livraison, qu'à...

« Je vois. Puis-je avoir un numéro d'identification, Mme Clementi ? »

Je lui donne le numéro de Laurie. C'est dingue, ce que les gens peuvent laissent traîner quand ils ont des invités. Des déclarations d'impôts, des papiers de famille, des photos, des pense-bêtes...

« Où puis-je vous rappeler d'ici quelques minutes ? Nous procédons bien évidemment à quelques recherches avant d'accorder un entretien d'embauche, même si la personne nous est recommandée. »

Bon sang, elle croit vraiment que Meyerhoff m'a recommandée ? Je bégaye : « En fait, je me trouve actuellement à la gare, je n'habite pas en ville...

— Pas de problème, donnez-moi le numéro. »

J'obtempère, et elle raccroche. Je passe dix minutes à m'agiter sur un banc tout en regardant les vieux clopiner. Deux vieilles peaux qui passent en caquetant et en se bidonnant comme deux gamines. Qu'est-ce qui peut bien les faire rire comme ça ? Un vieux schnock, qui se traîne avec son déambulateur. Puis un autre. Les deux ou trois jeunes mecs que j'aperçois n'essaient même pas de me draguer. Qu'est-ce que c'est chiant de ressembler à une bourge.

Le vidéophone sonne, je me précipite pour répondre. « Vos références ont été vérifiées, Mme Clementi, et il se trouve que nous avons justement besoin d'une nouvelle secrétaire en ce moment. Pouvons-nous nous rencontrer pour dîner ?

— Oui, bien sûr, je murmure, toute gentille. Merci. À quel endroit ? »

Elle me donne une adresse et une heure de rendez-vous, et après avoir tué le temps à visiter les colonies de Mars dans une cabine de réalité virtuelle, je prends un taxi. Le restaurant est petit, un de ces trucs où il n'y a que deux ou trois plats au menu, tous cuisinés par le chef lui-même. J'entre en marchant comme Laurie Clementi, que j'ai rencontrée à l'occasion d'un repas de famille chez ses parents, et que tout le monde traitait comme un objet en cristal infiniment précieux.

« Mme Clementi ? Par ici, je vous prie. »

Emily Jogerst, la cinquantaine, une forte ossature, mais belle quand même, est habillée dans le même style que moi. Que Maggie. Son regard est un laser. Je souris timidement, fais tomber ma serviette, me mords la lèvre et tâche d'avoir l'air nerveuse et gênée. Nous parlons du menu, commandons à boire. Je prends un vin que Nick nous avait servi un jour à table.

« Très bien, parlons un peu, dit Jogerst d'un ton aimable. Vous vous appelez Mme John Clementi, et vous m'avez contactée au sujet d'un... travail. »

Quand elle était à table, Laurie avait l'air tellement honnête qu'on avait envie de lui filer des claques. « Mme Jogerst, ce dont j'ai besoin, c'est... je ne peux pas avoir d'enfants. Dieu sait pourtant si nous avons essayé. »

S'il s'agit vraiment d'un entretien d'embauche, Jogerst va me prendre pour une cinglée. Mais elle continue : « Vous avez consulté trois cliniques spécialisées ces trois dernières années. »

Ah ? Je n'en sais pas si long sur Laurie Clementi. Mais je fais oui de la tête.

« Votre mari et vous-même n'êtes pas des gens fortunés », poursuit Jogerst.

Je réagis aussitôt. « Non, mais mon mari est...

— ... le fils du docteur Nicholas Clementi. Et il risque d'hériter d'une belle fortune. Mais pas dans l'immédiat, et il y a d'autres héritiers.

— Oh, mais mon beau-père est prêt à nous aider ! Il veut un petit-fils autant que John et moi-même voulons un bébé ! »

Jogerst acquiesce. « Oui, nous savons cela. » *Et comment ça, bordel ?* Elle ajoute : « Sait-il que vous êtes ici en ce moment ?

— Non. » Je baisse les yeux. « Je voulais... me renseigner d'abord.

— Comment connaissez-vous M. Meyerhoff ? » Elle me décoche un regard acéré.

Je prends ma respiration. C'est mon point faible. « Je suis désolée, je ne peux pas vous le dire. La personne qui m'a donné son nom m'a demandé de ne pas en parler. C'est une amie de longue date.

— Quelqu'un que nous avons aidé par le passé ? »

Je ne dis rien, mais c'est exactement ce que je veux qu'elle croie. Tous ces richards doivent avoir leurs propres réseaux par le bouche-à-oreille. Laurie Clementi doit forcément connaître quelqu'un qui a plus ou moins été mêlé à ce genre de marché noir, même si elle n'en est pas consciente.

« Je vois, conclut Jogerst. Bon, dans ce cas, parlons de ce qu'on vous a dit à notre sujet et de quelle manière nous pourrions vous aider. Vous savez que nous ne nous occupons pas de nouveau-nés ?

— Oui. Et je... nous... ne pourrions pas nous le permettre financièrement de toute façon. Mais je connais quelqu'un qui a... je pense que je pourrais aimer un substitut de bébé.

— Un animal domestique ?

— S'il avait quelque chose d'humain. Comme... un chimpanzé avec un visage humain. Je pourrais l'aimer. » Ça y est, j'ai abattu mes cartes.

« Et comment savez-vous que nous pourrions répondre à votre demande ?

— De la même manière que j'ai entendu parler de vous. »

Jogerst continue de m'observer. Un instant plus tard, sa décision est prise. « Je vois. Mme Clementi, il y a parfois une marge entre l'image que l'on se fait de quelque chose et la réalité. Avant de poursuivre cette conversation, j'aimerais que vous voyez un de nos petits. Si cela ne vous dérange pas de retarder votre repas de quelques minutes, je peux vous montrer un de nos adorables petits tout de suite.

— Ici ? »

Elle sourit. « Dans le parking, bien sûr. Dans mon fourgon. »

Je me montre emballée, ce qui n'est pas difficile puisque je le suis réellement. Ils existent. Ils sont bien réels. Si je peux en ramener un à Nick, qui serait ainsi en mesure de montrer à ce putain de comité du Congrès que je ne mentais pas... à moi l'US Army. L'entraînement aux armes. Peut-être même devenir gradée plus tard...

Jogerst dit quelque chose au maître d'hôtel et me fait passer par la porte de service. Son fourgon, aux vitres teintées, est garé de telle manière que l'arrière s'ouvre sur une encoignure qui nous protège des regards indiscrets. Nous nous glissons derrière le fourgon et elle déverrouille les portes. Je me demande brusquement si le chimpanzé en question aura le visage d'Atuli. Mais la coïncidence serait trop belle, une organisation aussi bien rodée que celle-ci doit avoir un large choix de bébés chimpanzés...

Un homme jaillit du fourgon et me tombe dessus.

Je n'ai même pas le temps de crier. Il me plaque une main sur la bouche avant de me bâillonner avec une bande de sparadrap. Puis il me menotte les poignets et les chevilles. Jogerst monte derrière moi et claque la porte. Le chauffeur planqué à l'avant démarre.

« Maintenant nous allons parler sérieusement, me dit Jogerst. D'une manière ou d'une autre. » J'essaie de lui balancer un coup de pied, mais les menottes sont fixées au flanc du fourgon et je ne peux pas l'atteindre. Elle s'esclaffe, puis m'examine.

« Tu es plutôt forte dans ton genre, ça je te l'accorde. Le numéro d'identification de Laurie Clementi, ses antécédents médicaux, sa vie privée. Sans Billy McCullough, je me serais peut-être laissé berner. »

Billy McCullough ? Qui est-ce ? Je m'écarte de l'homme au moment où il s'apprête à me scanner la rétine. Il recommence et m'applique son scanner avec une telle force que je suis sûre d'être bonne pour un œil poché.

Jogerst continue. « À ce que je vois, tu ne sais pas que le docteur Clementi nous a déjà contactés par le biais de McCullough au sujet d'un petit pour Laurie. Il nous a aussi décrit Laurie Clementi : "Origines mixtes. Françaises, espagnoles, un peu de sang noir. Cheveux noirs, une peau légèrement mate, des yeux noisette avec des reflets dorés"... C'est loin d'être ta description. »

Et ça me ferait mal que ce soit celle de Laurie ! Mais je ne peux pas le dire à cause de la bande adhésive. L'homme au scanner relève les yeux de son ordinateur portable, perplexe. « Euh... c'est pas un flic. »

Jogerst fronce les sourcils. « Comment ça, c'est pas un flic ?

— Elle n'est pas dans nos archives policières.

— Dans ce cas, envoie les données à Duffy et dis-lui de vérifier à l'Anthropométrie Nationale ! Voyez si elle s'y trouve !

— Okay. » Il se remet à pianoter sur son ordinateur et murmure dans un micro. Jogerst me tourne le dos. Réduite à l'impuissance par les menottes, j'essaie de réfléchir, mais j'ai trop la trouille. On m'a fait un scanner rétinien lorsque j'ai été arrêtée après avoir agressé Atuli au Centre International. Je suis fichée. Si Jogerst a accès par un moyen détourné aux dossiers de l'AN, elle va savoir qui je suis. Ils m'auraient tuée même si j'étais flic – elle ne m'aurait pas parlé de McCullough sinon – mais je ne suis pas flic. Je suis une SDF inconnue au bataillon.

Une superbe sans-abri. Avec un beau visage ferme comme celui d'un bébé.

Ce n'est pas la première fois qu'ils font cela. Ce qui explique qu'au restaurant personne ne s'inquiète lorsque Jogerst et ses invités disparaissent dans le parking et ne reviennent pas manger. C'est aussi ce qui explique qu'ils aient un si grand choix de visages humains pour leurs chimpanzés...

Combien de temps cela leur prendra-t-il ? Est-ce que je vais souffrir ? Et qu'est-ce qu'ils vont faire s'ils découvrent que je suis fertile et que je peux leur fournir des œufs ?

Tu es plutôt forte dans ton genre, ça je te l'accorde... Sans Billy McCullough, je me serais peut-être laissé berner.

Mais pas assez forte. Juste assez mignonne. C'est tout.

15.

NICK CLEMENTI

« Maggie, ai-je dit, je me sens beaucoup mieux. J'aimerais voir Shana, si ça ne te dérange pas. »

Sa main s'est crispée sur la mienne. Je distinguais mon épouse, mais dans un vague brouillard. Ma vision était irrémédiablement floue – même si cet adverbe restait très relatif dans ce contexte. Le visage de Maggie n'était qu'une tâche pâle contrastant avec le haut dossier du « fauteuil visiteurs », qui, résultat d'une malencontreuse tentative pour inviter à l'optimisme, était d'un jaune criard, même à mes propres yeux.

« Shana n'est pas rentrée hier soir, Nick. Elle a laissé un message comme quoi elle avait un rendez-vous. » Malgré la tension – nous savions tous les deux que je ne quitterais sans doute jamais cette chambre d'hôpital – la voix de Maggie ne tremblait pas. Elle avait toujours été courageuse. John, Laurie et Sallie s'étaient plus ou moins laissé gagner par l'hystérie, mais pas Maggie.

« Maggie. Il y a quelque chose que je voudrais que tu fasses pour moi, ma chérie.

— Pour Shana ?

— Aussi. Mais surtout pour moi. »

La tache floue qui était ma femme s'est penchée vers moi. « Dis-moi.

— J'ai essayé d'aider Laurie. Elle... tu sais comment elle est.

— Oui. Elle est devenue... continue, Nick. Qu'est-ce que tu as fait ?

— J'ai essayé de lui trouver un bébé au marché noir. »

Maggie a encaissé la chose en silence. « Tu aurais pu me prévenir quand tu as eu l'idée de passer à l'acte. Pourquoi tu ne m'as pas laissée t'aider ?

— Il n'y avait rien que tu puisses faire. Pas dans l'immédiat, pas à ce moment-là. Mais... il s'est passé quelque chose. »

Sa voix s'est faite plus aiguë. « Qu'est-ce qui s'est passé ? Est-ce que ça concerne cette petite peste de Shana ?

— Je le crains. Mais il n'y a pas qu'elle. Écoute-moi bien, ma chérie. Il y a un avocat du nom de Billy McCullough, avec qui j'étais à Harvard. Je l'ai appelé pour savoir s'il pouvait faire quelque chose pour Laurie. Et au lieu de me parler d'enfants, devenus introuvables quel que soit le prix qu'on soit prêt à y mettre, encore que j'en doute – au lieu de cela donc, il m'a proposé de...

— Docteur Clementi, a fait le système vocal de la chambre. Vous avez une visite. »

Maggie a dit d'un ton irrité : « Le docteur Clementi a demandé à ne pas être dérangé.

— Bien, madame. Mais le visiteur a passé outre votre consigne. Il a dit...

— J'ai dit que c'était une question de vie ou de mort, a lancé le visiteur en question depuis l'encadrement de la porte. Maggie, comment ça va ?

— Mon Dieu, s'est-elle ébahie. En voilà une surprise... mais pourquoi une question de vie ou de mort ? Nick, c'est Vanderbilt Grant. »

Elle n'avait pas besoin de me le dire. Je savais que c'était

Van, non seulement à cause de sa voix, mais de l'atmosphère qui régnait dans la chambre. Il remplissait la pièce, même si je le distinguais à peine : une présence solaire, chacun se tournant vers lui par l'effet d'un tropisme biologique instinctif.

« Bonjour, Nick, a-t-il tonné. J'ai de bonnes nouvelles. Et je tenais à t'en faire part en personne. »

Le Commissaire au CPAP est venu se placer de l'autre côté du lit, en face de Maggie. Une partie de mon esprit a remarqué qu'il ne parlait pas, ne bougeait pas comme quelqu'un venu voir un mourant. Il a pris mon autre main.

« Nick, écoute-moi bien. Nous avons reçu un nouveau rapport hier. Tu sais certainement que le CPAP, avec le personnel que j'ai en ce moment, ne peut pas être au courant de tout ce qui se fait dans le domaine pharmaceutique. C'est tout bonnement impossible. Nous confions donc une grande partie des enquêtes préalables à des laboratoires privés. Bien sûr, une fois que les compagnies pharmaceutiques ont officiellement déposé leur demande d'exploitation, nous nous remettons tout de suite sur le coup. Mais avant cela, nous gardons tout de même un œil attentif sur les enquêtes préalables. »

Van a marqué une pause. J'ai d'abord été tenté d'interpréter cela comme un effet rhétorique, mais quelque chose dans son attitude lorsqu'il s'est penché vers moi m'a fait réviser mon opinion... Mon cœur s'est mis a battre sourdement, lentement.

« Les laboratoires privés qui travaillent pour nous procèdent aussi à des tests supplémentaires pour des compagnies étrangères. Il arrive donc qu'ils soient au courant de nouveautés dans la recherche médicale avant nous. C'est ce qui vient de se passer. LeGrand-Wu, de Paris, vient de demander un test de niveau 3 pour un nouveau médicament. Il joue sur l'ADN, bien entendu ; la France n'a pas les mêmes restrictions que nous sur les manipulations génétiques. Ce médicament empêche certains fongus de se reproduire. L'un des fongus sur lesquels il agit est le mycosis.

— Mon Dieu », a dit Maggie. Sa main a serré la mienne si fort que son alliance s'est enfoncée dans mes doigts.

« Lors de tests cliniques, il s'est révélé efficace *à cent pour cent*, a continué Van triomphalement. Mais il n'y pas de temps à perdre. Je pourrais mettre en place une procédure d'Import Exceptionnel pour Raisons Humanitaires rien que pour toi, Nick, par le biais du ministère des Affaires étrangères. Mais aussi difficile à croire que cela paraisse, nous aurons plus vite fait de t'amener au remède plutôt que de le faire venir jusqu'à toi par cette voie. De plus, tu seras entre les mains de gens qui ont toute l'expérience requise pour te suivre.

— En *France* ? a demandé Maggie. Mais regarde-le, Van, il n'est pas en état de voyager...

— Mais si. J'ai pris la liberté d'organiser un transport en hélicoptère sanitaire jusqu'à Dulles. À partir de là, un avion militaire prendra le relais. L'hélico sera là dans quelques minutes. Bien entendu, Maggie, tu pars avec lui. À Paris, le...

— *Attendez* », ai-je placé.

J'ai senti leur regard se porter sur moi.

« Tu veux dire que... tu veux dire... » Puis, à ma grande consternation, j'ai senti ma gorge se nouer et des larmes couler sur la peau sensible de mes joues.

Je n'allais pas mourir.

« Oh, Nick, ne pleure pas... Si, après tout, laisse-toi aller, c'est tellement merveilleux ! » s'est écriée Maggie. Van était radieux – je le sentais, malgré ma quasi-cécité, malgré mes larmes –, radieux comme quelqu'un qui vient de sauver le monde. Ce qui, d'une certaine façon, était le cas.

Je n'allais pas mourir.

« Attendez », ai-je répété, cette fois d'une voix si pâteuse que personne, moi le premier, ne m'a compris. Attendre ?

Attendre quoi ? On me donnait une trêve, une seconde chance... J'ai entendu le grondement d'un hélicoptère de l'autre côté de la fenêtre.

« Attendez...

— On ne peut plus attendre, a explosé Van d'un ton enjoué. Il faut qu'on te sorte de là, Nick. Bon Dieu, il y a des jours où j'adore vraiment mon boulot. Bien sûr, nous savons qu'il est impossible de réparer les nerfs atteints, tu ne retrouveras pas une vision normale, mais le mal sera immédiatement enrayé, là, en pleine progression ! »

Comme un gosse qui vient de gagner une partie de softball, il sautait pratiquement sur place. Maggie pleurait en me serrant dans ses bras. Des infirmiers sont arrivés avec un brancard et m'y ont installé tout en débitant les instructions banales mille fois répétées.

« Décontractez-vous, monsieur, nous allons vous soulever, cela ne prendra qu'une seconde, on y va... » Et pendant ce temps, mon esprit engourdi était incapable d'intégrer ce qui se passait.

Je n'allais pas mourir.

Je m'y étais pourtant *préparé.*

« Faites attention en le transportant, a dit Maggie. Attention à la porte... »

En revanche, je n'étais pas prêt à continuer de vivre.

« Je garderai le contact », a lancé Van quelque part derrière moi tandis qu'on m'emportait dans le couloir. Les portes d'un ascenseur se sont refermées sur nous.

« L'hélico est sur le toit, monsieur, a dit un des infirmiers. Nous allons simplement aller sur le toit, et dehors l'espace de quelques minutes. Il y aura beaucoup de vent. Soyez prêt. »

Prépare-toi... je vais te préparer un endroit... « Maggie, ai-je dit à l'aveuglette. Maggie...

— Je suis ici, mon amour. Juste à côté de toi.

— On y va, monsieur, on va vous mettre dans l'hélico en un rien de temps... Ed, attache-le...

— Maggie... pourquoi maintenant ? Pourquoi ce sauvetage in extremis ? »

Elle s'est tournée vers moi, radieuse. « Parce que de temps en temps il faut bien que *quelqu'un* gagne, mon chéri. Parfois c'est tout l'univers qui cède.

Mais ce n'était pas ce que je voulais dire.

Une grande partie du trajet reste vague pour moi. Je pense que les infirmiers m'avaient donné un sédatif. Je ne me souviens pas d'avoir traversé l'Atlantique, ni d'avoir atterri à Paris. Je me souviens vaguement d'avoir été transporté en urgence dans une ambulance française à la sirène différente des nôtres, et j'aurais presque pu comprendre la conversation si le monde avait bien voulu ralentir un peu la cadence et me laisser le temps de réfléchir.

Un autre hôpital, une autre chambre. Maggie à mes côtés, fidèle, souriante, fatiguée, et dégageant l'odeur de quelqu'un qui avait besoin d'un bon bain. Des examens, des scanners, des patchs. Puis le sommeil.

Mais de courte durée. Je me suis réveillé brusquement dans une pénombre qui semblait être la même dans tous les hôpitaux. Ou peut-être était-ce simplement ma quasi-cécité... J'ai reconnu la silhouette de Maggie, affalée dans un fauteuil à côté de mon lit, ronflant doucement.

Je ne l'ai pas réveillée. J'ai cherché à tâtons le bouton d'appel et l'ai actionné. Au lieu d'un programme, c'est une infirmière en chair et en os qui a répondu à mon signal – ce qu'un hôpital américain n'aurait jamais pu se permettre. Elle n'était pour moi qu'une tâche floue, pâle.

« *Monsieur ?*

— *Je dois téléphoner*, ai-je dit en français.

— *Non, non pas de téléphone.*

— *Je vous dis que je dois téléphoner, tout de suite !* » J'ai baissé la voix pour ne pas mêler Maggie à tout ça, d'autant qu'elle aurait refusé de me laisser faire.

« *Non.* » Le ton était définitif. Tout en restant aimable.

« *Alors, vous... téléphonez à mon fils, John...* » Mes forces m'abandonnaient. « *S'il vous plaît ! Pour l'amour de Dieu !* »

Je ne sais pas pourquoi j'ai rajouté cela. Quelque réminiscence de littérature mélodramatique française... Je ne raisonnais pas de manière claire. Mais l'infirmière s'est approchée de moi, et m'a murmuré tout doucement à l'oreille : « *Monsieur, vous êtes chrétien ? Je téléphonerai à votre fils.* »

Elle allait le faire. J'ai réussi à articuler : « *Téléphonez au 301.555.7986... Dites à John... d'aller au 593 Skinner Street... rue Skinner... Billy McCullough... pour l'enfant... pour l'enfant de Laurie...* »

Il lui était impossible d'assimiler tout ça, de retenir tous ces chiffres. Et j'étais incapable de les lui répéter. Les médicaments m'assommaient de nouveau, c'est pour cela que je voulais appeler John au départ... Laurie ne pouvait pas aller voir Billy McCullough, c'était trop dangereux. Il fallait que ce soit John... Non, John ne le pouvait pas non plus, c'était un incapable... Je n'arrivais plus à raisonner clairement. La chambre sombrait dans le néant. « *Mademoiselle... s'il vous plaît...*

— *Restez tranquille, monsieur. Rendormez-vous.* »

John était incapable de se débrouiller... tous ces numéros... les avais-je seulement dits en français, je n'en étais même plus sûr...

« *Rendormez-vous.* »

J'ai rebasculé dans le sommeil.

16.

SHANA WALDERS

Le fourgon accélère, comme si nous étions sur une autoroute. Je tire comme une malade sur mes chaînes sans parvenir à les arracher de la paroi du fourgon. La bande adhésive sur ma bouche est tellement serrée que je ne peux pas émettre le moindre bruit. Tout je ce que je peux faire, c'est rester là comme un tas de viande.

J'ai tellement la trouille, que j'en ai les dents du fond qui claquent.

« Alors ? » dit Emily Jogerst en se tournant vers le type à l'ordinateur, qui étudie toujours son écran. « Est-elle dans les fichiers de l'Anthropométrie ?

— Duffy ne m'a pas encore répondu... Attends, c'est en train d'arriver. Ouaip, elle est bien là. Elle s'appelle Shana Walders. Casier judiciaire sous scellés, une arrestation pour quelques menus larcins, relâchée avec un avertissement... attends. Ça alors...

— Qu'est-ce qu'il y a ? demande Jogerst.

— Elle a été traduite devant un tribunal pour effraction et tentative d'agression. Elle doit passer en jugement le mois prochain.

— Et alors ?

— L'agression a eu lieu au Centre International. Sur la personne de Cameron Atuli. »

Jogerst lâche un grand soupir. « Tu es sûr ?

— C'est l'info que Duffy vient de m'envoyer.

— Je vois. »

Jogerst me regarde attentivement. Elle est en train de cogiter. Elle finit par lâcher : « Les sérums de vérité ne font pas bon ménage avec les sédatifs, Shana. Je ne vais donc pas t'assommer. Tu vas rester sagement assise là, et réfléchir sur ce que tu me diras lorsque nous serons arrivés à destination. »

Le fourgon s'arrête enfin, et je me dis que je vais peut-être avoir une chance de m'enfuir, me battre, ou je ne sais quoi lorsqu'ils m'enlèveront les menottes. Mais ce sont des professionnels. Le fourgon se gare dans un petit parking souterrain, on me pousse jusqu'à une porte blindée se trouvant au même niveau, et je n'ai pas la moindre occasion de frapper qui que ce soit. On me menotte à une chaise rivée au sol. L'endroit est poussiéreux et n'a aucune fenêtre, les murs tachés sont en agglo. Il n'y a rien d'autre dans la pièce à part deux ou trois chaises et une caméra vidéo. Jogerst attend, assise sur une des chaises, les jambes croisées. Un type entre avec un patch. J'essaie en vain de me débattre lorsqu'il vient me le plaquer sur la nuque. Dès qu'il est parti, Jogerst vient m'arracher la bande adhésive de la bouche. Ça fait un mal de chien.

« Maintenant, tu vas me parler de ta rencontre avec Cameron Atuli, Nicholas Clementi, Billy McCullough et Laurie Clementi. Raconte-moi tout dans l'ordre chronologique, et sans rien oublier.

— Allez vous faire foutre ! »

Elle soupire. « Ce patch est un sérum de vérité. Tu n'as pas le choix Shana. »

En effet. Je sens quelque chose s'emparer de mon esprit, et j'entends une voix lointaine me répéter les ordres qui m'ont été donnés. Puis je m'entends répondre, même si à l'intérieur de moi, la vraie Shana Walders est en train de hurler. Je ne peux pas m'en empêcher. Je lui raconte tout.

Ensuite, j'ai dû m'endormir – c'est un des effets secondaires des sérums de vérité. Un sommeil agité, puisque je suis toujours menottée à la chaise. Je m'endors, me réveille, m'entends hurler. Il se peut que ce soit le milieu de la nuit ou le lendemain matin. Je m'assoupis de nouveau. Et je rêve.

C'est un de ces rêves étranges où on ne voit personne mais où on sait qu'ils sont là, cachés quelque part. Je suis dans un grande pièce blanche avec des centaines de piédestaux, comme celui qu'a Maggie entre ses portes-fenêtres pour y poser ses vases de fleurs fraîches. Sauf que celui de Maggie est en marbre vert, et que ceux-ci sont tous blancs. Sur chacun d'entre eux se trouve une queue dans un vagin. Sans personne au bout – une simple queue suspendue en l'air qui ramone une chatte sur son piédestal. En pleine érection pour les unes et en pleine action pour les autres, des queues et des chattes sur des rangées entières, qui vont et viennent tout seuls, stupidement, en crachant leur foutre encore et encore...

Je hurle et mon propre cri me réveille. Je ne peux plus me rendormir après ça. Je reste simplement assise, en essayant de respirer normalement.

Bien plus tard, les lumières s'allument, et de l'air frais s'engouffre dans la pièce. Jogerst entre, accompagnée de deux colosses ; l'un d'eux est le type du fourgon. « Bon. Emmenez-la à...

— Emily, lance une autre voix. On vient de me mettre au courant. »

Il est petit et moche, mais instantanément, ils se retournent tous les trois vers celui qui se tient sur le pas de la porte.

« C'est sérieux ?

— Pas autant que je le craignais, Docteur, dit Jogerst. L'enregistrement est à votre disposition. Mais cette fille n'a aucune importance, ce n'est qu'une gosse qui avait un compte personnel à régler. Elle a vu le produit lors de l'évacuation du labo de Lanham. Mais personne ne l'a crue alors, et personne ne sait qu'elle m'a contactée à part Cameron Atuli, qui n'a aucun moyen de retrouver sa trace. Il ira voir Clementi, bien sûr, et peut-être la police ensuite.

— Aucun problème. Je doute qu'on croie à son histoire. Elle a de fâcheux antécédents. Quant à Atuli, on lui a effacé la mémoire, non ?

— En effet, dit Jogerst. Vous pensez qu'il faut appeler Leonard ?

— Non. Moins on le bombardera de détails, mieux il se portera.

— Et si on appelait...

— Je m'en suis déjà occupé. Il ne me semble pas y avoir de problème sérieux, Emily. Rien qui nous oblige à changer de local. Mais vous avez raison, j'ai effectivement envie d'entendre cet enregistrement avant de prendre une décision définitive. »

Jogerst acquiesce, puis ils quittent la pièce en me laissant attachée là.

Leonard. J'ai déjà entendu ce nom. Mais est-ce que c'est Leonard Machin, ou Machin Leonard ?

Il se passe environ une heure avant que quelqu'un revienne, et cette fois c'est le type du fourgon. Il a un regard de braise, et des mains à l'avenant. Il sourit de toutes ses dents en me détachant.

« Où est-ce que vous m'emmenez ?

— Vaudrait mieux que tu l'ignores. » Mais il est du genre à avoir envie que je sache. Tout. C'est le genre de truc qui doit l'exciter.

Il m'immobilise d'une clé dans le dos comme si de rien n'était. En forçant un peu plus, il me casserait le bras. Il me fait sortir de la pièce étouffante et poussiéreuse que je ne voudrais pourtant quitter pour rien au monde, et m'entraîne dans un couloir. Il s'arrête devant une autre porte.

« Tu veux voir quelque chose de pas ordinaire, jolie petite salope ? *Sûr* que ça te ferait plaisir. »

J'ai envie de lui cracher au visage, mais j'ai trop peur qu'il me casse le bras. Je ne dis rien. Il compose un code sur la serrure électronique, me pousse à l'intérieur, et me relâche le bras.

Je trébuche et manque de m'évanouir.

Je suis face à une paroi en verre ou en plexiglas tellement transparente que j'ai conscience de sa présence uniquement parce que mes mains s'écrasent dessus dans le geste que je fais pour me rattraper. Derrière la baie vitrée se trouve un labo, avec trois types en blouses et masques de toubibs. Sur les paillasses du labo, reliés à des ordinateurs, je reconnais des morceaux d'êtres humains.

Des têtes d'enfants, certains entières, d'autres réduites à des lambeaux de peau posés sur une structure maillée. Un morceau de crâne d'enfant, un morceau de nez, la moitié gauche d'une bouche.

De minuscules mains de gosses, comme si on leur avait coupé des doigts.

Des lambeaux d'épiderme, à vif, sanguinolents.

« Appétissant, hein ? », dit le type du fourgon. Il me maintient la tête en avant pour s'assurer que je vois bien la moitié de crâne d'enfant avec son œil unique, tout près de la vitre. Mais ce n'est pas ça qui manque de me faire tomber dans les pommes.

Sur le côté, derrière une autre paroi vitrée, se trouve un second labo. Bien visible. À l'intérieur, c'est mon rêve matérialisé.

Enfin, pas tout à fait. Pas de queues en action. Mais sur une rangée de paillasses, dans des caissons transparents, des vagins flottent dans une espèce de liquide. Plus que de simple vagins, à vrai dire – des bassins entiers de femmes, de la taille jusqu'au haut des cuisses. Les zones où les jambes et le torse ont été coupés sont recouvertes d'une sorte de matériau blanc extensible. Tous les sexes sont entièrement rasés. Et les ventres sont enflés – certains beaucoup, d'autres moins. Tous ces bassins flottants portent des mômes.

Le type blond se rend compte de ce que je regarde. Il me souffle dans l'oreille : « T'es fertile, petite salope ? Parce que le docteur ne sait pas fabriquer d'utérus artificiels. À moins qu'il sache, mais que ça coûte moins cher comme ça. On utilise les ovaires, les trompes, l'utérus, le canal utérin. Au diable les bébés éprouvettes. On laisse l'embryon se développer là où il est censé le faire... Après ça, on a de nombreuses demandes, bien sûr. Avec toutes ces femmes qui ne peuvent pas avoir d'enfants. Brusquement... miracle ! Elle porte un fœtus ! Et personne ne se doute d'où il vient, parfois même le mari l'ignore... Bien entendu, elles veulent toutes de superbes bébés, ce qui signifie qu'il faut au départ de jolis petits vagins pleins de jolis petits ovules... »

Je me mets à hurler. Emily Jogerst se matérialise instantanément à côté de moi. « Ben, espèce de brute épaisse... emmène-la dans l'autre labo ! Nous n'avons pas de temps à perdre avec tes lubies de détraqué !

— Excuse-moi, Em. » Il me refait une clé au bras et m'entraîne. Je continue à hurler. Impossible de m'arrêter.

Ça ne change rien à l'affaire. Ils m'attachent les poignets et les chevilles à un lit. Je n'arrive même pas à bouger la tête. Oh, Seigneur Jésus, non... ne me coupez pas...

Mais ils se contentent de me faire glisser dans un énorme caisson. C'est le noir total. Un appareillage vient me saisir délicatement la tête. Impossible de la bouger. Même mes lèvres sont maintenues en place par un truc qui me picote légèrement. Mais je n'éprouve aucune douleur.

Je ne suis pas claustrophobe.

Et Atuli, il l'était ? Ceci est un caisson à BOSO. Ils sont

en train de scanner les cellules de ma peau, couche par couche. Je me souviens de ce que Nick m'a dit. Ça prend des heures.

Et après ça ?

Ensuite, on prélèvera des échantillons de tissu. Puis des échantillons de sang, de peau, de cheveux, de lèvres... Est-ce que ce sera douloureux ?

Et après ? *Bien entendu, elles veulent toutes de superbes bébés, ce qui signifie qu'il faut au départ ...*

Impossible de m'en empêcher. À l'intérieur du caisson, alors qu'il m'est impossible de remuer les lèvres, je me remets à hurler, et le bruit qui sort ressemble à un gargouillis étouffé, comme si j'étais déjà en train de mourir.

17.

CAMERON ATULI

Je joue en matinée, et Shana ne m'a toujours pas appelé.

Nous dansons dans notre propre théâtre à Aldani House, une représentation au profit de quelque œuvre de charité pour les vieux. C'est une matinée parce que les riches mécènes, tous assez âgés eux-mêmes, doivent sans doute être couchés à huit heures du soir. Je me tiens dans les coulisses, tandis qu'ils clopinent vers leurs fauteuils pour y déposer qui de la dentelle, qui une cravate noire à deux heures de l'après-midi, qui une tenue de soie à la coupe astucieusement calculée pour cacher une bosse de douairière. Ce genre de public exige un programme tape-à-l'œil, centré sur le spectaculaire : nous allons danser des extraits de *Western Symphony*, *L'Oiseau de feu*, et *Salvador*. Sarah passe devant moi, vêtue d'un fantastique holo de plumes rouges et orange ; puis Tasha, en tenue de fille de saloon, jusqu'aux mitaines en dentelle noire ; Alonso, dans des collants camouflage tachés de sang. Le petit orchestre s'accorde dans un concert de dissonances familières. Sur la scène, derrière le rideau opaque, la résine s'élève en petits nuages lumineux tandis que les danseurs s'échauffent. Je devrais être avec eux, mais la concentration n'y est pas. Je ne peux m'empêcher de penser à Shana, qui n'a toujours pas appelé.

Dans vingt-quatre heures contacte Nick Clementi, m'a-t-elle dit. Cela fait dix-neuf heures. Et demie. Mais il n'a sans doute pas fallu tout ce temps à Shana pour parler à Emily Jogerst. Et aussitôt après leur conversation, elle aurait dû m'appeler pour me dire que tout allait bien, non ?

Peut-être que non. Peut-être que cette idiote a oublié que je risquais de m'inquiéter pour sa... non, j'aime mieux ne pas y penser.

« Cam ? » C'est Rob, en jean et chapeau de cow-boy pour *Western Symphony*. « Tu t'es échauffé ?

— Oui. Non. Rob... » Je ne lui ai pas parlé du voyage de Shana Walders à Philadelphie. Pour le protéger, je suppose. Mais de quoi ? Aucun de nous n'est obligé de prendre le risque d'aller à Philadelphie. Ni n'a envie de le prendre. Dès le départ l'idée ne me plaisait pas, mais rien ne pouvait arrêter Shana Walders.

« Qu'est-ce qu'il y a, Cam ?

— Rien. Vas-y sans moi ; c'est ton appel. »

Les danseurs de *Western Symphony* prennent leurs places, et le rideau se lève.

On attaque la deuxième partie du programme, et au moment où je dois retirer mon bracelet pour danser le prince Ivan dans *L'Oiseau de feu*, Shana n'a toujours pas appelé. Pas de message non plus lorsque je quitte la scène, essoufflé et en nage, après mon pas de deux. Sarah me suit. « Qu'est-ce qu'il t'arrive, Cam ? Tu n'étais pas dans le coup ce soir. J'ai bien cru que tu allais me lâcher sur le dernier porté !

— Je suis désolé. Je... je ne me sens pas bien. Écoute, pourrais-tu dire à Monsieur C. que je ne suis pas en état de venir pour le rappel ? Dis-lui que j'ai dû aller m'allonger. »

Elle me dévisage. Je sais que je n'ai pas l'air malade. Et les rappels constituent un moment important dans les spectacles de charité... les spectateurs en veulent pour leur argent. Ils veulent se lever, crier *Bravo !* et voir les bouquets de roses offerts à Sarah et Caroline : la totale. Je n'ose pas manquer le rappel, en costume et encore maquillé. Je n'ose tout simplement pas.

Il est donc six heures du soir lorsque j'arrive chez le docteur Clementi à Bethesda. Je sonne plusieurs fois à la porte, mais personne ne répond, même pas le programme domotique. Je décide donc d'utiliser le double que Shana m'a donné pour entrer. Je passe en revue la bibliothèque, le salon, la chambre à coucher principale, la chambre de Shana. Mais il n'y a aucun message, ni écrit, ni enregistré, rien qui puisse indiquer à Shana où le docteur Clementi et sa femme sont allés, ni quand ils reviendront.

Ne sachant que faire, je ne fais rien. Je m'assieds dans la bibliothèque et j'attends. Quelqu'un finira bien par arriver tôt ou tard.

Et que se passe-t-il pour Shana entre-temps ?

Finalement, en désespoir de cause, j'appuie sur le bouton du vidéophone correspondant à « Laurie Clementi ». Celle pour qui Shana est censée se faire passer. Bien que j'ignore encore comment je vais expliquer à Laurie *qui* je suis, et *pourquoi* je me trouve chez son beau-père...

« Veuillez laisser un message, dit la voix du système. Merci. » Je raccroche.

Je ne sais pas qui appeler d'autre. À part les gens d'Aldani House, et le docteur Newell, je ne me souviens de personne d'autre.

Le téléphone sonne. Le système domotique répond, et j'entends la voix du docteur Clementi, Dieu merci. « *Téléphonez au 301.555.7986... Dites à John... d'aller au 593 Skinner Street... rue Skinner... Billy McCullough... pour l'enfant... pour l'enfant de Laurie...* »

Pourquoi le docteur Clementi parle-t-il en français ? Et à qui ? Certainement pas à John, puisqu'il demande à quelqu'un d'autre de contacter John. « Répétez », dis-je, bien que j'aie compris ce qu'il a dit la première fois. Le français fait partie des langues que je connais sans savoir comment.

Le système répète le message, qui ne me paraît pas plus clair que la première fois.

Qui est Billy McCullough ? Sait-il où se trouve Shana en ce moment même ? Il n'y a personne chez John Clementi, je viens d'appeler chez lui. Je vérifie l'heure : 7.02.

Ce que je dois faire, c'est envoyer la police à l'adresse de Skinner Street, parce que si ce « Billy McCullough » a quelque chose à voir avec le bébé de Laurie Clementi, il pourrait bien avoir aussi quelque chose à voir avec Emily Jogerst. Mais je ne connais personne dans la police ; je ne connais personne nulle part. Et Shana m'a dit que la femme qui m'avait parlé au gala de New York, la dame âgée, était en réalité un agent du FBI – et aussi que la police m'avait sauvé de mes kidnappeurs, mais avait ensuite étouffé l'affaire sans qu'il y ait la moindre poursuite. Laissant les criminels s'en tirer. En qui puis-je avoir confiance dans la police ? N'importe qui ?

Je ne sais rien, rien du tout. Tout a été effacé. Et c'est moi qui ai choisi cette ignorance, au lieu de vivre avec le souvenir de ce qu'on m'avait fait. Mais je n'ai pas réussi à échapper à ce passé oublié. Il est là, m'enserrant comme un étau.

L'opération a eu pour seul effet d'effacer de ma mémoire ce qui aurait pu m'être utile maintenant. Je me suis mutilé. Moi-même. Mais ai-je bien décidé de cette opération ? Je n'en sais rien. Je ne m'en souviens plus.

Dans un accès de rage, j'active le système vidéo et laisse un message chez Laurie Clementi, après avoir fait suivre celui de son beau-père : « Docteur Clementi, c'est Cameron Atuli. Je viens de trouver votre message, celui en français, à l'attention de John. Il n'est pas chez lui pour le moment, ni chez vous, puisque je m'y trouve. Shana a disparu. Je vais donc aller trouver Billy McCullough moi-même et lui raconter que vous avez dit... » Quoi ? Je ne sais pas ce qui a été arrangé concernant le bébé de Laurie Clementi – même si je me doute que ce doit être secret. Mais c'est la seule chose qu'il me reste à faire pour éviter que ces types ne fassent du mal à Shana. « ... je vais raconter à Billy McCullough que vous avez dit que Shana Walders était suivie par la police et qu'ils ne devaient en aucun cas négocier avec elle. Sinon tout pourrait s'écrouler. » Quoi que ce puisse être.

Ensuite, je me retrouve à faire les cent pas dans la bibliothèque de Clementi, essayant de ne pas céder à la panique. Il faut me résoudre à cette démarche. Il faut que j'aille à Skinner Street parler à quelqu'un qui pourrait être lié à mon enlèvement et à ma... Il n'y a pas d'autre solution. Sinon Shana risque de mourir. Je ne peux pas me contenter de chasser la situation de mon esprit.

J'essaie d'anticiper, de forger un plan : prendre de l'argent à un distributeur, héler un taxi au carrefour voisin, et trouver un mensonge plausible à raconter à Billy McCullough. Une arme ? Je fouille la maison tout en surveillant l'heure. Dans la chambre de Shana je trouve un pistolet paralysant de l'armée, qu'elle n'est sans doute pas supposée posséder. Je ne sais comment fonctionne ce machin, mais après quelques essais, je pense pouvoir me débrouiller.

Puis je quitte discrètement la maison, en fermant la porte d'entrée comme si elle risquait de se casser, en tournant la clé tout doucement parce que mes mains tremblent et que je risque de lâcher la clé volée et de la perdre.

Skinner Street n'est qu'une ruelle qui se faufile entre les rues numérotées à une douzaine de pâtés de maison du centre commercial de Washington D.C. C'est un décor très différent de celui de Bethesda. Des détritus par terre, des murs en briques qui se désagrègent et des palissades moisies de chaque côté. Un tiers des devantures et des portes de magasins est condamné par des planches ; les autres sont équipés de grilles en fer. Dans le crépuscule estival, des gens traînent dehors, se jetant des regards menaçants : un Noir à la mine patibulaire qui fouille une poubelle, une prostituée en jupe rouge et perruque holo blonde platine, trois vieux assis sur des chaises de jardin métalliques toutes tordues au beau milieu du trottoir. Pas d'enfants. Des odeurs de cuisine et de toilettes qui fuient.

Un rat traverse le perron du 593. Je fais un bond en arrière. Il s'arrête et me considère d'un air insolent, n'éprouvant aucune crainte, avant de se remettre en route pour disparaître dans une fissure de la façade. J'attends une minute avant de prendre sa place sur le perron et de frapper à la porte. Elle rend un son faible, légèrement métallique.

« Je viens voir Billy McCullough », dis-je à la femme qui entrebâille la porte juste autant que la chaîne de sécurité le permet. Elle a des cheveux gris clairsemés et une peau de la même couleur que la mienne, mais creusée d'un véritable enchevêtrement de rides. Derrière elle, j'aperçois un salon minuscule avec un sofa affaissé, un tapis vert visiblement neuf, et de lourds rideaux verts – soigneusement tirés. « C'est le Docteur Clementi qui m'envoie. »

Elle retire la chaîne sans un sourire. « Entrez.

— J'attendrai ici, dis-je, à moitié dehors. Vous pouvez lui demander de venir, s'il vous plaît ? »

Elle hausse les épaules et part en traînant les pieds vers une autre pièce, ou un couloir. Des voix s'élèvent, mais je n'arrive pas à distinguer ce qui se dit. Puis un vieux Blanc en costume de marque entre dans la pièce, me voit et se fige sur place.

« Nom de Dieu. » On dirait qu'il vient de voir un fantôme. « Mais qui êtes-vous, bordel ?

— C'est le docteur Clementi qui m'envoie, dis-je d'une voix qui réussit à ne pas trembler. C'est à propos du bébé pour sa belle-fille, Laurie. Il n'a pas pu venir lui-même, il est trop malade, mais il m'a demandé de vous transmettre un message très important. Il m'a dit...

— Halleck ! » lance McCullough, et un type vient aussitôt le rejoindre. Il me jette un coup d'œil et s'exclame : « Le visage des chimpanzés ! » Avant de dégainer une arme.

Je plonge la main dans ma veste pour sortir le pistolet de Shana, mais je ne suis pas assez rapide. Le paralyseur du type me touche aux jambes et elles me lâchent aussitôt, je ne les sens plus et me retrouve allongé dehors sur le perron. Mes jambes, j'ai besoin de mes jambes, je ne peux plus danser sans elles...

« Ça suffit, Halleck ! Je dois l'interroger, bordel ! Tire-le à l'intérieur ! »

Mes jambes sont toujours là, je les vois. Mais je ne peux pas les bouger. On m'arrache le pistolet de Shana des mains, et quelqu'un me prend sous les aisselles pour me traîner à l'intérieur de la maison. Je tortille le haut de mon corps pour résister, mais sans le bas je n'ai aucun point d'appui. J'attrape alors l'encadrement de la porte et m'y agrippe comme un forcené.

« Fais-lui lâcher prise ! Emmène-le *ici* ! »

Il n'y arrive pas ; je m'accroche avec toute la force que j'ai pu acquérir en soulevant des danseuses.

Halleck jure, me lâche les aisselles, et me frappe au ventre de ses deux poings joints.

La douleur est insoutenable. Je n'arrive plus à respirer, je ne retrouve plus mon souffle... Il me traîne à l'intérieur, et j'ai l'impression d'être au bord de la suffocation... Je n'arrive même pas à crier, je ne peux rien faire – quelque chose de lourd me tombe dessus et je suis tellement occupé à essayer d'emplir mes poumons d'air qu'il se passe un long moment de souffrance avant que je me rende compte qu'il s'agit de Halleck.

Le perron est noir de monde, on me débarrasse de Halleck tandis que d'autres personnes entrent en trombe dans la pièce en hurlant. Il se passe un autre long moment avant qu'un filet d'air arrive péniblement dans mes poumons et que je puisse distinguer ce qui se dit. La vieille croasse des obscénités ; des gens crient dans la rue ; le clodo patibulaire des poubelles se penche sur moi.

« Police, Atuli. Tout va bien ?

— P... p... p... » Je n'arrive toujours pas à respirer correctement pour pouvoir parler.

« Ouais, la police. On vous avait à l'œil. »

Je dois avoir l'air complètement ahuri parce qu'il se force à sourire en continuant : « Vous n'avez pas songé un instant que le téléphone du docteur Clementi pouvait être sous écoute, hein ? Il faut vraiment être naïf pour faire ce que vous avez fait. »

Shana s'en serait doutée, elle. Elle aurait appelé John d'une cabine. Shana...

« Shana... Walders ! » je hoquette. J'ai l'impression que mes poumons ont été passés au broyeur ; chaque mot prononcé me fait mal. « Ils l'ont... enlevée ! Ils vont la...

— Ils ne feront rien du tout, dit le flic d'un air sombre. Pas si McCullough vide son sac assez vite. »

McCullough... ils ont dû l'emmener quelque part dehors, ou au fond de la maison. Je ne suis pas en état de me renseigner, ni même de parler. Le flic essaie de m'aider à me relever, mais je n'ai toujours pas retrouvé l'usage de mes jambes. C'est l'arme paralysante. Il finit par me soulever dans ses énormes bras et me dépose sur le sofa affaissé.

« Ça va passer d'ici une quinzaine de minutes. En attendant, restez ici. » Il disparaît au fond de la maison. La prostituée en jupe rouge – un autre flic ? – le suit, et une troisième personne ressort par la porte de devant en la refermant derrière elle.

Je me retrouve brusquement seul.

Pas si McCullough vide son sac assez vite... Je m'enfonce dans le divan en évitant de réfléchir, d'imaginer ce qui risque de se passer si McCullough ne leur donne pas l'adresse de l'organisation d'Emily Jogerst à Philadelphie, ou s'il l'ignore... Dieu du ciel, cela ne cessera donc jamais ?

J'entends un bruit dans la pièce, suivi d'un halètement et d'une série de pas précipités. J'ouvre les yeux. À côté du divan, me fixant de son regard insistant, se tient un gosse qui pourrait être moi-même.

Mon visage, mes yeux, ma peau. Mais les cheveux du petit garçon sont noirs et drus, coupés d'une façon qui lui donne un air vaguement asiatique. Il porte une salopette rouge et un tee-shirt avec des lapins bleus. Nous nous observons l'un l'autre, et mon cœur s'arrête de battre. Puis le gosse retrousse les lèvres, découvrant de solides dents carrées, des dents de singe, se met à piailler bruyamment, et traverse la pièce pour grimper aux rideaux verts avec ses petites mains humaines et ses petits pieds velus préhensiles.

« Viens ici, nom de Dieu ! » dit la flic-prostituée en jupe rouge. Elle lève les bras pour attraper le chimpanzé qui lui baragouine je ne sais quoi derrière mon visage avant de sauter dans ses bras. Il lui passe les siens autour du cou et enfouit sa tête dans sa poitrine. Elle le serre contre elle et se hâte de quitter la pièce.

Je n'ai pas la force de courir après eux. Je ne peux pas bouger. Je ne peux que contempler le couloir par lequel mon sosie chimpanzé a disparu là où je ne peux l'atteindre.

18.

SHANA WALDERS

Quand on me fait sortir du caisson à BOSO, j'ai un plan. J'ai eu des heures pour bien y réfléchir, des heures passées attachée dans le noir complet.

Ce que je sais, c'est que je n'ai aucune envie de me faire découper en rondelles et de me retrouver en simple utérus à pondre des mômes.

Je ne veux pas non plus que des chimpanzés se baladent dans la nature avec ma tronche. Je suis qui je suis, et je suis un être humain, même s'il a fallu que je ne sois qu'une conne prétentieuse pour aller me fourrer dans un tel pétrin. Mais ça ne sert à rien de pleurer sur le passé ; ce qui compte, c'est ce que je vais faire lorsqu'on me retirera du caisson. J'échafaude donc mon plan. Ma tête est complètement immobile, mes chevilles et mes poignets sont attachés et incapables d'effectuer le moindre mouvement. Je dois utiliser la seule chose que je contrôle encore.

« Très bien, Shana, passons à la phase deux. » Emily Jogerst est là lorsqu'on fait glisser mon lit hors du caisson. Elle se trouve tout près de moi, à côté du vilain petit docteur en blouse blanche. Il y a aussi un autre type, un Noir, et une jeune fille. Ce sont eux qui sortent mon brancard. Ils sont en jeans. Je les vois tous parfaitement, mais ils ne s'en doutent pas car j'ai les yeux grands ouverts et le visage rigide. Puis l'odeur leur arrive aux narines.

« Bon Dieu, elle s'est chié dessus, dit la fille. Le choc catatonique, sans doute.

— Alors lavez-la, dit Jogerst. Et endormez-la pour les échantillons de tissus. Appelez-moi quand ce sera fini. » Elle quitte la pièce. Une minute plus tard, le vilain petit docteur la suit en fronçant le nez.

« C'est bien notre veine, murmure la fille. Putain, qu'est-ce qu'elle pue. Détache-la, Larry. »

L'interpellé me libère les poignets. La fille se dirige vers un lavabo et j'entends l'eau couler. Larry se place au bout du brancard pour me détacher les chevilles.

Je me relève d'un bond en plongeant les deux mains sous la robe bleue de Maggie. À force de me tortiller pendant des heures sur le brancard, mon slip est au niveau des genoux ; j'ai donc le champ libre. J'attrape une pleine poignée de merde et la balance en plein dans la gueule de Larry.

Il recule en hurlant. Mauvais choix. De la merde lui arrive dans la bouche, et une seconde plus tard, le voilà pris de haut-le-cœur. Je suis moi-même au bord de la gerbe, mais je saute quand même du lit pour me jeter sur la fille qui tient sa cuvette d'eau en ouvrant des yeux ébahis. J'attrape la cuvette métallique et lui en donne un bon coup sur le crâne. Ça la fait tenir tranquille le temps que je trouve autre chose, en l'occurrence un appareil en métal relativement lourd dont Dieu seul sait à quoi il peut bien servir. Je la frappe du coin de l'instrument, et elle part au tapis. Je me tourne vers Larry.

Il grogne comme un rhinocéros en train de charger et me fonce dessus. Je laisse tomber l'objet métallique et l'accueille bras tendus, mains ouvertes – et elles sont bien tartinées. C'est plus fort que lui. Avec le goût de merde qu'il a dans la bouche et le reste étalé sur le visage, il hésite une fraction de seconde. C'est suffisant. Sa charge est freinée, je plonge et le plaque au sol en m'arrangeant pour lui tomber dessus. Je lance une main en direction de ses yeux, et tandis qu'il les ferme en tournant la tête, j'ai le temps de prendre de l'autre main l'objet métallique que j'avais laissé tomber. Je le frappe sur la nuque, puis sur la tête, et je continue jusqu'à ce qu'il cesse de bouger.

Je me relève enfin, à bout de souffle, puant comme un égout qui refoule. Il y a un couteau sur une table. Méchamment aiguisé. J'essaie de ne pas penser à ce à quoi il était destiné et le prends avant de me diriger vers la porte.

Elle n'est pas fermée à clé. De l'autre côté se trouve le couloir que Jogerst m'a fait emprunter des heures plus tôt, celui qui mène au labo où se trouvent les...

Je m'avance dans le couloir, le dos plaqué au mur, en direction de la pièce poussiéreuse sans fenêtre où se trouve l'entrée.

Je n'ai pas le temps de l'atteindre. Une explosion m'expédie à terre. Des gens hurlent autour de moi. Le couloir grouille de flics en tenues d'assaut et armes électroniques.

Atuli. Il a pu trouver Nick, qui est allé chercher les flics. Chapeau, Atuli.

« Plus un geste ! » me hurle un flic. Je plaque ma joue contre le sol dur en remerciant ma bonne étoile : ce petit pédé a prouvé qu'il avait des couilles, finalement.

19.

NICK CLEMENTI

C'est comme un lion qui vient frapper à la porte ;
Et lorsque la porte se met à craquer,
C'est comme un bâton qui s'abat sur le dos ;
Et lorsque le dos se met à brûler,
C'est comme un poignard qui transperce le cœur ;
Et lorsque le cœur se met à saigner,
Vous êtes mort, mort, et bien mort.

Sauf que je n'étais pas mort.

« C'est tellement merveilleux », disait Maggie, ainsi que les infirmières et, avec fierté, les docteurs français qui s'occupaient de mes examens. « C'est tellement merveilleux. » Et c'était vrai. J'avais bien réagi au traitement expérimental des Français. Le mycosis fongoïde présent dans mes sinus était en train de disparaître bien sagement. Les filaments qui s'étaient développés dans mon cerveau et mes nerfs optiques avaient cessé de se reproduire et s'étaient nécrosés en attendant d'être absorbés par les phagocytes. Les lésions au niveau des tissus nerveux ne pouvaient évidemment pas être réparées. Mon sens de l'équilibre était légèrement atteint ; j'allais être obligé de marcher avec une canne pour le restant de mes jours. J'y voyais moins bien des deux yeux. Il y avait eu quelques lésions au niveau de mes nerfs olfactifs, et il fallait que les odeurs soient très fortes pour que je puisse les sentir. Mais je n'allais pas mourir.

C'était formidable. Tout le monde le disait.

Alors pourquoi éprouvais-je ce profond sentiment de tristesse, de futilité ? Jour après jour, je demeurais dans ma belle chambre d'hôpital, je parlais avec Maggie, je travaillais avec les ordinateurs de rééducation, je reprenais des forces. Et pendant tout ce temps, ce sentiment de tristesse et de futilité se faisait de plus en plus envahissant, comme naguère le mycosis fongoïde dans mon cerveau.

Le stress, disaient les docteurs, avec cet entêtement typique de notre siècle à vouloir tout attribuer aux neurotransmetteurs. *La déprime.* En d'autres termes, j'étais déprimé parce qu'atteint de dépression, stressé parce qu'en proie au stress. Personne ne semblait se rendre compte de cette tautologie.

Je voulais plus.

Mais quoi, bon sang ? Que pouvait bien vouloir de plus un homme à qui on venait de rendre la vie ? Il n'y avait pas de plus beau cadeau.

Sallie appelait tous les jours d'Atlanta, et Laurie de Washington ; Alana m'a même appelé une fois de Mars. De vieux amis m'envoyaient leurs vœux de prompt rétablissement. John lui-même m'a appelé, en essayant, mais sans grand succès, de cacher sa rancune derrière l'intérêt qu'il portait à ma santé. « J'ai eu ton message me disant d'aller voir "Billy McCullough" au sujet d'un...

— Au sujet de quelque chose de confidentiel, l'ai-je interrompu.

— Ouais. Pourquoi ne m'as-tu pas averti de cette... démarche ?

— Je faisais ça pour Laurie. » J'ai renversé ma tête sur l'oreiller et fermé les yeux, mais l'image de John sur l'écran vidéo continuait de parler.

« Tu aurais *quand même* pu m'en parler.

— Excuse-moi. Tu es allé voir Billy McCullough ?

— Non. Je n'ai pas eu le message à temps. Pourquoi as-tu appelé chez toi et pas chez moi ? Cela aurait été plus logique.

— J'étais sous tranquillisants.

— Ah. C'est pour ça que tu parlais français ?

— En fait, je parlais à l'infirmière... » Mais c'était trop long à expliquer. Si John avait entendu ma propre voix parlant français sur le répondeur, c'était sans doute parce que l'infirmière avait un magnétophone sur elle et qu'elle avait transmis le message tel qu'elle l'avait enregistré. C'était une procédure courante dans les phases terminales que d'examiner l'évolution de la parole plus tard et de déterminer ainsi l'état du cerveau. C'était ce qui expliquait qu'elle ait pu retenir le numéro de téléphone et l'adresse aussi facilement.

« Qu'est-ce que je dois faire à présent à propos de ce McCullough ? a dit John. Papa, tu m'écoutes au moins ?

— Non. Je suis fatigué. À bientôt, fils. » McCullough avait dû m'attendre au restaurant puis était sans doute reparti. J'allais devoir le contacter de nouveau et reprendre tout à zéro une fois rentré, si c'était vraiment ce que je voulais. Il le fallait, c'était évident ; chaque fois que Laurie appelait, je lisais sur son visage toute la tension et toute la tristesse qui la minaient, cette dévorante envie de materner qu'elle essayait de cacher. Elle avait encore perdu du poids ; ses pommettes et ses clavicules saillaient sous sa peau. J'aurais dû envoyer un message à Billy McCullough pour lui dire que j'étais toujours intéressé. Mais quelque part, je n'arrivais pas à trouver l'énergie nécessaire.

« Allons nous asseoir dehors sur le banc, disait Maggie, qui me couvait d'un regard inquiet. Il y a de magnifiques choses rouges, genre fleurs, en pleine éclosion. » Maggie avait la main verte, sans être pour autant une botaniste généticienne.

« Vas-y sans moi, ma chérie. Je crois que j'ai besoin de me reposer. » Et je m'allongeais sur mon lit, faisant semblant de dormir pour ne pas parler, me maudissant de ne pas savoir apprécier ce qui m'avait été rendu.

Mais qu'est-ce qui m'avait été rendu *au fait* ?

J'étais vieux. Rien n'avait changé de ce côté-là. Les vieux doivent s'attendre à mourir, et je m'étais mis en paix avec la mort. Et voilà qu'il n'était plus question de mort, pas pour le moment. J'avais livré une bataille intérieure et trouvé la paix, et il s'avérait maintenant que j'avais triomphé d'un ennemi qui n'était même pas présent sur le champ de bataille.

Un jour ou l'autre, il me faudrait recommencer.

Je n'étais pas déprimé. J'étais *en colère*. J'avais accepté la mort, mais *elle* ne m'avait pas accepté, et je n'étais pas sûr d'avoir de nouveau le courage d'affronter l'ennemi avec la même dignité. Tout était à recommencer...

Et tout le monde était là à dire : « N'est-ce pas merveilleux ? », et tout esprit rationnel ne pouvait qu'être d'accord. J'avais échappé à une maladie fatale. Été arraché aux mâchoires de la mort.

Pour qu'elles se referment de nouveau sur moi, sans doute d'ici peu, parce que j'étais toujours vieux, toujours à court de temps. Mais je ne pouvais m'ouvrir de cela à personne, pas même à Maggie. Cela aurait été trop ingrat, trop évident, trop pleurnichard. Tout ce qui me restait à faire, c'était de rester allongé, les yeux fermés, ou de regarder par la fenêtre de ma chambre, tout en sachant que, la perversité des êtres humains aidant, la mort m'effrayait désormais davantage que lorsque je croyais mon heure arrivée.

« *M. Bourdeloue, je voudrais rentrer chez moi.* »

Le docteur a souri, sans doute plus à cause de mon accent que de mon désir de partir. « *Pourquoi ?*

— *Parce que... tout simplement.* » Oui, parce que.

J'ai perçu de la déception dans son silence. Je ne me montrais pas à la hauteur du miracle qu'il avait accompli Mais il a fini par dire avec philosophie : « *Entendu. Rien ne s'y oppose. Vous pouvez rentrer chez vous.*

— Je peux partir, ai-je annoncé à Maggie.

— Tu veux partir ?

— Pourquoi pas ? » Maintenant que j'avais l'accord du docteur, je me rendais compte que cela me laissait totalement indifférent. Comme tout le reste.

« Est-ce que tu veux *ne pas* partir ?

— Pourquoi pas ? » J'ai essayé de sourire. Elle était assise assez près de moi pour que je puisse saisir son expression ; elle ne souriait pas. Sa robe était claire, d'un vert criard, une couleur que Maggie ne portait pas d'habitude. Elle avait dû s'acheter de nouvelles tenues à Paris, des tenues plus vives pour que je puisse mieux la voir. Sa voix avait la dureté du fer quand elle m'a répondu.

« Allez, Nick, vide ton sac.

— Maggie... n'insiste pas.

— Je m'en suis toujours gardée, mais plus maintenant. Qu'est-ce qui ne va pas ? Tu me caches quelque chose !

— Non, je... non.

— Ne me raconte pas d'histoires, Nick ! Bon sang, j'ai failli te perdre, et maintenant tu es là, alors n'essaie pas de te défiler par des mensonges ! Qu'est-ce que tu me caches ?

— J'ai l'impression qu'il y a beaucoup de choses qu'il ne t'a pas dites », a lancé une voix sonore depuis la porte de la chambre.

Vanderbilt Grant.

Maggie a cligné des yeux, mais je me suis rendu compte que cette visite ne me surprenait pas. Peut-être l'avais-je plus ou moins anticipée. Ou peut-être la surprise me paraissait-elle aussi insignifiante que tout le reste.

« Bonjour, Maggie. Nick, j'ai pris l'avion spécialement pour venir te parler. Maggie, tu peux rester. Je sais que Nick finira par tout te raconter un jour ou l'autre. »

Après une telle entrée en matière, faire sortir Maggie serait revenu à tenter de déplacer le rocher de Gibraltar. Sa robe verte s'est agitée, puis a fini par se stabiliser au fond du fauteuil, de telle sorte que son expression ne m'était plus perceptible. Je ne pouvais pas d'avantage voir l'expression de Van, mais il m'a semblé que son imposante silhouette avait changé. Son dos se voûtait, ses épaules s'affaissaient. Je n'en étais pas sûr, mais j'avais l'impression que sa main droite tremblait. Le stress ? La maladie ? Ou la vieillesse, tout simplement ?

Je ramenais tout à la vieillesse.

« *Qu'est-ce que* Nick ne m'a pas encore dit, Van ? a demandé Maggie. Et pourquoi ? »

J'ai répondu d'une voix lasse. « Il ne t'a pas dit que ce n'est pas par hasard que ce miracle médical s'est produit juste au moment où il arrivait en phase terminale. N'est-ce pas, Van ? Le timing était trop beau pour n'être qu'une simple coïncidence. »

Van est resté silencieux. Il s'est approché du lit.

« En tant que Commissaire au CPAP, ai-je continué, tu savais parfaitement que ce remède expérimental était l'objet de tests divers à Paris. Et tu savais, t'étant renseigné, que je suivais un traitement contre le mycosis fongoïde. Mais tu n'as rien fait pour me faire venir ici jusqu'à ce que ça t'arrange de me faire quitter le pays. »

Maggie a blêmi, s'est levée à demi de son fauteuil, puis s'est ravisée. La forme voûtée de Van s'est laissée tomber lourdement dans un fauteuil au pied de mon lit. Je n'arrivais toujours pas à discerner son expression.

« Essaie de comprendre, Nick, a dit sa belle voix musicale. Le taux exceptionnel de réussite du remède n'a été validé qu'il y a quelques semaines. Sur ce point, il s'agissait bien d'une coïncidence. Tu sais comment se passent les essais cliniques en général. Les nouveaux remèdes sont souvent à peine plus efficaces que ce qui était utilisé précédemment.

Avant que ces résultats me parviennent, il y avait de grandes chances que tu fasses un long voyage, t'exposes à un supplément de souffrances, pour finir par mourir malgré tout. Il ne s'agissait pas de choisir entre te sauver la vie ou te laisser mourir. Il s'agissait de prolonger ton agonie ou de te laisser prendre congé plus rapidement. C'est du moins ce que je pensais.

— Et tu voulais que je "prenne congé" plus rapidement. Tu voulais me voir dans le coma le plus vite possible. Pourquoi, Van ? »

Je ne m'attendais pas à une réponse de sa part. Pourtant il me l'a donnée, et j'ai retrouvé là toute les contradictions du personnage, les conflits internes qui l'avaient accompagné toute sa vie.

« Je voulais que tu partes le plus rapidement possible parce que je ne voulais pas que tu te mettes à enquêter sur Shana Walders, Cameron Atuli ou Billy McCullough. »

Je me suis soudain aperçu que la porte de ma chambre était fermée. Aucune infirmière ne passait dans le couloir. J'étais en retard pour ma séance de rééducation, mais aucun infirmier français, tout guilleret dans sa tenue rouge et bleu, n'était venu me chercher pour me véhiculer jusqu'aux appareils. Van avait dû s'arranger pour qu'on nous laisse suffisamment longtemps cette intimité. Il devait avoir de puissantes relations pour se le permettre. Et une sacrée motivation pour traverser l'Atlantique dans son état, quelle qu'en soit la nature exacte.

« Tu savais pourquoi je voulais rencontrer Billy McCullough, ai-je articulé lentement. Parce que le CPAP sait ce que font les vivifactureurs. Les chimpanzés, les enlèvements... tout. Tu es au courant de tout. Tu laisses faire.

— Non, pas les enlèvements. Bien sûr que non. Et tu dois te mettre dans la tête que nous ne sommes – officiellement – au courant de *rien*. Nous n'avons aucun lien direct avec ces gens-là. Nous sous-traitons avec des laboratoires d'analyses indépendants qui...

— Qui, eux, sous-traitent avec les vivifactureurs clandestins. Et quand vous tombez dessus, vous vous efforcez de regarder de l'autre côté. Le gouvernement entier s'efforce de regarder de l'autre côté. C'est ce qui explique pourquoi le témoignage de Shana Walders a été enterré par le Comité dès le départ... et pourquoi le FBI tenait tellement à ce qu'Atuli ait la mémoire effacée... Seigneur...

— Nick... » Van venait de parler d'une voix presque suppliante.

« Mais pourquoi ? Pourquoi, Van ? Le président Combes ne peut tout de même pas tolérer tout cela... Est-il seulement au courant ? Et le médecin général ? Et le CNRM ?

— Je ne peux pas répondre à toutes ces questions, Nick. »

Maggie était pétrifiée, réduite à une tâche verte immobile.

« Bien sûr qu'ils sont au courant, ai-je continué. Officieusement. Voilà pourquoi ils ont été aussi prompts à saquer Sallie quand elle est allée débusquer le nom d'Atuli...

— Nous arrangerons ça. Sallie pourra être réintégrée. Quelqu'un a agi trop précipitamment.

— Est-ce que tu te rends compte de ce que tu es en train d'admettre ? » a lâché Maggie au bord de la suffocation. Van a aussitôt retrouvé son énergie. Ou plutôt sa jeunesse. Il a levé la main droite, dont le tremblement avait disparu, et sa voix a vibré de cette éloquence qui lui avait valu tant de victoires sur des rues hostiles, dans les débats à Harvard, les salles d'audience et les situations de crise. Il ne pouvait s'empêcher d'être éloquent. Les mots étaient à la fois ses armes et les remparts naturels qui le protégeaient.

« Oui, Maggie – je sais ce que je suis en train d'admettre. L'acceptation d'activités illégales. Pire que cela : l'acceptation du Mal. Rien de moins. Tu vois, je crois au mal. J'en ai vu plus d'exemples que je n'aurais voulu en voir en une vie qui n'a que trop duré. Je reconnais avoir toléré les vivifactures illégales. Je reconnais avoir regardé de l'autre côté lorsque l'on faisait le mal. Je reconnais avoir protégé les malfaiteurs. Je reconnais avoir fait tout ce qui était en mon pouvoir – et il est n'est pas négligeable – pour que mon administration regarde de l'autre côté lorsque le mal se commettait, et en protège les auteurs. Oui – *protège* des brutes criminelles. Et sais-tu pourquoi ? Le sais-tu, Maggie ? »

Avait-il conscience que si son numéro pouvait prendre sur Maggie, il ne prenait pas sur moi ? Il lui faisait du charme, comme si elle était une caméra de télévision, ou une foule d'électeurs potentiels. Je ne pense pas qu'il s'en rendait compte. Passionné, retors, manipulateur et sincère à la fois – il fonçait droit devant lui.

« Tu dois te demander, Maggie, pourquoi n'importe quel patron du CPAP laisserait se poursuivre les vivifactures illégales. Oui, pourquoi Vanderbilt Grant ferait ça ? Et pourquoi tous ceux qu'il a réussi à convaincre feraient de même ? Certainement pas pour donner à quelques centaines de couples stériles des bébés chimpanzés ou des chiots avec des visages de danseurs de ballet. Ni pour tenir les médias à l'écart des mémères qui se font refaire la façade à partir de cellules prises sur un ventre relativement peu fripé. Ni pour permettre au marché noir des enfants de contourner les lois sur les manipulations génétiques et de fonctionner impunément. Non, ce n'est pour aucune de ces raisons. »

Je l'observais de mon lit, fasciné, même si je ne le voyais pas très bien. Van s'était levé et arpentait la pièce. « Arpentait » ? Le mot est faible. En fait, c'était un véritable geyser que la petite chambre avait du mal à contenir.

« Maggie, le CPAP tolère et protège les vivifactureurs – *Vanderbilt Grant* les tolère et les protège – parce que ce sont les seuls à se livrer à des recherches génétiques susceptibles de résoudre le problème de stérilité de notre pays. Ce sont les seuls à *pouvoir* faire ce genre de recherche. Dans notre zèle pour protéger le peuple américain, nous avons étouffé toutes les autres recherches au niveau de l'ADN avec nos lois, nos contraintes, nos interdictions – et pour parachever le tout, nous avons coupé les crédits. Il le *fallait*. Il n'y a plus d'argent. Le citoyen se méfie. "Ne prenons pas de risques ! Nous avons déjà tant perdu ! Conservons, préservons ! Surtout pas de risques inutiles !" Et pendant ce temps... pendant tout ce temps... »

Il a laissé sa phrase en suspens. Délibérément ? Il a cessé de marcher, s'est figé devant le fauteuil de Maggie, et dans la beauté trompeuse de sa voix, j'ai cru déceler une sincère tristesse.

« Pendant ce temps, Maggie, seuls les criminels ont effectué les recherches qui pourraient nous sauver. En travaillant sur des remèdes agissant sur l'ADN pour rehausser le taux de spermatozoïdes. En essayant de trouver une parade à ce que les produits chimiques synthétiques ont fait à nos systèmes endocriniens – tu ignorais tout cela, n'est-ce pas, Nick ? Tu pensais être le seul à t'intéresser sérieusement à ce genre d'informations. Mais les laboratoires clandestins s'y intéressent aussi. Bien sûr, pour eux, c'est une question de profit, de gros sous... mais ils agissent. Ce sont les criminels qui prennent tous les risques financiers que de telles recherches impliquent. Ce sont eux qui mettent en jeu toutes leurs ressources. Ce sont eux qui se livrent à toutes les expériences biologiques dangereuses nécessaires pour aboutir à des résultats. Seuls les criminels ont osé.

» Quant à nous... nous voulons jouer la sécurité. Nous sommes tout simplement trop vieux. »

Van avait terminé. Maggie – qui n'était pas du genre à se laisser impressionner – s'est penchée jusqu'à ce que je puisse discerner son visage et a fixé sur Van un regard où s'affrontaient crainte et respect, fureur et compassion. Personne n'a dit mot.

Van a fini par se tourner vers moi. « Nick... je sais ce que je t'ai fait. Et ce que j'ai fait à cette jeune appelée, Shana

Walders. Je suis au courant de ce qui a été fait à Cameron Atuli, et que le gouvernement aurait pu sanctionner au lieu d'étouffer l'affaire. Mais maintenant tu sais pourquoi j'ai agi ainsi, et c'est maintenant que j'ai besoin de toi. »

Il a marqué une pause – pour l'effet dramatique ? Mais sa main droite s'était remise à trembler, et lorsque j'ai remarqué le spasme qui secouait son bras, j'ai compris. La maladie de Savoye, dans sa première phase. Les enveloppes de myéline des cellules nerveuses de Vanderbilt Grant étaient en train de dégénérer rapidement. Il n'existait aucun remède. Aucune recherche ne permettait de régénérer les cellules nerveuses – du moins aucune recherche légale.

La maladie de Savoye est une des conséquences des perturbateurs endocriniens synthétiques.

« Il n'est pas facile de garder une telle chose secrète, a repris Van. De tenir la presse à l'écart, d'empêcher les chercheurs et les politiciens un peu futés de poser des questions – comme cela a été ton cas, Nick. Nous y sommes parvenus jusqu'à présent parce que chaque fois que quelqu'un s'est trouvé en mesure de prouver que les laboratoires clandestins étaient protégés, nous avons pu rallier la personne en question à notre cause. Les scientifiques, les laboratoires d'analyses privés, les laboratoires pharmaceutiques – tous trouvent leur compte à travailler avec nous. Nous avons pu convaincre tous ceux qui risquaient de nous nuire.

— Tu veux dire “acheter” », ai-je corrigé.

Van a eu l'honnêteté de ne pas me contredire. « Peut-être. Si ce que l'on achète constitue un espoir pour l'humanité, peut nous sauver de notre propre folie...

— Trêve de rhétorique, Van, je t'en prie », a dit Maggie d'un ton acerbe, prouvant qu'elle s'était remise de l'assaut oratoire de Van. « Maintenant tu penses que des preuves sont détenues par des gens que l'on ne peut acheter. Ou sur le silence desquels on ne peut pas compter, même si on les achète.

— Oui, a-t-il admis en toute simplicité.

— Alors pourquoi ne pas les tuer ?

— Maggie ! me suis-je exclamé.

— Je raisonne à voix haute, Nick. Van dit que le gouvernement trempe dans des histoires de laboratoires de vivifacture clandestins parce que c'est la seule solution pour échapper aux conséquences de notre insouciance vis-à-vis des perturbateurs endocriniens. Il dit que le gouvernement a conscience que les vivifactureurs sont des criminels, voire des êtres malfaisants dans certains cas, et il est prêt à tout tolérer à cause de ce qu'il font par ailleurs. Pourquoi, dans ces conditions, ne pas tolérer aussi le meurtre de témoins gênants ? En quoi est-ce différent ? Vous autorisez déjà les laboratoires clandestins à tuer. C'est ce qu'ils auraient fait pour Cameron Atuli si le FBI n'était pas intervenu à temps, non ?

— Mais le FBI est intervenu. Parce que nous n'en sommes pas arrivés à tolérer le meurtre.

— Tu crois pouvoir établir des limites ? a rétorqué Maggie d'un ton glacial. Telle dose de malfaisance peut-être tolérée, mais pas plus. Et tu crois pouvoir convaincre les autres de s'en tenir là, peut-être ?

— Absolument ! a rugi Van. Parce qu'il le faut ! Bon sang, Maggie, c'est mon boulot de m'assurer que ce qui doit être fait le soit ! Et si le gouvernement et l'opinion publique sont tels que c'est la *seule manière* d'y parvenir, alors, bordel, je ferai, tolérerai et appuierai tout ce que je jugerai nécessaire !

— Et tu veux que Nick fasse preuve de la même tolérance. C'est pour cela que tu es ici, n'est-ce pas ? » Maggie a dressé son mètre soixante-dix face aux deux mètres de Van. « Tu lui achètes son silence. En lui sauvant la vie. Pour qu'il contrôle Shana Walders et Cameron Atuli, et les fasse se tenir tranquilles d'une façon qui échappe à tes capacités. » Une nouvelle pensée lui a traversé l'esprit ; elle s'est brusquement tournée vers *moi*, et le diable m'emporte si je mens, j'ai senti passer dans le corps de Van le bref frisson de soulagement qu'ont les hommes en pareille circonstance.

« Et *toi*, qu'as-tu découvert, Nick ? s'est écriée Maggie. Que tu ne m'as pas encore dit, et que tu n'avais sans doute pas l'intention de me dire ? »

J'ai regardé Vanderbilt Grant. Les mots avaient du mal à sortir. « Ils sont morts, n'est-ce pas ? Maggie se trompe. Shana et Cameron sont déjà morts tous les deux. Ils se sont approchés d'un peu trop près de tes laboratoires de vivifacture clandestins, et tu...

— Non, ils ne sont pas morts, a protesté Van. Maggie a raison. Walders et Atuli sont en détention préventive. Ils sont en isolement cellulaire dans une prison fédérale, mais nous ne pouvons pas les y laisser très longtemps. Tes imbéciles de mômes sont allés un peu trop loin et on a dû les tirer de là, sinon... bon, on a dû les tirer de là. *Oui, on les a tirés de là.* Nous ne sommes pas des meurtriers, Nick, et nous avons été bien inspirés de mettre ton vidéophone sous écoute. Atuli est tombé sur ton message concernant Billy McCullough et s'est rendu à l'adresse indiquée... Ce gosse est courageux. Il... bon Dieu, les risques idiots qu'on prend à cet âge-là ! »

Quelques secondes plus tard, il s'est rendu compte de ce qu'il venait de dire. *Les risques idiots qu'on prend à cet âge-là* – les mêmes risques idiots, terriblement dangereux, que prenaient les laboratoires clandestins. À cette différence près que Shana et Cameron avaient risqué leur propre vie, alors que c'était celle des autres que les labos criminels mettaient en péril.

Mais c'était aussi la vie des autres – la vie de toute une nation – qui était en jeu quand Van se battait pour un futur où l'on pourrait se reproduire.

« Nick ? » Van m'observait attentivement.

« Je vais y réfléchir. Réfléchir à ce qui est de parler à

Shana et Cameron. À ce qui est de s'assurer de leur... silence. Je ne peux rien te promettre Van. Mais je vais y réfléchir.

— Comment saurai-je ce que tu auras décidé ? s'est-il inquiété en toute humilité. Et quand ? Je ne peux pas les garder en prison très longtemps. Les avocats des libertés civiles vont me grouiller dessus comme des asticots sur une charogne. »

J'ai considéré la chose. « Dans trois jours. Jeudi. Je veux d'abord parler à Shana et à Cameron. Les docteurs m'ont dit que je pouvais quitter l'hôpital ; peux-tu t'arranger pour nous faire rentrer au pays et nous conduire là où tu as bouclé les deux gosses ? »

Van a acquiescé en silence et s'est redressé. Il était toujours le maître dans son domaine ; en vieux routier de la politique spectacle, il savait exactement quand quitter la scène. Ses pas ont résonné dans le couloir de l'hôpital, et ni Maggie ni moi n'avons parlé avant que leur écho ne s'éteigne. Puis elle s'est levée pour aller regarder par la fenêtre. Même à cette distance sa robe verte restait pour moi une tache lumineuse, mais elle ne possédait plus ni mains, ni visage, tel un fantôme.

Elle a été la première à rompre le silence. « Van est malade. Il a mauvaise mine. Il va mourir.

— Nous allons tous mourir. » Et au moment où je prononçais ces mots faussement cyniques, leur vérité m'a de nouveau frappé de plein fouet. Je pouvais pactiser avec la mort, ou me laisser emporter par la colère, cela ne changerait rien à l'affaire. J'allais mourir, quoi qu'il arrive, tôt ou tard, dignement ou non, avec des trêves ou sans, en ayant tout arrangé comme je le souhaitais ou non. La vie était trop imprévisible pour ce genre de mise en scène. En fait, elle comportait un insondable embrouillamini d'aléas, même pour les vieux.

Surtout pour les vieux.

« Rentrons chez nous, Maggie. J'ai d'importantes décisions à prendre, et je préférerais les prendre chez moi. »

Elle s'est détournée de la fenêtre pour s'avancer vers moi. Tandis que son visage se rematérialisait au-dessus de la robe verte, j'ai remarqué qu'elle souriait. Et du coup, à voir Maggie sourire de cette façon si particulière, j'ai compris que sans avoir pour autant fait ce choix, j'avais retrouvé le monde des vivants pour aussi longtemps que cela me serait possible.

20.

CAMERON ATULI

Le sol de notre cellule est en béton. C'est en fait une pièce plutôt confortable, bien loin de ce que j'aurais pu m'imaginer. À part la porte métallique verrouillée et l'absence de fenêtre, elle ressemble à n'importe quelle petite suite d'hôtel meublée sans goût ni imagination : un tapis beige et un sofa assorti, une table et des chaises en bois d'érable, une télévision, deux lits dans des alcôves séparées pour Shana et moi. La salle de bains est équipée d'une porte. Les couverts en argent fournis avec nos repas comportent même des couteaux à pain.

« Je pourrais fabriquer une arme à partir d'une bonne douzaine de trucs présents dans cette pièce, dit Shana d'un air dégoûté. Bon Dieu, il y a des ressorts en fer dans ce divan !

— Pour les utiliser contre qui ? » dis-je froidement. Elle commence à me taper sur les nerfs. « Nous n'avons pas vu un chat depuis huit jours. » On nous passe nos plateaux repas par une fente étroite trois fois par jour. Rien de ce qu'a pu faire Shana – garder les plateaux, les refuser, casser une chaise, s'enfermer dans la salle de bains en faisant semblant d'être malade – n'a réussi à attirer l'attention du moindre être vivant.

« Putain, Atuli, t'es vraiment un bleu. Personne ne s'est *encore* montré. Ça ne veut pas dire que ça n'arrivera pas. Et je serai prête à les recevoir, même si tu préfères continuer à te plaindre de ce qu'il y a sous le tapis.

— C'est du *béton*. » dis-je. Elle se contente de rouler des yeux. Elle n'est pas bête, mais feint de l'être. Le sol est en béton. Il n'a aucune élasticité. Je ne peux pas danser là-dessus sans prendre le risque de me blesser, et chaque jour passé sans danser ramollit mes muscles et me fait perdre en souplesse.

Je me débrouille comme je peux. Je déplace le sofa de façon que le dos soit face à la pièce, et je m'en sers comme barre d'entraînement deux fois par jour. *Pliés, battements, ronds de jambes, développés*. Mais je ne peux pas faire de mouvements larges sur ce genre de sol.

« Et si j'avais envie de m'asseoir sur le divan ? demande Shana en me regardant d'un air boudeur.

— Tu pourras le remettre en place quand j'aurai fini », dis-je. *Pliés, battements, ronds de jambe, développés.*

« Compte pas sur moi pour jouer les déménageurs.

— Écoute Shana, je sais que ça t'horripile d'être confinée “dans cette boîte de sardines”, comme tu dis. Mais ne t'en prends pas après moi. Je suis occupé.

— C'est ça. Occupé à faire tes petits levés de jambes pendant que le gouvernement nous retient prisonniers ! »

Pliés, battements, ronds de jambe, développés.

« Lorsque je sortirai d'ici, rugit-elle, je vais les traîner devant la justice par la peau du cul. Je trouverai un bon avocat qui ne me prendra rien, et j'attaquerai ce putain de gouvernement tout entier ! Je vais tellement remuer la merde qu'ils vont regretter de m'avoir baisée !

— Ils doivent déjà regretter de t'avoir sauvé la vie, dis-je en me retournant pour enchaîner mon mouvement avec l'autre jambe. En tout cas, *moi*, je le regrette.

— Parce que tout ce qui t'intéresse, c'est de faire le con

sur scène dans ton joli petit tutu ! T'es bien une tapette de danseur !

— Pauvre béotienne !

— Et ça veut dire quoi, ça ? »

Je ne peux m'empêcher de rire. Mais c'est sans joie. Shana Walders est la personne la plus corrosive que je connaisse. Elle m'a forcé à regarder certaines choses que je ne voulais plus jamais revoir de ma vie, et elle continue de me pousser à bout maintenant que nous sommes en sécurité. Parce que *nous sommes* en sécurité. Nous ne sommes pas dans quelque chambre de torture où l'on découpe les gens en morceaux, où on les tue, où l'on colle leurs visages sur des chimpanzés... Mais je n'ai pas envie de penser à ça maintenant. Je refuse d'y penser. Nous sommes au Centre Fédéral de Détention de Cunningham, à Washington D.C., où l'on nous garde temporairement sous protection jusqu'à ce que le docteur Clementi vienne nous parler. C'est ce qu'on nous a dit. Nous sommes ici dans notre propre intérêt, et je suis le premier à ne pas m'en plaindre, ou le serais si j'étais sûr que Rob ne se fait pas un sang d'encre pour moi et si le sol n'était pas en béton.

« Ne te fous pas de ma gueule, Atuli, dit Shana.

— Alors arrête de raconter n'importe quoi. » *Pliés, battements, ronds de jambes, développés.*

« Tu ne réagis pas, hein ? Quoi qu'ils t'aient fait – te couper les couilles, t'enfermer –, tu es prêt à tout accepter. »

Elle essaie de me titiller. Je baisse lentement la jambe en faisant un développé – cinq, six, sept, huit – avant de lui répondre. « Je te l'ai déjà dit. Ce ne sont pas les mêmes personnes qui ont fait tout ça. Des criminels nous ont torturés. Le gouvernement nous a sauvés. Tu n'es donc pas capable de faire la différence ?

— Le gouvernement m'a baisé la gueule ! » hurle-t-elle. Elle commence à perdre son sang-froid ; elle ne supporte définitivement pas d'être enfermée. « C'est grâce à ton précieux gouvernement qu'on m'a virée de l'armée, tout ça parce que j'ai vu un trio de singes ayant ta gueule ! »

Nous y revoilà. Elle ne cessera jamais de me rappeler ça. Je me tourne pour ne pas avoir à lui faire face, même si je n'ai pas assez travaillé la jambe droite. Je lève la gauche. *Pliés, battements, ronds de jambes, développés.*

Shana traverse la cellule d'un bond et donne un tel coup dans le sofa qu'il se renverse. Il s'en faut d'un rien qu'il ne me tombe dessus. « Sale petite conne ! Si ce truc m'avait touché le genou...

— Tu me fais chier avec ton genou. Même *toi*, Atuli, tu n'en as rien à foutre ? Ce n'est pas seulement à cause de tous ces petits Cameron simiesques ! Je t'ai raconté ce que j'ai vu là-bas. Certains de ces utérus mutilés ont été engrossés avec *ton* sperme, provenant de *tes* couilles pour qu'ils portent *tes* bébés ! »

Elle en frissonne ; ce qu'elle a vu dans le labo l'a vraiment secouée d'une manière qu'il m'est difficile d'imaginer. Ce ne sont pas *mes* bébés, même si on a utilisé mes gènes. Les donneurs de sperme font ça tout le temps. Mais elle vient de me répéter ce qu'elle refuse que j'oublie : il y a des animaux qui ont mon visage. Quelque part dehors. Qui agissent comme des animaux, qui montrent les dents, grognent, font leurs besoins à même le sol, se cherchent des poux dans la tête pour les manger ensuite, des animaux puants, gauches, stupides... avec mon visage.

« Arrête ça, Shana ! Fous-moi la paix !

— Si seulement je pouvais, pauvre lope ! »

Je fonce dans la salle de bains et referme la porte derrière moi ; c'est la seule façon de me couper d'elle. Mais même dans la salle de bain, je ne peux effacer de ma mémoire l'image du gosse qui s'est tenu à côté de moi, m'a dévisagé avec mes yeux, baragouinant je ne sais quoi, horrible, avant de grimper aux rideaux avec ses longs pieds velus...

Je plaque mes mains sur mon visage et m'appuie au mur de la salle de bains.

Mais quelques minutes plus tard, je me redresse. Le lavabo n'est qu'à hauteur de ma taille, mais le porte-serviette est plus haut et semble être solidement fixé au mur. Je m'en sers comme support et attaque un *plié*. Il n'y a pas beaucoup de place, mais à défaut de *grands battements*, je pourrai faire des étirements. Et si Shana se met à hurler de l'autre côté de la porte, j'aurai toujours la possibilité de faire couler l'eau dans le lavabo pour couvrir sa voix.

Il entre dans la pièce lentement, appuyé sur sa canne, et je me rends compte qu'il est à moitié aveugle. J'ignorais ce détail. C'est en fait la première fois que je vois le docteur Nicholas Clementi.

« Hé, Nick », dit Shana, et je lui lance un regard surpris. Je ne pensais pas que sa voix puisse se faire aussi douce. « Viens t'asseoir ici. » Sur le sofa, qui a été remis en place.

« Shana. Monsieur Atuli », dit le docteur Clementi, très cérémonieux. Il se cale dans les coussins du sofa et ferme les yeux l'espace d'un instant. Il est très faible. Pourtant il est venu seul, et c'est la première personne que nous voyons depuis une semaine et demie que nous sommes ici.

« Tu as une sale gueule, Nick, observe Shana. Ça ne va pas ?

— Bien au contraire. Je sors d'un hôpital français qui m'a sauvé la vie. » Il la regarde d'un air amusé. Il est très vieux, mais fort bien habillé et irréprochable dans sa présentation. Je n'arrive pas à m'imaginer comment quelqu'un comme lui et quelqu'un comme Shana peuvent s'apprécier, mais ça a l'air d'être le cas.

« C'est vrai ? dit-elle. T'es tiré d'affaire ? Tant mieux. Et si tu nous disais ce que tu as l'intention de faire pour nous sortir de là, et la putain de raison pour laquelle on nous garde ici comme des criminels ! J'ai découvert un labo clandestin de vivifacture, bordel ! Et tout le monde à l'air de s'en foutre ! Qu'est-ce qui se passe, putain ? »

La voilà de nouveau montée sur ses grands chevaux. Le docteur Clementi s'en rend compte et la prend par la main.

« C'est vrai, tu as découvert un laboratoire clandestin de vivifacture. Et bien plus que cela. Shana, M. Atuli, j'ai beaucoup de choses à vous raconter, et je ne peux pas parler très longtemps sans me fatiguer. Je vous prierais donc de me laisser dire ce que j'ai à vous dire sans m'interrompre. »

Son vieux corps reste immobile dans le sofa. Mais il semble se préparer à un mouvement risqué : un *grand jeté*, une *cabriole arrière*.

« Shana, je peux te faire incorporer dans l'armée. Cameron, vous pourrez revenir à Aldani House et continuer à danser en paix, du moins pendant un certain temps. Mais il y a un prix à tout cela, et le voilà. Shana, il n'est pas question que tu traînes qui que ce soit devant la justice, ni...

— Comment sais-tu que j'ai ça en tête ? Cette cellule est sous écoute ? Tu es dans le coup ?

— Oui à la première question, non à la deuxième. Maintenant, laisse-moi continuer. Tu ne pourras poursuivre personne en justice, ni raconter ton histoire à la presse, et tu ne pourras jamais exercer un quelconque chantage sur qui que ce soit, même si on te vire de l'armée pour une de ces insubordinations dont je te sais capable.

» Monsieur Atuli, vous devrez continuer à vivre tout en sachant que des ersatz de bébés vivifacturés portant votre visage se promènent dans la nature. On ne les recherchera pas, on ne les exterminera pas, et un jour ou l'autre un journaliste tombera sur l'un d'eux, le reconnaîtra et la nouvelle se répandra dans tous les médias. Après cela, il vous sera impossible de continuer à danser comme si de rien n'était. Chaque fois que vous monterez sur scène, votre public ne viendra pas voir un simple danseur, mais se repaître de votre monstrueuse notoriété, et vous pourrez difficilement lui dire que vous n'y êtes pour rien. »

Je réussis à articuler : « Et si je refuse de payer ce... prix ?

— L'autre terme de l'alternative est que toute l'histoire soit *tout de suite* déballée au grand jour ; vous n'aurez alors plus la moindre occasion de danser en paix sans que les médias transforment chacune de vos représentations en spectacle de foire. » Le vieil homme plonge ses yeux à demi aveugles dans les miens. « Je suis désolé, Cameron. Il faut choisir entre la peste et le choléra.

— Est-ce que ça s'arrête là, Nick ? demande Shana. Et est-ce qu'on détruira... ce que j'ai vu dans le labo, avec les...

— Peut-être que oui. Peut-être que non. Mais nous n'en saurons rien quoi qu'il arrive. Bon Dieu, ce que je suis fatigué. J'arrive à l'instant de l'aéroport. »

Malgré mon engourdissement, je suis surpris qu'il se plaigne de la sorte. Ça n'a pas l'air d'être son genre. Puis je vois Shana lui prendre la main, son expression se faire de nouveau plus douce, et je comprends alors pourquoi il s'est laissé aller de la sorte.

« Le problème, continue le docteur Clementi, c'est qu'il y a de moins en moins de jeunes. Vous *êtes* une ressource précieuse. Lorsque quelque chose est précieux, tout le monde cherche à le protéger. Même de la vérité. Personne ne vous a dit la vérité au sujet de ce qui vous est arrivé depuis que Cameron a été enlevé pour sa beauté métissée. Je vais donc vous expliquer ce qu'il en est. Oui, Shana, cette pièce est certainement sous écoute. Mais je vais tout de même vous dire la vérité, et nous pourrons alors, tous les trois, décider de notre ligne de conduite à partir de là. Si le gouvernement nous en laisse la possibilité. »

Le docteur Clementi marque une pause et promène son regard sur les murs. Je retiens mon souffle ; Shana aussi, je pense. Mais personne ne vient. Personne ne l'arrête.

Il nous raconte tout. Ce qui m'est arrivé, le comment et le pourquoi, et qui a laissé faire. Même chose pour Shana. Je n'ai pas envie d'entendre tout ça, je préfère m'entraîner mentalement, repasser dans ma tête le merveilleux *pas de deux* de *Summer Storms* : *promenade avec attitude*, qui se termine par un porté... mais je n'y arrive pas. Je me sens forcé d'écouter tout ce que le docteur Clementi nous raconte,.

Lorsqu'il en a terminé, son corps s'affaisse dans le sofa.

« Les enfoirés ! » s'exclame Shana.

Il lui lance un sourire fatigué. « À qui penses-tu en particulier, Shana ?

— À tous ces salauds !

— Ce ne sont pas forcément des salauds. Quoi qu'il en soit, nous devons décider de ce que...

— Je vois très bien le tableau, Nick ! Soit on continue de faire comme si rien ne s'était passé, ni enlèvement, ni castration, ni tout le reste, soit on déballe tout !

— Et c'en est fini des recherches susceptibles de résoudre le problème des perturbateurs endocriniens, ajoute le docteur Clementi. N'oublie pas ce détail.

— Serais-tu en train de suggérer qu'on...

— Je ne suggère rien du tout », se hérisse le docteur Clementi. C'est la première fois que je l'entends parler comme un vieil homme. « Je vous demande simplement, à vous qui êtes impliqués au premier chef dans cette affaire, quelle décision vous allez prendre. Cameron ? »

Shana monte tout de suite au créneau. « Cameron veut...

— Cameron est assez grand pour dire ce qu'il pense.

— Mais il ne...

— Shana. Laisse Cameron dire ce qu'il pense.

— Je veux seulement danser ! »

Ils me regardent tous les deux, et je comprends ce que leurs yeux cherchent à me dire. Je ne peux pas *seulement danser*. Il n'y a plus aucun moyen de continuer à danser, d'oublier, d'échapper à ce qui m'est arrivé. Nous devons tous les trois réfléchir à ce qu'il y a de mieux à faire, prendre en compte tout ce dont nous nous souvenons, tout. C'est comme ça. Et en ce qui me concerne, même la danse ne pourra rien y changer, jamais.

21.

NICK CLEMENTI

Il est terrible de devoir trahir ceux qui vous ont fait confiance. Il est encore plus terrible d'être obligé de le faire devant des millions de personnes, à la télévision.

Les lumières éclairaient la scène de face et d'en haut. Elle étaient brûlantes – les scientifiques assis sur la scène ont commencé à transpirer ; de petites gouttes de sueur perlaient entre les cheveux gris clairsemés, coulaient dans les cols des costumes, sur les rouges à lèvres bon chic, bon genre. Et elles étaient aveuglantes. Je n'étais pas le seul sur scène à ne pouvoir distinguer clairement les visages dans la foule qui s'agglutinait dans la salle de spectacle de l'hôtel. Mais à l'inverse des autres, je savais qui se trouvait là, et où ils étaient placés.

Shana, dans son nouvel uniforme militaire, devait se trouver au deuxième rang, bien droite, très solennelle, très jeune. Sallie, qui avait été réintégrée au CNRM, son mari et Maggie se trouvaient au bout à gauche. Quelque part au fond, en sécurité, se trouvaient Cameron et Rob.

J'avais fermement insisté pour que ces trois groupes arrivent, s'assoient et repartent séparément.

La presse scientifique était aussi présente, en pleine effervescence. La presse populaire se montrait sans doute moins enthousiaste. Ils avaient l'habitude des annonces ronflantes de « congrès scientifiques de la plus haute importance ». En ce qui les concernait, c'en était un de plus parmi tant d'autres. Quelques journalistes cependant, les plus malins, devaient être aux aguets, tels des tigres reniflant l'odeur d'une proie blessée. Ceux-là étaient assis au fond de la salle ; si cette conférence de presse était bien ce à quoi ils s'attendaient, ils tenaient à pouvoir sortir en vitesse pour aller interviewer les patrons des entreprises concernées, robocam au poing. Les reportages étaient toujours meilleurs quand ils étaient accompagnés d'images à chaud.

« ... réunis sur cette scène pour faire une annonce d'importance majeure, à l'occasion de ce qui est peut-être le plus extraordinaire rassemblement de talents scientifiques de tous les temps », disait Vanderbilt Grant derrière son pupitre, aussi mielleux dans ses inflexions que dans ses hyperboles. Mais peut-être n'exagérait-il pas tant que ça.

J'étais assis tout au bout de la rangée de chaises, pratiquement dans les coulisses À côté de moi se trouvait Eric Kinder, de l'Institut Biologique Whitehead, un ami fidèle. Eric avait effectué des travaux spectaculaires sur les différences hormonales au niveau du cerveau chez les jumeaux nouveau-nés – différences n'ayant pu être causées que par des influences prénatales, négatives pour la plupart. Nous étions toujours restés en contact. Il avait été de mon côté pendant des années. Je pouvais voir la chair de son cou jouer sur son col tandis qu'il promenait son regard sur la longue rangée de ses collègues.

Margaret Futina, du Centre Neurologique de l'Institut National de la Santé, qui détenait des preuves irréfutables de perturbations dues aux produits chimiques synthétiques dans les cellules de Sertoli mâles, ces précieuses productrices de spermatozoïdes. Ses conclusions n'avaient cependant jamais été publiées pour « non conformité aux critères de ses pairs ».

Heinrich Feltz, de l'Institut de Berlin, qui avait procédé à l'étude la plus complète sur la contamination chimique du lait maternel, y décelant 256 éléments chimiques synthétiques différents – ce qui l'avait conduit à entreprendre le premier travail sur leur interaction chez le nouveau-né.

Wong Yue, de l'Académie Scientifique du Peuple Chinois, qui avait mis au point de nouvelles méthodes pour mesurer au milliardième près les concentrations chimiques.

Marian Pearson, de l'Université de Californie, à Irvine, qui avait utilisé la scanographie de Murphy pour identifier avec précision certaines défaillances cérébrales et montré qu'elles étaient liées à des dépôts chimiques bien particuliers dans la thyroïde.

Albert Goldmann, de l'Université de Guelph, Canada, qui avait apporté la preuve d'une chute du taux de spermatozoïdes due à des défaillances endocriniennes chez des mammifères autres que l'homme.

Shoshona Ellinwood, de l'Université de Tufts, dont le travail sur de très jeunes enfants avait révélé à l'échelle nationale une augmentation de l'agressivité et une diminution de la concentration pareillement inquiétantes – et rattaché ce phénomène à des fluctuations de doses dans les insecticides synthétiques.

Luigi Accorso, de la Fondation Médicis à Rome, connu pour ses recherches sur la façon dont certains produits chimiques synthétiques bloquaient les mécanismes de réponse censés agir comme dispositif de sécurité en cas de surcharge endocrinienne.

Patrick James Sharpe, de Harvard, dont les travaux – effectués pour la plupart contre l'avis de son département – mettaient en relief le rôle de certains perturbateurs synthétiques dans les défaillances touchant à la fabrication des neurotransmetteurs du cerveau.

« Cette assemblée prestigieuse, cette assemblée exceptionnelle... » continuait Vanderbilt Grant (et à le voir, personne dans l'assemblée ne pouvait se douter à quel point il détestait ce qu'il était en train de faire), « .. va s'attaquer à la crise médicale majeure de notre époque : l'effrayante chute du taux de natalité dans le monde. Et cela en rompant avec l'inefficacité qui a pu marquer d'autres conférences et en choisissant une nouvelle et audacieuse direction : une concentration de tous les efforts sur l'accumulation biologique des produits chimiques synthétiques qui sont apparemment à l'origine des perturbations du système endocrinien humain. »

Apparemment. Même en cet instant, Van essayait de protéger ses arrières. Il se tenait les deux mains agrippées au pupitre comme s'il luttait contre le vent, focalisant les caméras sur l'aura magnétique qui ne l'avait jamais quitté. Même dans la luxueuse cellule du Centre Fédéral de Détention de Cunningham, lorsque Shana, Cameron et moi lui avions annoncé notre décision.

« Nick, tu ne peux pas faire ça ! Bon Dieu, as-tu seulement pensé aux conséquences économiques que cela aurait ? Réfléchis bien. Les produits chimiques synthétiques que tu soupçonnes sont présents dans pratiquement tout, et je dis bien tout, *ce que nous produisons et utilisons dans ce pays ! Les matières plastiques, les outillages mécaniques, les shampooings, les carburants, les emballages alimentaires, les engrais, les solvants... Le genre de recherche scientifique subventionnée par le gouvernement que tu exiges serait... serait la porte ouverte à la panique et à l'hystérie vis-à-vis de tous les produits manufacturés, cela entraînerait des changements drastiques quant aux exigences de fabrication, des interdictions et une augmentation des coûts de production. Nous ne pouvons pas nous le permettre, Nick. L'économie est déjà fragile – ce serait son effondrement. Pas seulement une récession – son effondrement.*

— Ainsi que celui de l'administration en place, ai-je ajouté. Toi compris. Oui, je le sais. Mais le choix est là. Si tu laisses le champ libre à la véritable science – publiquement et avec une légiti-

mité établie –, alors Shana, Cameron et moi-même ne parlerons pas des filières clandestines que tu justifies pour faire avancer la recherche sur l'ADN.

— Ouais, le voilà le prix à payer, a braillé Shana.

— C'est le choix que nous avons fait », a ajouté tranquillement Cameron en joignant les mains et en baissant les yeux sur ses pieds aguerris par la danse.

« Depuis l'aube de l'humanité, a psalmodié Van derrière son pupitre, quelle a été la première question de toute civilisation ? Celle-ci : "Comment se portent les enfants ?" Lorsque les enfants prospèrent, la société en fait autant. Lorsqu'ils tombent malades et meurent, comme ce fut le cas lors des grands fléaux de l'histoire, la société perd de sa dynamique et quelque chose en elle meurt aussi.

» Nous en sommes là aujourd'hui ; non parce que nos enfants meurent, mais parce qu'il n'en naît plus. Sans la génération suivante, celle-ci est perdue, désancrée, affaiblie dans la part de nous-mêmes la plus radicalement humaine. Aucune société ne peut prospérer si elle ne peut lire son avenir dans le visage de ses enfants, si elle ne peut lire cet avenir en les couchant le soir, si elle ne peut le lire dans de jeunes regards innocents. Et c'est pour cela qu'aucun prix n'est trop fort pour quelque exploration que ce soit de la tragédie humaine qui est la nôtre. Aucun prix ! »

« J'ai bien peur que tu ne te rendes pas compte de ce que tu es en train de demander, m'avait dit Van. Que tu ne mesures pas très bien ce qu'on risque de mettre en branle en s'attaquant aux fabricants de produits chimiques synthétiques. Quand nous ne possédons aucune preuve formelle qu'ils soient la cause de tout ceci, Nick – et tu le sais bien. Il y a une bonne douzaine de théories qui s'affrontent sur ce point...

— C'est le choix que nous avons fait », a répété Shana d'un

air satisfait. C'était une enfant qui savourait son triomphe – elle, Shana Walders, forçait le gouvernement des États-Unis à se rallier à sa décision !

Van et moi avons échangé un regard. Les deux vieux singes que nous étions savions parfaitement ce qui était en train de se passer. Aucun autre choix n'était possible. Si je lui avais dit : « Non, Van, oublie les pots-de-vin, nous allons tout déballer au grand jour » – si je lui avais dit ça, Shana, Cameron et moi-même n'aurions jamais quitté cette prison. Cela se serait passé de manière plus ou moins légale : des mises en accusation, pas de caution, la raison d'état aurait été invoquée. Ou plus ou moins médicale : des drogues puissantes affectant le comportement, l'un de nous aurait tué les deux autres, impossible de le relâcher, une terrible tragédie, tout cela sur enregistrement vidéo. Ou ç'aurait été comme ça, point final.

Mais du point de vue de Van, tenir la presse à l'écart de ce que je savais n'aurait pas été facile. À qui en avais-je déjà parlé ? À Maggie, très certainement. Que pouvait-il faire à son sujet ? À qui d'autre ? Van n'en savait rien. Il étudiait mon visage, pendant que Shana affichait un sourire innocent auquel elle était la première à ne pas croire, et je le voyais peser d'un côté le risque de nous faire taire, et de l'autre, celui de nous laisser tenir une conférence chapeautée par le gouvernement sur toute l'infrastructure des produits chimiques manufacturés au sein du matérialisme américain.

J'ai tout de suite vu à quel moment il avait pris sa décision.

Après tout, une conférence n'est qu'une première étape. Ensuite, il faut agir, et agir prend beaucoup de temps lorsque les conclusions sont aussi diamétralement opposées aux impératifs économiques. Si l'on devait retirer une quelconque leçon de l'histoire, c'était bien cela. Même si la conférence mettait en évidence, sans l'ombre d'un doute, que les perturbateurs endocriniens synthétiques conduisaient l'espèce humaine à sa propre extinction – même si cela était prouvé, changer les choses prendrait du temps. Beaucoup de temps. Et d'ici là, Vanderbilt Grant ne serait probablement plus de ce monde.

C'est le triomphe ultime, peut-être le seul, des vieillards que nous sommes : on ne peut pas nous obliger à réparer nos erreurs.

« C'est bon, Nick, a dit Van à voix basse. Tu as ta conférence.
— Putain, on y est ! » s'est écriée Shana.

« Pendant les deux années à venir, a déclaré Van avec enthousiasme, cette prestigieuse assemblée consacrera cent pour cent de son temps et de son énergie à se poser deux questions vitales. Quelles sont les causes de la crise démographique ? Et comment s'attaquer à la racine du mal ? Ces chercheurs examineront les théories liées aux cycles naturels du corps humain, aux effets de notre environnement sur ces cycles, aux influences prénatales ainsi qu'aux soins à apporter aux enfants en bas âge. Aucune piste ne sera négligée... »

Tel quel. Cela révélait bien l'état de tension dans lequel il se trouvait. En général il évitait les formules plates et les clichés. En plissant les yeux, j'ai remarqué qu'il avait mis sa main dans sa poche, pour en dissimuler le tremblement aux caméras.

« ... pour trouver les réponses à nos questions. Des réponses concrètes, qui seront suivies d'effets concrets. Et notre administration est prête à engager tous les fonds nécessaires pendant ces deux années. Le président Combes et moi-même vous en donnons la garantie. »

« Je veux des garanties, Van, lui avais-je dit. Maintenant et face aux caméras. » Van a acquiescé. Shana s'est assise sur une chaise pour attendre la suite des événements. Cameron continuait de fixer ses pieds nus. Pour la première fois, j'ai remarqué les traces de transpiration et de pas sur la moquette de la cellule. Il avait dansé sans chaussons.

Van a poursuivi : « Qu'est-ce que tu veux d'autre ?

— L'anonymat complet et définitif pour Cameron.

— Il l'aurait déjà si ta jeune amie ne s'en était pas mêlée, m'a-t-il retourné d'un ton sec.

— Je veux que Shana soit incorporée dans l'armée. Avec une garantie écrite de ta part qu'elle ne sera l'objet d'aucun harcèlement ni d'aucune enquête.

— D'accord. » On aurait dit que la simple prononciation de ce mot lui infligeait une douleur physique.

« Je veux que ma fille Sallie soit réintégrée au CNRM.

— Évidemment, je t'ai déjà dit que c'était une erreur. »

Ce n'était pas la seule. Je me suis gardé de le lui faire remarquer. « Une entière autonomie en ce qui concerne la conférence : que ce soit pour les invitations, les procédures, le passage à la télévision, les conclusions et la publication des résultats.

— D'accord.

— Des fonds gouvernementaux, de classe trois au minimum, pour les deux années à venir.

— D'accord.

— Une entière liberté dans le choix des membres de notre commission.

— Mais si tu... bon, c'est d'accord.

— La reconnaissance publique, la ratification officielle et l'approbation présidentielle de tous les résultats de nos recherches.

— Nick, tu sais bien qu'il m'est impossible de...

— Tu essaieras au moins de les défendre lorsque tu les présenteras au président. Toi, personnellement, en tant que directeur du CPAP. Ainsi qu'au Congrès.

— J'aimerais me réserver le droit de présenter des résultats contradictoires. Après tout, certaines données peuvent être interprétées de manières différentes. »

Il allait accorder la même considération aux fabricants, laboratoires pharmaceutiques et lobbies agricoles, bref à tous ceux qui utilisaient des perturbateurs synthétiques – en d'autres termes à tout le monde ; sur ce point Van avait raison. Et cela même si les « résultats » sponsorisés par les compagnies étaient tendancieux, voire truqués. Mais je savais qu'il ne lâcherait rien sur ce terrain ; ainsi fonctionnait la science. Il fallait garder une certaine ouverture d'esprit et examiner toutes les hypothèses possibles.

« C'est d'accord, ai-je concédé.

— Hé, Nick, a dit Shana. Tu devrais peut-être t'allonger quelques minutes. Tu as l'air complètement à plat. »

Elle avait raison ; j'étais épuisé. Mon cou palpitait. J'avais les reins comme du vieux papier, fragiles, prêts à s'effriter. Je devais économiser mes forces. J'étais le seul à savoir quel chemin il restait à parcourir.

« C'est donc pour moi un grand privilège d'accueillir cette assemblée de scientifiques venus à Washington du monde entier. » Une robocam s'est détachée du fond de la salle pour se placer en plongée au-dessus de la scène. « En tant que représentant de notre administration, je suis sûr que leurs recherches vont changer radicalement notre mode de vie. Ce travail représente une formidable synergie de disciplines et de théories multiples et variées. Et nous nous engageons à accueillir leurs résultats et leurs conseils avec la même ouverture d'esprit qu'ils adopteront, j'en suis convaincu, en nous les présentant. »

On y était. *Conseils. Ouverture d'esprit. Théories.* Autant de mots que l'on peut associer à « non prouvé avec certitude ». Ainsi, lorsque les fabricants avanceraient leurs propres théories innocentant leurs produits, Van pourrait prendre fait et cause pour eux – si le vent soufflait dans la bonne direction.

Comme ce serait naturellement le cas.

Qu'importe. La conférence aurait au moins le mérite de poser ouvertement les problèmes et fournirait un solide appui scientifique et moral dans les batailles politiques à venir. Ces chercheurs feraient de leur mieux pour œuvrer dans le sens de la vérité objective.

Van a alors présenté les membres du comité, chacun recevant une salve d'applaudissements. Les scientifiques semblaient perplexes ; ils n'étaient pas accoutumés à pareille attention. Et ils avaient un certain respect de l'ordre normal des choses : on commençait par faire son travail, puis venait l'attention qu'il méritait. Ils étaient gênés de constater que la presse avait généralement une vue rigoureusement inverse des choses.

« Et pour terminer, a dit Van, j'aimerais vous présenter le président de cette conférence, le docteur Nicholas Clementi. »

L'heure était venue.

« Le docteur Clementi a un long et prestigieux passé, tant comme chercheur scientifique que conseiller au sein de notre système législatif. Plus récemment, il a fait partie du Comité Consultatif auprès du Congrès pour les Crises Sanitaires. Veuillez joindre vos applaudissements aux miens pour saluer le président du Détachement Spécial Affecté à la Bio-accumulation, le docteur Nicholas Clementi. »

Je me suis levé. Van m'a accueilli au pupitre en prenant affectueusement mes deux mains dans les siennes. J'ai senti le léger tremblement de sa main droite. Il s'était farouchement opposé à ce que je fasse une déclaration personnelle. « Prématuré », avait-il dit. Eric Kinder, à qui j'avais parlé lors de la préparation de la conférence de presse, avait fait remarquer que j'étais peu susceptible d'envelopper le projet dans les euphémismes qu'affectionnait Van. Maggie, elle, disait que Van ne voulait tout simplement pas que je lui vole la vedette. Sallie, qu'il ne désirait pas voir la conférence de presse s'éterniser ; il était bien plus malade qu'on ne le pensait.

Quoi qu'il en fût, j'allais lui donner raison. Il n'aurait pas dû me laisser parler.

Si tu ne veux pas te faire oublier,
Sitôt que tu es mort et enterré,
Sois l'auteur de livres uniques
Ou de hauts faits pour la chronique.

Benjamin Franklin, le maître de la ruse et de la duplicité.

J'ai pris place derrière le pupitre et attendu que Van soit assis sur ma chaise en bout de rangée. L'éclairage des spots créait un halo lumineux occultant les visages – que je n'aurais pu voir de toute manière. J'imaginais parmi eux celui de Shana, deuxième rang au centre, tendu, dans l'expectative.

« Je vous remercie, ai-je articulé. C'est un honneur pour moi de présider cette conférence, que je considère personnellement comme la plus importante de notre siècle balbutiant. Les dégâts causés par la bio-accumulation de perturbateurs endocriniens synthétiques dépassent l'entendement. En comparaison, les interventions hasardeuses de l'homme sur l'ADN et son triomphe dans le combat contre le cancer et les maladies cardio-vasculaires réunis paraissent dérisoires. Si nous n'avons pas de descendance, il importe peu d'altérer ou non notre héritage génétique, ou de vaincre nos maladies héréditaires. Si nous n'identifions pas les causes de la baisse démographique pour y apporter des solutions, nous *n'aurons pas* d'avenir. Ce qui est une façon de parler, la cause principale de cette crise étant, j'en ai la ferme conviction, l'utilisation inconsidérée de produits chimiques, plastiques et autres alliages divers de synthèse.

» Pendant des générations, nous avons fait confiance à chaque nouvelle vague scientifique pour qu'elle règle les problèmes laissés par la précédente. Et dans une certaine mesure, c'est ce qui s'est produit. Les résidus toxiques ont été éradiqués par des bactéries mangeuses de toxines. Des cancers liés à l'environnement peuvent être soignés par des techniques isolant les tissus. La faim dans le monde a été en grande partie soulagée par des produits agricoles améliorés en laboratoire.

» Pourtant... il ne s'agit plus aujourd'hui de laisser la technologie s'occuper de problèmes qu'elle a elle-même créés. Aucune percée scientifique notable n'a permis de redresser la courbe démographique, qui poursuit sa chute inquiétante – ni de régler les nombreux autres problèmes d'origine endocrinienne. Il faut donc accepter une bonne fois pour toutes que les technologies modernes ne peuvent pas répondre systématiquement aux conséquences des erreurs d'autrefois. Nous devons nous attaquer au mal par la racine. C'est le minimum que nous devons à nos enfants, et à leurs enfants. »

Mes mains se sont crispées sur le pupitre, et je me suis permis, l'espace d'une seconde, de fermer les yeux. Le moment était venu.

Et tu, Brute...

« Mais nous devons autre chose à nos enfants. L'avenir que cette conférence est censée sauver n'aura de sens que s'il offre à ceux qui nous succéderont non seulement une vie, mais une vie qui vaille la peine d'être vécue. Le docteur Grant a parlé il y a quelques instants de la première question que se pose toute civilisation : "Comment se portent les enfants ?" Lorsque ses enfants ne sont plus florissants, nous a rappelé le docteur Grant, la société perd de sa dynamique et quelque chose en elle meurt aussi.

» Mais "être florissant" signifie bien davantage que vivre et fonctionner. Pour être florissants, les enfants ont besoin d'une société capable de prôner la vérité, la justice et l'honneur. Il en va de même pour les adultes. Et il n'y a aucun endroit où nous en avons plus besoin qu'au sein de notre gouvernement – parce que l'histoire nous a enseigné que lorsqu'un gouvernement dépasse un certain stade de corruption, connaît à ce niveau un véritable Basculement, la société elle-même ne peut guère continuer d'avancer. »

J'évitais de me retourner, mais je me doutais de ce qui devait se passer dans mon dos. Van se levant de sa chaise ; Eric Kinder le retenant fermement par le bras, à moitié caché des projecteurs.

« Mesdames et messieurs, écoutez-moi. Je vous en prie. *Nous sommes parvenus à un tel Basculement biologique.* »

Si Van essayait de se débattre, Eric le forcerait discrètement à quitter la scène. Deux colosses l'attendaient pour l'accompagner, via quelque tunnel de l'époque du Basculement, vers un parking éloigné. On excuserait son absence de la suite des débats en invoquant un problème de santé. Tout le monde comprendrait. Il y avait beaucoup de vieillards dans l'assistance.

J'ai continué, de toute l'intensité dont ma voix était capable. « Votre gouvernement vous a systématiquement menti en ce qui concernait ses recherches sur l'ADN. Pire, il a cautionné le mal – oui, le mal – afin de contourner les règlements qu'il a cyniquement établis et tout aussi cyniquement invoqués pour ne pas perdre ses électeurs. »

Derrière moi, à l'exception d'Eric Kinder, qui savait à quoi s'attendre, les scientifiques se sont exclamés en plusieurs langues. Des murmures parcouraient l'assistance. Quelques personnes, des taches floues dans la lumière aveuglante, se sont levées, stupéfaites, en colère ou avides d'en savoir plus. Les journalistes se sont mis à hurler des questions. Un homme s'est matérialisé au bas du podium et a essayé de grimper sur la scène. Le service de sécurité l'a évacué sans ménagement.

« Des laboratoires d'ingénierie génétique illégaux se sont livrés à des expérimentations tant dans le domaine de l'ADN que dans celui de la vivifacture. » Je devais tellement élever la voix pour me faire entendre dans le vacarme ambiant que je m'en faisais mal à la gorge. « Ceci *n'est pas* nouveau pour certains d'entre nous. Ce qui *l'est*, en revanche, c'est que des membres influents du gouvernement – jusqu'à Vanderbilt Grant, et peut-être même plus haut encore – on sciemment fermé les yeux sur des enlèvements, des actes de torture et des prélèvements forcés d'organes sur d'innocentes victimes pour que cette recherche puisse se poursuivre. Ils étaient au courant, et n'ont rien fait pour l'empêcher ! Et je suis en mesure de le prouver ! »

Les journalistes se sont pressés au bord de la scène en hurlant. J'ai levé la main, à la fois pour réclamer le silence et parce que je n'avais pas la force de parler beaucoup plus longtemps. Il me restait seulement deux ou trois choses à dire.

« Je vous en prie... écoutez-moi. » Le bruit a cessé progressivement. « Notre seul espoir – pour notre survie et pour que la justice triomphe – est d'affronter la vérité. De révéler tout ce qui peut l'être dans la mesure de nos moyens, et de faire toute la lumière sur ce que nous découvrirons. Sans doute préférerait-on rester dans un brouillard réconfortant – mais on ne peut plus se le permettre. Ce que je viens de vous rapporter est un fait. Beaucoup sont déjà au courant de ce qui se passe. Voici quelqu'un qui a été personnellement impliqué dans toute cette affaire. » Shana s'est frayé un chemin jusqu'à la scène, escortée par le chef de la sécurité.

Elle s'est immobilisée, bien droite, face au pupitre, ses longs cheveux blonds roulés sous sa casquette militaire. Les lumières se reflétaient sur les dorures de son uniforme. Sa jeune voix a résonné, claire et forte.

« Je suis Shana Walders, soldate de l'armée des États-Unis. Il y a deux mois de cela j'ai été enlevée pour servir de chair à vivifacture, mais ce que je sais remonte plus loin. D'autres personnes vous raconteront mon histoire, mais je vais le faire moi-même aussi clairement que possible. »

J'ai péniblement regagné ma chaise en bout de rangée. Van ne s'y trouvait pas, et Eric Kinder avait disparu. J'ai écouté Shana, qui parlait lentement et correctement (elle s'était préparée avec le plus grand sérieux), mais avec une délectation presque indécente. Cameron Atuli aurait été meilleur, bien plus crédible, mais il ne voulait pas témoigner. En ce moment même, accompagné de Rob, il était en train de quitter discrètement la conférence de presse, se gardant une dernière chance de pouvoir se produire en tant que danseur et non monstre de foire devenu célèbre malgré lui. Je ne l'avais pas forcé à témoigner. On lui avait suffisamment fait de mal comme cela.

Tandis que Shana parlait, j'ai fermé les yeux. Hors scène, d'autres étaient là pour confirmer ses dires, tous ces gens plus âgés et plus sages qui apporteraient une touche de crédibilité à sa fantastique histoire. Mais cette histoire était la sienne, et il était légitime qu'elle soit la première à la raconter.

Et cette petite sorcière s'en donnait à cœur joie.

Je pensais à Van, escorté jusqu'à sa voiture via les tunnels souterrains. Il écouterait la suite de la conférence sur vidéo, véritable bombe électromagnétique propre à atomiser ce qu'il lui restait de vie. Je pensais aux jours à venir : la fièvre des reporters, l'air sombre des industriels, l'hystérie du public, les protestations du FBI, les réactions outragées des politiciens jouant des pieds et des mains pour s'aligner comme de bons petits soldats. Puis suivraient les répercussions internationales : accords commerciaux rompus, pactes brisés. Tout un ensemble d'économies bâties sur le commerce avec les États-Unis s'effondreraient, suivies dans leur chute par leurs fragiles gouvernements. Il y aurait des menaces de guerre, voire une guerre. Le chaos, ainsi que Van l'avait dit. Déclenché sans égard pour le vieux corps douloureux de celui qui avait été mon ami.

Mais préférable à celui qui condamnait les enfants.

J'écoutais Shana en essayant de m'imaginer comment le monde allait évoluer, jusqu'au moment où, mes yeux n'étant plus capables de rester ouverts, je me suis tranquillement assoupi dans mon coin.

22.

SHANA WALDERS ET CAMERON ATULI

Les journalistes me font parler pendant plus d'une heure, les spots et les caméras braqués sur moi, et j'en savoure chaque minute.

Moi – Shana Walders – une menteuse et une voleuse. Aucun comité à la noix n'oserait plus me traiter de la sorte. Je suis celle qui a permis de mettre fin aux labos clandestins, autrement dit une héroïne nationale, et ceux qui l'oublieraient ne méritent même pas que je leur crache dessus. Je suis la soldate Shana Walders, de l'Armée des États-Unis.

« Soldate Walders, une autre question, s'il vous plaît...

— Je pense que la soldate Walders nous a tout dit », intervient une des scientifiques en me poussant discrètement du coude. Je vais pour la rembarrer, mais je me souviens que ce n'est pas ainsi que se comportent les héros ; je me contente donc d'acquiescer en souriant et quitte la scène, la tête haute, pour suivre les événements de loin. La sécurité s'assure que personne ne s'introduit dans les coulisses. C'est désormais au tour de cette scientifique d'être bombardée de questions par les journalistes.

« Docteur Futina, pensez-vous que les lois sur l'expérimentation génétique doivent être modifiées pour permettre à la recherche d'avancer à ciel ouvert – au lieu d'être secrètement tolérée ?

— C'est un vaste débat... » commence l'interpellée, et je décroche. Le meilleur est passé. Je cherche Nick, mais il a dû partir. Il avait l'air épuisé à la fin de son discours.

Je pars à mon tour, et traîne un peu devant l'immeuble au cas où des journalistes voudraient me poser d'autres questions. Mais ils se trouvent tous à l'intérieur de peur de rater quelque chose. Je prends donc un taxi pour rentrer à la base.

Au dortoir, je trouve Jennie Malone et Georgia Kimmel en train de se disputer une brosse à cheveux.

« C'est la mienne, face de rat ! Je l'ai achetée hier !

— C'est ça. Et comme par hasard elle ressemble pile poil à la mienne.

— Oh, c'est bon ! Rends-la moi !

— Je te la laisserai dans mon testament.

— Hé, leur dis-je, mine de rien. Je viens de passer à la télé.

— Ouais, ricane Georgia. Et moi je suis général de division.

— C'est pourtant vrai ! Vous me verrez sans doute aux infos ce soir !

— Georgia Kimmel, c'est ta dernière chance de me rendre cette brosse, gronde Jennie d'un ton menaçant. La dernière.

— Bordel, je viens de faire tomber un gouvernement ! j'insiste.

— C'est bon, Georgia, tu l'auras voulu ! »

Jennie se jette sur Georgia, qui s'accroupit en position de défense. Des tégés pur jus. Je quitte le baraquement.

Deux mecs plutôt jeunes de la compagnie B passent devant moi en tenues de civils. « Hé, soldate, tu pars ? Tu veux venir avec nous t'éclater en ville ? »

Ils ne sont pas trop mal, mais pas du genre à crever l'écran non plus. Une semaine plus tôt, je les aurais peut-être suivis. Mais maintenant je n'en ai plus envie. Me saouler, me faire taper sur la gueule ou me faire sauter, tout ça ne me branche plus vraiment. « Peux pas, leur dis-je. Je suis passée à la télé aujourd'hui, et je dois encore revoir quelques détails.

— Ah ouais ? C'était sur une chaîne de cul ? » Et ils se marrent comme les demeurés qu'ils sont avant d'aller prendre leur train.

Je broie du noir quelques instants. Une heure plus tôt j'étais au sommet, et maintenant je ne suis plus rien. Qu'est-ce qui ne va pas chez moi ? Je n'arrive pas à comprendre, et je n'ai pas envie de me prendre la tête avec ça. Quelques minutes plus tard, me voilà moi aussi dans le train, mais pas pour pour faire la tournée des bars. C'est toujours mieux que de rester avec ces faces d'égout qui se foutent complètement de ce qui se passe dans le monde.

Il n'y a personne chez Nick. Mais des journalistes sont en train de sonner à sa porte.

Je reste en retrait, à me mordiller le pouce, et je cogite. Je peux aller les rejoindre, et du coup, ils voudront tous me poser des questions. Je suis toujours en uniforme. Je pourrais de nouveau raconter mon histoire, cette fois à des gens qui ont assez de jugeote pour comprendre à quel point c'est important. Mais brusquement, je n'en ai plus envie. J'ai déjà tout dit à la conférence de presse, et tout reprendre à zéro n'ajoutera rien à l'affaire. Je comprends soudain pourquoi Nick n'est pas chez lui. Lui non plus n'a aucune envie de reparler aux journalistes aujourd'hui.

Il n'a pas dû aller chez Sallie, à Atlanta, puisque les journalistes y seront forcément. Ni chez Laurie. Surtout pas chez Laurie, maintenant qu'elle est... Mais où peut-il bien être ?

Dans quelque coin isolé, avec sa famille.

Je n'ai pas besoin de gamberger longtemps. Lorsque j'étais chez Nick, j'ai parcouru toutes ses archives. Lui et Maggie ont un chalet dans les montagnes Bleues, en Virginie. Nick l'a acheté à l'époque du Basculement, en le mettant à un autre nom. Ce devait être quelque cachette secrète, ou une connerie de ce genre. Je ne me souviens plus de l'adresse, ni du nom de la ville, mais je me souviens du nom qu'il a utilisé, parce qu'il était franchement bizarre : Muzio Mercy. Retrouver cet endroit serait un défi intéressant.

Je commence à me sentir un peu mieux.

D'abord, il faut consulter les archives publiques. Je ne suis pas une pro de la recherche, mais je sais me débrouiller dans une bibliothèque. Je n'aurai qu'à utiliser un terminal public. Mais pas dans cette tenue – retrouver Nick est en quelque sorte une enquête privée, je dois donc afficher profil bas. Je peux aller m'acheter des jeans dans un magasin. J'ai touché ma paye. Ensuite : trouver un terminal public...

Et ces mecs de la compagnie B qui croient que c'est l'éclate de se faire foutre sur la gueule et d'emmerder les gens. De vrais mômes.

Ils sont là. Je ne sais pas où, mais je les sens.

Le lendemain de la conférence de presse, je danse *L'Oiseau de feu* au son de la musique tonitruante de Stravinsky. Mes *jetés* lors de mes entrées sont tellement puissants que j'ai l'impression de rester suspendu dans les airs avant de retoucher le sol. Le public retient son souffle pendant mes *entrechats,* lorsque je fais passer mes pointes baissées l'une devant l'autre jusqu'à trois, voire quatre fois, avant de retomber, tel un énorme aigle en cage. Mes sorties sont suivies par des tonnerres d'applaudissements et des ovations pour lesquelles l'assistance se lève. Personne ne se doute que cette énergie est celle du désespoir

C'est un rôle habituellement dansé par une femme. Monsieur C. a imaginé une autre version où l'oiseau magique est un mâle : musclé, puissant, fiévreux. Il a aussi situé le lieu de l'action dans une cité moderne sans nom. Le décor est entièrement constitué de holos de gratte-ciel, de maglevs lancés à toute vitesse et de néons clignotants qui sont tous éteints lorsque l'Oiseau de feu est sur scène. Je porte un costume presque intégralement composé de holos, avec un plumage rouge et or éclatant, et un masque représentant à la fois un oiseau surnaturel et la sauvagerie humaine. Le prince et la princesse sont incarnés par des danseurs de petite taille habillés en tenue moderne, écrasés par leur environnement. L'idée de base est que l'Oiseau de feu ne se contente pas de les délivrer du magicien maléfique – il les délivre aussi de la déshumanisation de leur propre monde, grâce à sa magie plus ancienne et plus puissante.

« Certaines œuvres de Stravinsky, a jadis écrit un critique, sont conçues comme des moyens d'échapper à la réalité. »

Il est plus de minuit lorsque je frappe à la porte du chalet de Nick, et il fait nuit noire comme jamais je l'aurais imaginé. Aucune lumière – ils sont sans doute tous au lit – pas de lune, pas d'étoiles. Je n'ai jamais vu une telle obscurité. Quant aux montagnes, c'est encore autre chose.

Le chalet se trouve au bout d'un chemin de terre. Après avoir repéré dans quel comté il se trouvait, j'ai pris un train pour la ville la plus importante du coin et y ai loué une voiture. Ce n'était pas donné, mais à ce point, rien ne pouvait me faire reculer, pas même le fait de ne pas posséder de permis de conduire. J'ai filé cinquante dollars au gars de l'agence. J'aurais pu m'en tirer pour pas un rond, vu la façon qu'il avait de me mater les nichons, mais je n'avais pas le cœur à ça.

J'ai appris à conduire la voiture dans l'heure qui a suivi. Aucun problème de ce côté-là. Les machines, ça me connaît. Puis j'ai imprimé la carte de la région à partir du terminal d'une station-service, et en avant pour la grimpée. Et pour une grimpée, c'en était une. Le chalet se trouve à mi-hauteur d'une montagne, et si j'avais su combien de ravins j'allais longer, je ne serais pas venue. Ça caille. Mais je suis là. Des odeurs de pins flottent dans l'air, et une brise légère chasse des feuilles autour de mes pieds, bien qu'il fasse trop sombre pour que je les voie. C'est seulement grâce à la torche équipant la voiture de location que j'ai pu trouver le chalet. C'est vraiment le trou du cul du monde.

Mais bon... c'est quand même sympa.

Je frappe à la porte. Quelques instants plus tard la lumière de la véranda s'allume. C'est John qui m'ouvre « Shana ! Qu'est-ce qui...

— Shana ? » dit Maggie. Elle se tient derrière son fils, occupée à nouer la ceinture de sa robe de chambre. Elle tire la gueule. « Qu'est-ce que tu viens faire ici, et à une heure pareille ?

— Vous voir, dis-je avec un grand sourire. Ne vous inquiétez pas, Maggie, personne ne m'a suivie. J'y ai veillé. Où est Nick ?

— Il dort. Et je ne vais pas le réveiller maintenant. Il a besoin de se reposer. »

Je veux bien la croire. Même si Maggie n'est pas de bon poil. « Vous ne me faites pas entrer ? Il fait froid dehors. »

Même à cet instant, John et elle trouvent le moyen d'hésiter avant de me laisser entrer. On s'attendrait à de meilleures manières chez des rupins comme eux.

« C'est bon, entre, dit Maggie. Mais je te préviens, Shana, si tu cherches à te faire de la pub, ce n'est pas *ici* que tu en trouveras. Je ne sais même pas comment tu as trouvé cette adresse. C'est une résidence privée familiale. »

John ajoute : « Et tu ne fais pas partie de la famille. Malgré tous tes efforts pour t'imposer. »

Je suis blessée l'espace d'une minute, puis la colère prend le dessus. Ils ne voient donc pas ce que j'ai fait pour eux ? Pour mon pays ? Nick est le seul a faire preuve d'un peu de classe, et pour l'instant il dort. Et il est vieux, et faible. Je suis sur le point de les rembarrer lorsque je me rends compte que si Nick dort, les autres non. Un cri me parvient d'une chambre du fond, puis un autre, et Laurie arrive avec le bébé.

C'est la première fois que je le vois.

La gueule de travers, rougeaud, il hurle dans les bras de Laurie. Elle lui tapote le dos en le faisant doucement sauter dans ses bras. Le mouflet porte une sorte de grenouillère jaune fluo. Je ne vois de lui que son visage et ses petites mains dodues.

« Tu as réveillé Timmy en frappant à la porte, dit John, boudeur.

— Excusez-moi. » Mais je ne peux détacher mon regard du gosse.

« Mon pauvre petit trognon », dit Laurie. Rien que ça me donne envie de gerber. Mais elle a l'air heureuse. Fatiguée, le teint pâle, mais heureuse quand même. Je m'avance pour regarder le bébé de plus près, et le voilà qui hurle à s'en faire péter les tympans.

Maggie me barre le chemin. « Maintenant que tu es ici, Shana, je suppose que tu vas rester dormir. Je vais te préparer le divan – je crains que ce ne soit tout ce que nous avons à te proposer. John, mon chéri, tu peux aller me chercher des draps et des couvertures dans la buanderie ? »

John s'éclipse, toujours de mauvais poil. Je ne dois pas plaire à un type de son âge. Maggie se tient entre moi et le bébé, que Laurie continue de tapoter et de faire sauter dans ses bras. Il s'arrête de brailler.

Puis Maggie me dit doucement : « Qu'est-ce que tu viens faire ici au juste, Shana ? »

C'est une bonne question. Je n'ai pas de réponse. Venir jusqu'ici était un défi, quelque chose qu'il fallait que je fasse... mais maintenant que je suis ici, l'excitation a disparu. Pourquoi fallait-il absolument que je voie Nick, après tout ? Nous avons menés nos plans à terme. Avec succès : Nick a pu obtenir qu'on lance les enquêtes qu'il voulait – les deux, celle sur les produits chimiques, et celle sur les crimes commis. Et dans les deux cas, avec un tel battage médiatique qu'il est sûr qu'elles ne pourront être arrêtées. Notre rôle est terminé. Alors qu'est-ce que je *fous* ici ?

Je laisse Maggie préparer le divan, puis je m'y installe pour la nuit. Je ferme les yeux. Maggie ne va pas se coucher tout de suite, elle reste là à pester après son petit-fils et à me regarder, mais lorsque je fais semblant de dormir, elle finit par aller se recoucher. Je me lève. De l'autre côté de la pièce, Laurie, toute petite dans un énorme fauteuil à bascule en bois, donne le sein à son gosse.

« Comment tu peux faire ça ? je lâche. Tu ne t'es pas fait engrosser, et tu n'as pas accouché, que je sache ! »

Laurie s'esclaffe. « Non. Mais il existe des hormones qui permettent de déclencher le processus d'allaitement. Et mon lait passe par un filtre qui retient les additifs synthétiques. Tu vois ? »

Impossible de me retenir, même si ça me fiche la chair de poule. Il faut que je voie à quoi elle donne le sein. Je quitte le divan pour aller jeter un coup d'œil au bébé qu'elle tient dans ses bras. Il y a une sorte d'appareil entre son sein et la bouche du bébé, une sorte de bol en verre qui l'enveloppe et une tétine en plastique dans la bouche du bébé. Entre les deux se trouve une espèce de petite boîte avec un truc rosâtre à l'intérieur qui filtre ce que boit le bébé.

Il a les yeux fermés, mais la bouche s'active. Maintenant qu'il a cessé de hurler, je distingue mieux ses traits, et je vois tout de suite ce qui cloche.

Mais ce n'est pas ce à quoi je m'attendais.

« Ça ne fait que trois semaines que nous l'avons, dit Laurie doucement en caressant la joue du bébé. Et j'ai déjà du mal à m'imaginer ce que serait ma vie sans lui. Il a tellement besoin de nous.

— En tout cas, tu as l'air heureuse, je place à tout hasard.

— Oh oui, tellement ! C'est ce que j'ai toujours voulu... ce dont j'ai toujours eu besoin. Et puis, regarde-le, n'est-il pas *mignon* ? »

Elle est parfaitement sincère. Je jette un coup d'œil au bébé et me surprends à penser : *Si ça se trouve, mieux vaudrait un chimpanzé.* C'est vraiment ce qui me passe par la tête. Au moins, avec un chimpanzé, on ne s'attend pas à ce qu'il progresse. Ni à ce qu'il apprenne à parler, à lire et à sauter de joie quand il faut aller rendre visite à mamie, donc on ne risque pas d'être déçu. Mais avec un bébé comme ça... Laurie est-elle vraiment consciente que ce gosse ne fera jamais les trucs mignons que font les gosses – ou même les chimpanzés, d'ailleurs ? Qu'il ne pourra jamais se tenir droit, ni parler, ni marcher, ni grandir, ni accomplir quoi que ce soit qui la rende fière ? Bien sûr qu'elle le sait. Si moi, je le sais, elle aussi. Elle a vu les mêmes images que moi à la télé, ce visage aplati, ces yeux écartés et tout ce qui va avec un esprit pratiquement vide. On voit de telles images partout, parce qu'il naît de plus en plus de gosses comme ça, avec la moitié du cerveau en état de marche. Et parfois moins. Nick dit que c'est à cause des perturbateurs endocriniens synthétiques.

La plupart de ces gamins n'arrivent pas à terme. Mais ce n'est pas ce qui s'est passé pour celui-ci. Et Laurie et John l'ont adopté parce que c'est la seule façon pour eux de devenir des parents.

Je me rends compte pour la première fois de ce signifient les chimpanzés ayant le visage de Cameron Atuli.

« Tu voudras le tenir dans tes bras quand j'aurai fini ? dit Laurie.

— Sans façon, je m'empresse de dire. Je ne suis pas très branchée bébés. » Ce qui est vrai. Même les normaux. Ce ne sont que des petits chieurs puants.

Laurie s'esclaffe. Elle est tellement gaga de son gamin, qu'elle ne se formalise même pas. Elle rayonne d'un bonheur qu'on ne peut feindre, celui qui vous aide à surmonter la fatigue, les problèmes et tout le reste. Je secoue la tête et retourne me coucher.

Et pourtant, je me sens un peu perdue. Laurie, elle au moins, sait ce qu'elle veut.

Le ballet est un énorme succès. J'ai droit à neuf rappels. Je salue, Caroline à mes côtés avec son bouquet de fleurs au creux du bras, radieuse et haletante tandis qu'elle enchaîne les révérences. Nous allons partir en tournée présenter *L'Oiseau de feu* à Atlanta, New York, San Francisco, Tokyo, Rome et Londres. Et plus je vais me produire ici et là, plus ma célébrité va croître, et plus, du même coup, vont augmenter les chances que l'on me démasque.

Parce qu'ils sont quelque part dehors – les journalistes qui continuent d'enquêter sur « l'affaire du siècle ». Ils sont en train de tout déballer, de s'obstiner à pondre de la copie. À gratter dans les horreurs des vivifactureurs illégaux et leurs monstrueuses recherches.

À gratter dans l'étendue de la complicité du gouvernement en se posant cette question fascinante : Jusque dans quelles sphères était-on au courant de cette « criminelle conspiration du silence ».

À gratter dans les dangers des perturbateurs endocriniens synthétiques.

À gratter dans les événements à l'origine de la fracassante conférence de presse du docteur Clementi.

À gratter partout. Tant et si bien qu'ils finiront un jour par tomber sur les chimpanzés qui ont mon visage, et remonteront jusqu'à moi.

À l'entracte, Rob, qui errait dans les coulisses, me suggère de me faire vivifacturer un nouveau visage. Je suivrai peut-être son conseil. Mais je ne pense pas que cela puisse empêcher bien longtemps les journalistes de me retrouver. On ne peut pas leur échapper. Pas plus qu'à la mort.

Un fois qu'ils m'auront trouvé, je ne me produirai plus jamais en tant que simple danseur. Je serai une bête de foire, et non plus un artiste. Alors je danse maintenant, je me jette sur la scène avec une énergie et une puissance que je n'ai jamais connues. Le temps est court, et je dois me contenter du peu qui me reste, même si le sol sous mes pieds est tellement fragile que j'ai l'impression de danser sur un souffle d'air.

J'essaie de ne pas y penser. J'essaie de faire le vide en moi, de ne plus faire qu'un avec la musique, les pas, le rythme, l'Oiseau de feu.

Tant que je le peux, je danse.

Le lendemain après-midi, Nick et moi allons faire une promenade dans les bois autour du chalet. Il avance d'un pas mal assuré en s'appuyant sur sa canne. Elle possède toute une panoplie de gadgets médicaux, des cellules photoélectriques et un système d'alarme, ainsi que des patchs de premiers soins. Je le tiens par l'autre bras. Ce n'est pas franchement une promenade, mais elle a le mérite de nous éloigner des autres. À une centaine de mètres du chalet, nous nous asseyons sur un arbre abattu baigné par la lumière d'automne. Les montagnes qui nous entourent offrent un véritable festival de couleurs : des rouges, des jaunes, des orange, des bruns, que sais-je encore. C'est sûr, l'automne en ville n'a rien à voir avec ça.

« Alors, Nick, qu'est-ce que tu deviens ? »

Il sourit et serre la poignée de sa canne. « Tu sais Shana, je crois bien que c'est la première fois que je te vois t'intéresser à l'avenir de quelqu'un.

— Si on veut, mais...

— Mais quoi ? » dit-il en se tournant vers moi. Il a beau être à moitié aveugle, je suis prête à parier que lorsqu'il s'agit de lire en vous, il se débrouille mieux que n'importe quel voyant.

« Mais ça ne répond à ma question ! je lui retourne aussi sec. Qu'est-ce tu deviens ?

— Je continue de vivre, dit il d'un ton enjoué. Jusqu'à ce que quelque chose que la médecine ne peut guérir m'emporte.

— Tu parles d'une attitude !

— C'est au contraire la meilleure qu'on puisse adopter. Mais pour quelqu'un comme moi, par pour quelqu'un comme toi. Et *toi*, qu'est-ce que tu deviens, Shana Walders ?

— Rien, je suppose.

— Tu veux dire que maintenant que tu as eu ce que tu voulais, que tu as été incorporée, tu n'as plus rien à attendre de la vie ? »

Je me tais, le regard fixé sur les montagnes. Mais Nick continue de m'asticoter.

« N'es-tu pas censée être une précieuse ressource naturelle ? C'est ce que tu n'as cessé de faire valoir toute ta vie, non ? Tu ne vas pas t'arrêter en si bon chemin.

— Et ça veut dire quoi, ça ? » Je commence à m'énerver. De quoi il s'occupe ? C'est ma vie, après tout.

« Tu as déjà pensé à l'École des Officiers ? »

Je m'esclaffe. « Moi ? Allons, Nick ! J'ai déjà eu du mal à terminer le lycée ! En plus, je n'ai aucune envie de faire appliquer leurs putains de lois – je suis plutôt du genre à les enfreindre.

— En es-tu bien sûre ? dit-il doucement. Es-tu bien sûre de vouloir continuer dans cette voie, Shana ? »

Je ne sais quoi répondre. Georgia et Jennie, qui s'engueulent pour une connerie de brosse à cheveux comme si c'était une affaire de vie ou de mort... Teela et Dreamie, qui vont casser du pédé pour se faire monter l'adrénaline... les tégés de la compagnie B, tout excités à l'idée d'aller une fois de plus se saouler en ville, se battre, chercher les embrouilles...

« L'École des Officiers t'accepterait, même avec les notes et le dossier que tu as, poursuit Nick. En ce moment tu es une héroïne nationale, mais je pense que tu es suffisamment intelligente pour comprendre que cela ne va pas durer. De plus, le vivier de candidats s'est réduit en proportion des difficultés croissantes d'apprentissage, c'est-à-dire énormément. Tu es en bonne santé, et tu es loin d'être bête, même si tu as passé ta vie à vouloir prouver le contraire. Il te prendraient. Tu pourrais devenir la lieutenante Walders. »

Lieutenante Walders. Une vraie carrière. De vraies décisions à prendre, de vrais choix à faire, et de vrais défis... Je me lève si vite que l'arbre roule légèrement, manquant de faire basculer Nick.

« Excuse-moi, Nick. Mais on ferait bien d'y aller.

— Certainement. » Je l'aide à se lever. Il fait quelques pas sans rien dire, puis ajoute : « Penses-y, Shana.

— Attention de ne pas trébucher sur cette branche, Nick.

— Je pourrais t'écrire une lettre de recommandation. C'est à ta portée, tu sais. »

Lieutenante Walders.

« Est-ce que ça va aller pour Laurie avec son bébé ? » J'ai lâché ça sans réfléchir. « Avec *ce* bébé ?

— Laurie a revu ses aspirations à la baisse. Les tiennes, en revanche, doivent être revues à la hausse, Shana. Rappelle-toi bien que tout ce que nous croyons savoir sur nous-mêmes a de grandes chances d'être faux. » Nick donne brusquement l'impression de s'adresser à lui-même plutôt qu'à moi. De toute façon, cette conversation commence à me gonfler. La vie, il faut la vivre, pas passer son temps à en parler. C'est le problème avec les gens comme Nick : on parle, on cogite et on se complaît là-dedans. Au lieu d'aller de l'avant.

Lieutenante Walders.

Nous clopinons encore sur une dizaine de mètres. Les feuilles frémissent dans une superbe symphonie de couleurs et l'air embaume comme si Dieu venait de se lever et de créer le monde quelques minutes plus tôt. Un lapin file devant nous. Maggie ouvre la porte d'entrée et s'avance sur la véranda, les mains sur les hanches, enveloppant Nick d'un regard tendre. De derrière elle nous parviennent de délicieuses odeurs de cuisine, de viande, de pommes, et de pain en train de cuire.

« Nick..., dis-je.

— Tu peux demander à ta sergente un formulaire d'inscription à l'École des Officiers. Ou t'en faire transmettre un par courrier électronique. Et lors de ta prochaine permission, je te donnerai un coup de main pour le remplir.

— C'est vrai ? » Je lui serre le bras. Pour un vieux, il a toujours été réglo.

« Comment se portent les enfants..., murmure-t-il.

— Quoi ?

— Rien. Accélère le pas, Shana. Maggie nous attend.

— Ça lui plaît pas que je sois ici.

— Ça *ne* lui plaît pas », corrige-t-il. Bon sang... ça commence. Je vais devoir corriger ma grammaire, mes manières, et me plonger dans les bouquins. Les officiers ne parlent pas comme des tégés, et ils ne se comportent pas comme tels non plus. La lieutenante Walders va devoir s'améliorer. Elle va devoir relever des défis, travailler dur et tout le bordel. *Revoir mes aspirations à la hausse*, comme dit Nick. Et j'ai toute une vie pour cela.

Subitement, et malgré Maggie qui me regarde d'un œil mauvais depuis la véranda, je me sens vraiment bien. Le soleil brille, le vent souffle, et je me fous bien des produits chimiques et de leurs effets sur mon système endocrinien. Nous pouvons tout arranger. Nous l'avons toujours fait.

J'éclate de rire, et Nick et moi allons retrouver les autres pour le dîner.

Impression réalisée sur CAMERON par

BUSSIÈRE CAMEDAN IMPRIMERIES

GROUPE CPI

à Saint-Amand-Montrond (Cher)
pour le compte des éditions Flammarion
en août 2001

N° d'édition : FF805001. — N° d'impression : 013655/1.
Dépôt légal : septembre 2001.

Imprimé en France